MICHELLI

Schulc

The Riversiae Club

Die Romane von Michelle Raven

Lyons Ranch-Reihe:
1. Soul Deep
2. Wild Heat
3. Cold Fate
4. Torn Heart

The Riverside Club-Reihe:
1. Hüllenlos
2. Hilflos
3. Haltlos
4. Schuldlos

Crossroads-Reihe:
1. Ohne Gnade
2. Ohne Ausweg

Dyson-Dilogie:
1. Eine unheilvolle Begegnung
2. Verhängnisvolle Jagd

Ghostwalker-Reihe:
1. Die Spur der Katze
2. Pfad der Träume
3. Auf lautlosen Schwingen
4. Fluch der Wahrheit
5. Ruf der Erinnerung
6. Tag der Rache

Außerdem erhältlich:
Tödliche Verfolgung
Perfektion
Das Flüstern der Savanne
Fallen from Olymp (Novelle)

Hunter-Reihe:
1. Vertraute Gefahr
2. Riskante Nähe
3. Gefährliche Vergangenheit
4. Trügerisches Spiel
5. Späte Vergeltung
6. Ein letzter Funke Hoffnung

TURT/LE-Reihe:
1. Gefährlicher Einsatz
2. Riskantes Manöver
3. Geheime Mission
4. Brisanter Auftrag
4.5 Dunkle Hoffnung (Novelle)
5. Letzte Rettung
6. Tödliche Bedrohung

RIOS-Reihe:
1. Riskanter Verdacht
2. Brisante Wahrheit
3. Gefährliche Beute

Love & Passion:
1. Verhängnisvolles Verlangen
2. Flammende Leidenschaft
3. Atemloses Begehren
4. Tiefe Sehnsucht

Die Romane von Hailey R. Cross

Cougar Mountain-Reihe:
1.Troublemaker
2. Heartslayer
3. Warrior

Kriminalromane als Liv Sievers

Vanessa Lux-Reihe:
1. Lagerraum 113

MICHELLE RAVEN

THE RIVERSIDE CLUB

SCHULDLOS

Roman

ISBN-13: 9798463610829

Covergestaltung: Andrea Gunschera unter Verwendung von Motiven von Shutterstock

Lektorat: Stefanie Lasthaus

Michelle Raven
c/o autorenglück.de
Franz-Mehring-Str. 15
01237 Dresden

Email: info@michelleraven.de

Weitere Informationen: https://www.michelleraven.de

Printed by Kindle Direct Publishing,
an Amazon.com Company

Stand: September 2021

1

Wie beinahe jeden Abend stand Caleb vor der Eingangstür des *Riverside Club*, dem – seiner Meinung nach – elegantesten und zugleich lässigsten Stripclub New Yorks, und kontrollierte die gutgelaunten Gäste. Die Besucher wollten einfach einen netten Abend verbringen, häufig in Begleitung ihrer Kollegen oder Freunde. Nur selten machte jemand Ärger, und meist erkannte Caleb diese Typen bereits im Vorfeld und sortierte sie aus. Hin und wieder erlebte er ein Eifersuchtsdrama oder musste einen Betrunkenen hinausbegleiten. Aber insgesamt war der Job alles andere als schwer oder fordernd. Genau das, was Caleb brauchte, er gab ihm Struktur und eine Aufgabe. Als ehemaliger Detective wusste Dave, der Besitzer des Clubs, wie wichtig die Sicherheit war und auch wie schnell eine Situation eskalieren konnte. An seinen freien Tagen oder wenn er eine Pause brauchte, übernahm meist Dave selbst Calebs Posten. Oft sagte er, dass er die Büroarbeit allein als viel zu langweilig empfand und sich über die Abwechslung freute.

Auch heute war der Club wieder gut besucht, wenn auch weniger als am Wochenende; die feierwütigen New Yorker schienen niemals zu schlafen. Gerade näherte sich eine größere Gruppe von etwa zehn Leuten dem Eingang. Obwohl es sich um einen Stripclub handelte, kamen auch Frauen gern hierher. Vor einiger Zeit hatte Dave zusätzlich einen Tänzer engagiert, der bei dem weiblichen Publikum sehr gut ankam. Selbst Caleb musste zugeben, dass Joel seine Sache wirklich gut machte. Die Frauen liebten ihn und einige Männer sicher auch.

Caleb musste grinsen, als er sich daran erinnerte, wie Jerry, der neben seinem Job als Anwalt hinter der Bar stand, einmal völlig fasziniert bei Joels Show zugesehen hatte. Von seinem Lebensgefährten Gray war er dafür beinahe aus dem Club gezerrt worden. Es war lustig zu sehen, wie Gray reagierte, sobald Jerry jemand anderen als ihn selbst oder Shanna beachtete. Wie man in einer Dreierbeziehung leben und trotzdem eifersüchtig sein konnte, ging über Calebs Verstand. Joel war aber tatsächlich ein Hingucker, genau die richtige Mischung aus schlank und muskulös, wie man es bei einem Tänzer erwartete. Trotzdem war er nichts für Caleb, er zog Frauen eindeutig vor.

Die Gruppe war bei ihm angekommen. Er beobachtete gern Menschen und stellte sich vor, was sie beruflich machten oder welche Verbindung sie zueinander hatten. Hier handelte es sich um mehrere Männer und Frauen, vermutlich Kollegen. Sie trugen Jacketts und Kostüme, also kamen sie wohl geradewegs von der Arbeit. Auch die Uhrzeit passte dazu. Es war früher Abend, Zeit, sich ein wenig bei Alkohol und Gesprächen zu entspannen und sich etwas Anregendes anzusehen. Caleb nickte den Gästen zu und öffnete die Tür. Sofort drang laute Musik nach draußen.

Ein mitreißendes Lachen erklang, und Calebs Blick fiel auf die blonde Frau, die es ausgestoßen hatte. Sie hatte den Kopf zurückgeworfen, ihre Augen glitzerten vergnügt. Ein Windstoß fuhr durch ihre halblangen Locken und wehte einen Hauch ihres exotischen Parfüms in seine Richtung. Normalerweise war Caleb nicht so leicht zu beeindrucken, aber jetzt sprangen alle Sinne zugleich an. Automatisch drehte er sich zu ihr. Ihr Blick traf seinen, und sie lächelte ihn an. Verdammt, selbst ihr leicht schiefer Schneidezahn gefiel ihm. Unwillkürlich lächelte er zurück. Das tat er so selten, dass es vermutlich eher einer Grimasse ähnelte. Die Unbekannte kam immer näher und blieb schließlich dicht vor ihm stehen.

„Hallo."

Bevor Caleb antworten konnte, zerriss ein lauter Knall die Stille. Instinktiv sprang er vor und riss die Frau mit sich zu Boden. Er schob sich über sie und schützte sie mit seinem Körper. *Das*

Blut rauschte in seinen Ohren, trotzdem hörte er weitere Schüsse und Schreie. Automatisch tastete er nach der Pistole an seiner Hüfte, doch da war nichts. Er musste sie verloren haben. Unbewaffnet konnte er gegen die Angreifer nichts ausrichten, er musste …

Sie waren auf Patrouille im afghanischen Teil des Hindukusch. Mit seiner Einheit von Marines hatte Caleb die wunderbare Aufgabe, in den Felsen nach möglichen Verstecken von Terroristen oder Waffen zu suchen. Als Sanitäter des Teams kümmerte er sich um sämtliche Verletzungen, doch er hoffte immer, dass es nicht dazu kam. Es war eine schweißtreibende Mission jetzt im Sommer, aber vermutlich konnten sie froh sein, dass es nicht Winter war und ihnen die Finger und Zehen abfroren. Es war so schon schwierig, sich in diesem Gelände ungesehen und vor allem ungehört zu bewegen. Sollte sich jemand hier verstecken, hatte er sie vermutlich längst entdeckt. Unruhig blickte Caleb sich um. Es war stockdunkel, der Mond hinter Wolken verschwunden. Trotzdem konnte er mit seiner Nachtsichtbrille alles Wichtige sehen.

Totenstille herrschte außerhalb ihrer Einheit. In seinem Nacken prickelte es. Sofort gab Caleb seinem Team das Zeichen, stehenzubleiben. Abrupt verstummte das leise Klickern der Steine.

„Siehst du etwas?“ Die Frage kam von Captain Woodrow. Er führte das Team an, hatte aber jederzeit ein offenes Ohr für die Meinungen seiner Männer.

Noch einmal sah Caleb sich um, konnte aber nichts entdecken. „Nein. Ich habe trotzdem das Gefühl, als ob jemand in der Nähe ist und uns beobachtet.“ Solche Ahnungen wurden ernst genommen. Es konnte immer sein, dass jemand unbewusst etwas wahrgenommen hatte, das entscheidend war für den Ausgang eines Einsatzes.

„Okay. Bildet Zweierteams und sichert das Gelände.“

Caleb kletterte mit seinem Freund Shell einen Hang hinauf und fluchte dabei stumm vor sich hin. Wahrscheinlich war gar nichts und er hatte ihnen diese Extrarunde nur wegen seines schlechten Gefühls beschert. Aber Vorsicht war besser als … Ein Schuss hallte durch die Nacht. Sofort warfen sie sich auf den Boden, was bei dem abschüssigen Gelände gar nicht so ein-

fach war. Caleb schlitterte einige Meter nach unten, bis er endlich Halt fand. Seine Nachtsichtbrille verrutschte.

„Wer schießt da?“ Woodrows Stimme drang durch das Headset. „Einer von euch?“

Es war keiner vom Team, was bedeutete, dass noch jemand hier sein musste. Calebs Instinkte hatten ihn nicht getrogen. Er wünschte, es wäre anders. Hier gab es nur offenes Gelände und kaum Schutz vor einem Sniper. Wenn es nur ein einzelner war, könnte es ihnen gelingen, sich an ihn heranzuschleichen. Der Schuss hatte weit von ihnen entfernt eingeschlagen – mit etwas Glück hatte der Schütze ihn und Shell noch nicht bemerkt. Wie um seine Hoffnungen zu widerlegen, ertönten weitere Schüsse, diesmal aus anderen Richtungen. Sand spritzte dicht neben Calebs Arm auf. Anscheinend waren sie regelrecht eingekesselt. Als hätte jemand auf sie gewartet. Das war das Risiko geplanter Aktionen: Bis sie anliefen, verging einige Zeit, und das erhöhte die Gefahr, dass Information diejenigen erreichten, die sie ausräuchern wollten.

„Alle in Deckung bleiben, ich rufe Verstärkung.“ Woodrows Stimme war über den Schüssen kaum zu hören.

Verstärkung, das war ein Problem. Es würde zu lange dauern, Bodentruppen zu schicken, und ein Helikopter lief Gefahr, abgeschossen zu werden, wenn er hier ins Reich der Taliban eindrang. Aber was konnten sie anderes tun? „Ist jemand verletzt?“

Es meldete sich niemand, aber das musste nicht unbedingt heißen, dass es allen gut ging. Darüber mochte Caleb nicht einmal nachdenken. Er versuchte, in der Dunkelheit Shells Gestalt auszumachen. Mit einer Hand verdeckte er das Mikrofon an seinem Headset. „Shell, bist du okay?“ Er flüsterte, um ihre Feinde nicht auf sich aufmerksam zu machen.

Ein Stück rechts von sich hörte er ein Rascheln, dann ein Stöhnen. Verdammt! „Halte durch, ich komme.“ Vorsichtig robbte er vorwärts, dorthin, wo er Shell vermutete. „Captain, ich glaube, Shell ist getroffen. Ich versuche, zu ihm zu kommen.“

Mühsam bewegte er sich weiter auf Shell zu. Gestein und Dornen rissen an seiner Kleidung, er kam ins Rutschen, krallte sich aber gerade noch fest. Schweiß rann über sein Gesicht. „Shell, sag mir, wo du bist."

Doch so sehr er auch lauschte, er hörte nichts. Aber das war kein Wunder, denn wieder zerrissen Schüsse die Nacht. Schließlich stieß seine Hand hinter einem Stein auf etwas Weiches. Ein Bein! „Shell, ich bin bei dir. Wo bist du getroffen?" Sein Freund antwortete nicht. Verdammt! „Komm schon, Shell. Wir holen dich hier raus." Da er nicht riskieren konnte, seine Taschenlampe zu nutzen, war er auf das angewiesen, was er mit seinen Nachtsichtgläsern sah. Rasch setzte er sie wieder korrekt auf. Die Kugel hatte seinen Freund unterhalb der Schutzweste getroffen. Blut quoll aus der Wunde und sickerte in den trockenen Boden. Shit. Eine solche Blutung konnte er hier mitten im Nirgendwo kaum stillen. Shell rührte sich nicht, er hatte das Bewusstsein verloren. Ein weiteres schlechtes Zeichen.

Caleb zerrte den Rucksack von seinem Rücken und kramte sein Sanitätspack heraus. Hastig presste er Kompressen auf die Wunde und wickelte eine Mullbinde darum. Viel mehr konnte er in dieser Situation nicht tun. Shell musste so schnell wie möglich ausgeflogen werden.

„Captain, Shell braucht einen Transport. Sofort."

„Ich arbeite dran. Wie …" Eine Schusssalve beendete den Rest des Satzes. Hoch über ihnen sah er helle Blitze. Mündungsfeuer. Sie waren wirklich eingekesselt.

Beinahe gleichzeitig drangen mehrere Schreie durch Calebs Headset. Aber auch rund um ihn herum brach Chaos aus. Verzweiflung überkam ihn. Er konnte sich nicht um mehrere Verletzte auf einmal kümmern, erst recht nicht, wenn er nicht wusste, wo sie genau waren. Und wenn er Shell allein ließ, würde der wahrscheinlich sterben. Abrupt stoppten die Schreie und es herrschte tiefe Stille.

„Sagt mir, wer verletzt ist und wo ihr seid." Stille antwortete ihm. Der Druck in seinem Brustkorb nahm zu. „Kommt schon!" Er wollte nicht glauben, dass sein Team schwer verletzt oder gar tot war. So viele Männer, etliche gute Freunde. Es war genau das eingetreten, was er immer befürchtet hatte: Er wurde gebraucht und konnte doch nicht helfen.

„Shell, bleib hier in Deckung, ich muss die anderen suchen." Ein letztes Mal berührte er den Brustkorb seines Freundes, dann robbte er dorthin, wo

er die Schreie gehört zu haben glaubte.

Er kam nur wenige Meter weit, bevor erneut Schüsse durch die Nacht peitschten. Ein harter Schlag traf ihn am Rücken, ein weiterer zog durch seinen Arm und ließ ihn aufschreien. Er verlor den Halt und rutschte den steilen Hang hinunter. Verzweifelt versuchte er sich festzukrallen, doch es gelang ihm nicht. Er fiel …

„Hallo? Gehen Sie bitte von mir runter!“ Als keine Reaktion erfolgte, versuchte Naomi, sich unter dem Mann hervorzuziehen, doch er war zu schwer. Vor allem lag er so auf ihr, dass sie sich kaum bewegen konnte. „Hey! Ich rede mit Ihnen!“ War das ein völlig misslungener Versuch, sie anzumachen? Sie konnte es sich nicht vorstellen. Selbst der letzte Neandertaler sollte verstanden haben, dass damit heute keine Frau mehr zu beeindrucken war.

Mühsam drehte sie den Kopf und blickte in das Gesicht des Mannes. Seine Augen waren geöffnet, aber er schien nichts wahrzunehmen. Seine Pupillen waren riesig. War er auf Drogen? Aber wenige Sekunden zuvor hatte er noch völlig normal gewirkt. Dann war er plötzlich auf sie zugesprungen und hatte sie zu Boden gerissen. Aber nicht, um sie anzugreifen. Es hatte eher beschützend gewirkt.

Sie legte ihre Hand an seine Wange. „Sie können jetzt aufstehen.“

Noch immer reagierte er nicht. Er starrte sie nur an, schien sie aber gar nicht wahrzunehmen. Als wäre er in einer völlig anderen Welt. „Es ist alles in Ordnung. Sie sind in Sicherheit“, sagte Naomi noch sanfter. Sie kam sich albern vor, so mit diesem kräftigen Mann zu reden, der sie mit seinem gesamten Körpergewicht auf das harte Pflaster presste, aber es schien zu wirken. Sein Blick verlor an Starrheit. Er blinzelte heftig, sein gesamter Körper spannte sich an.

„Was …?“ Seine Stimme klang rau.

„Wir sind hier am *Riverside Club*, Sie haben sich plötzlich auf mich geworfen.“

Diesmal ging ein Ruck durch seinen Körper, er stand rasch auf und blickte sich um. „Jemand hat geschossen.“

Naomi setzte sich langsam auf. „Geschossen? Nein, das war nur eine Fehlzündung.“

Noch immer starrte er in Richtung Parkplatz. „Sind Sie sicher?“ Er hielt ihr eine Hand hin und half ihr beim Aufstehen.

„Ja. Warum sollte hier jemand schießen? Außerdem ist außer uns niemand mehr hier.“

„Tut mir leid. Ich wollte nur sichergehen, dass Sie nicht getroffen werden.“

Sie lächelte ihn an. „Das muss es nicht. Wenn ich wirklich in Gefahr gewesen wäre, wäre ich froh gewesen, Sie in meiner Nähe zu haben.“ Etwas zu lang hielt sie seine Hand, dann zog sie ihre zurück. „Ich sollte dann besser auch reingehen.“ Trotzdem zögerte sie, weil der Mann immer noch mitgenommen wirkte. „Ist wirklich alles in Ordnung?“

„Ja.“ Er rang sich zu einem Lächeln durch. „Viel Spaß im Club.“

„Danke. Ich bin übrigens Naomi.“

Sein Blick glitt über sie, er hob die Hand und pflückte ein vertrocknetes Blatt aus ihren Haaren. „Caleb.“

Sie standen viel zu dicht voreinander, aber Naomi konnte sich nicht dazu bringen, zurückzutreten.

In diesem Moment öffnete sich die Tür des Clubs. „Naomi, kommst du … oh.“ Ihre Kollegin Harriet starrte sie mit offenem Mund an. „Ähm, bist du beschäftigt?“

Naomi musste lachen. „Nicht so, wie du denkst. Es war ein Missverständnis.“

Harriet spitzte die Lippen. „Sicher? Von hier sieht es ziemlich eindeutig aus.“

„Geh ruhig wieder zu den anderen, ich komme gleich nach.“

Nach einem letzten skeptischen Blick auf den Mann verschwand Harriet wieder im Club.

Schweigend löste sich der Türsteher von ihr und Naomi musste auf ihre Lippen beißen, um ihn nicht zu bitten, sie weiter festzuhalten. Es war seltsam – so sehr sie sich auf den Abend im Club gefreut hatte, wäre sie jetzt lieber hier draußen bei Caleb geblieben. Er strahlte etwas aus, das sie magisch anzog. Harte, schweigsame Männlichkeit mit einem Hauch Verletzlichkeit. Leider warteten ihre Kollegen drinnen auf sie. „Hat mich gefreut, Sie kennenzulernen."

„Ebenso." Er öffnete die Tür für sie.

Naomi streifte im Vorbeigehen mit den Fingerspitzen seinen Arm und betrat dann den nur schwach beleuchteten Club. Ihr Blick wurde sofort von der in helles Licht getauchten Bühne angezogen, auf der eine Tänzerin sehr verführerisch an einer Polestange turnte. Durch das gehobene Ambiente wirkte das nicht billig oder reißerisch, sondern ästhetisch. Hektisches Winken zeigte ihr, dass ihre Kollegen einen Tisch ergattert hatten, und sie ging eilig darauf zu.

2

Noch lange starrte Caleb auf die Tür, hinter der Naomi verschwunden war. Was war gerade passiert? Einen so starken Flashback hatte er seit Jahren nicht gehabt. Fast als wäre er wieder im Hindukusch gewesen, in der Nacht, die sein Leben von Grund auf verändert hatte. Hart rieb er sich über das Gesicht. Er hatte gehofft, dass sein eintöniges Dasein und der sichere Job im Club die Erinnerungen mit der Zeit verblassen lassen würden. Er sehnte sich danach, wieder normal zu sein, ohne immer nach einem Feind Ausschau zu halten oder bei jedem Knall oder falschen Bewegung einen Flashback befürchten zu müssen. Vielleicht war es die Strafe dafür, dass er sein Team im Stich gelassen hatte. Das hohle Gefühl in seiner Brust breitete sich aus, bis Caleb glaubte, daran ersticken zu müssen.

Er musste Dave von dem Vorfall erzählen. Schließlich hatte er einen Gast mehr oder weniger angegriffen, und er hätte Naomi dabei verletzen können. Sie könnte den Club verklagen. Vielleicht war selbst dieser Job für ihn nicht mehr zu bewältigen. Aber was hatte er dann noch? Auf keinen Fall wollte er wie andere ehemalige Soldaten auf Kosten des Staates dahinvegetieren, weil sie mit dem normalen Leben nach ihren Einsätzen nicht mehr zurechtkamen. Caleb richtete sich weiter auf. Nein, so weit würde er es nicht kommen lassen. Außer dem Job und seinen Freunden hatte er nichts mehr. Er würde dafür kämpfen, beides nicht zu verlieren.

Nachdem er sich während einer ruhigen Phase überzeugt hatte, dass niemand mit einer Waffe auf dem Gelände lauerte, beruhigte sich sein Herzschlag etwas. Vermutlich war es wirklich nur eine Fehlzündung gewesen, die fatal nach einem Gewehrschuss geklungen hatte. Das war die logischere Erklärung. Es gab keinen Grund, warum jemand hier herumballern sollte. Zumindest nicht mehr, seit sowohl Dave und seine jetzige Lebensgefährtin Grace als auch Jerry, Shanna und Gray in tödliche Gefahr geraten waren. Bei allen war es dermaßen knapp gewesen, dass sie nur wie durch ein Wunder mit dem Leben davongekommen waren. Manchmal fragte er sich, ob der Club Probleme anzog, aber da seit einiger Zeit nichts mehr passiert war, hatte er gehofft, dass nun ruhigere Zeiten anbrachen.

Caleb atmete tief durch und versuchte, seine Ruhe wiederzufinden, obwohl das Adrenalin noch durch seinen Körper peitschte. Weitere Gäste kamen auf ihn zu und brachten ihm die Ablenkung, die er brauchte, um die Erinnerungen tief in sich zu vergraben. Er ließ sie in den Club eintreten und warf einen schnellen Blick hinein. Naomi war nirgends zu sehen. Sofort verdrehte Caleb die Augen und schloss energisch die Tür. Was war los mit ihm? Jeden Tag sah er so viele gutaussehende Frauen, einige flirteten sogar mit ihm. Aber noch keine hatte ihn so beeindruckt wie Naomi. Das lag sicher an der eingebildeten Gefahr und seinem Adrenalinüberschuss. Beruhigt, einen Grund gefunden zu haben, konzentrierte er sich auf seine Aufgabe.

Nachdem zwei Stunden später der größte Ansturm vorbei war, löste Dave ihn für eine Pause ab. Caleb verließ seinen Platz und trat in den Club. Automatisch glitt sein Blick durch den Raum, blieb kurz an der Bühne hängen und wanderte dann weiter. Es dauerte nicht lange, bis er Naomis blonde Lockenmähne fand. Sie saß mit dem Gesicht zu ihm und unterhielt sich angeregt mit den anderen Leuten am Tisch. Beinahe gegen seinen Willen wurde seine Aufmerksamkeit von ihr angezogen. Es traf ihn wie ein Stromschlag, als sie zu ihm herübersah und sich ihre Blicke kreuzten.

Verdammt, offenbar war seine Faszination doch nicht nur dem Vorfall geschuldet. Rasch sah er weg. Um sich selbst zu schützen, aber auch, weil die Gäste sich nicht beobachtet fühlen sollten. Im *Riverside Club* sollte sich jeder frei und glücklich fühlen. Dazu trug das Ambiente ebenso bei wie die Tänzerinnen und Tänzer und auch Jerry hinter der Theke. Wenn jemand ein Garant für gute Laune war, dann der Barkeeper. Da er langsam durstig wurde, nutzte Caleb die Gelegenheit und ging zur Bar hinüber.

Als Jerry ihn sah, stellte er ihm unaufgefordert eine Flasche Cola auf die Theke. Normalerweise zog er Bier vor, aber im Dienst war etwas Alkoholfreies Pflicht. „Danke." Caleb nahm die Flasche und trank ein paar Schlucke.

Jerry grinste ihn an. „Du wirst beobachtet."

Irritiert sah er den Barmann an. „Was? Von wem?"

„Hübsch. Blonde Locken. Umwerfendes Lächeln."

Ruckartig drehte Caleb sich um, sein Blick traf direkt auf Naomis. Wieder lächelte sie.

„Ah, du hast sie also auch schon entdeckt."

„Wir hatten einen … Zwischenfall draußen." Caleb drehte sich wieder um.

Jerrys blaue Augen funkelten vergnügt. „So, welcher Art?"

Caleb schnitt eine Grimasse. „Darüber möchte ich lieber nicht sprechen."

Sofort wurde Jerry ernst. „Hat jemand Ärger gemacht?"

„Nein, nein, alles in Ordnung. Ich habe nur eine Situation … falsch eingeschätzt." Wobei er immer noch kaum glauben konnte, dass er eine Fehlzündung nicht von einem Schuss unterscheiden konnte. Aber in seinem Zustand war vermutlich alles möglich. Nach seiner Entlassung aus dem Krankenhaus war er zu einem Psychiater geschickt worden, der ihm eröffnet hatte, dass praktisch alles zu einem Flashback führen könnte. Geräusche, Gerüche, optische Signale. Es konnte aber auch eine Dokumentation im Fernsehen sein, eine Stimme, ein Name. Was es ihm nicht gerade erleichterte, ein normales Leben zu führen.

„Caleb?"

Aus seinen Gedanken gerissen, blickte er Jerry an. „Ja?“
„Willst du nichts mehr trinken?“
Jetzt erst bemerkte er wieder die Flasche in seiner Hand. „Doch, natürlich.“
Jerry bediente einen anderen Gast und kehrte dann zu ihm zurück. „Du weißt, wenn etwas ist, kannst du jederzeit mit mir oder Dave darüber sprechen.“
„Ja.“ Und er war wirklich dankbar, dass er Menschen gefunden hatte, die ihn so akzeptierten, wie er war.
Jerrys erwartungsvolle Miene wich einem Lächeln. „Okay, dann vielleicht später. Du hast jetzt sowieso Besseres zu tun.“
Calebs Augenbrauen hoben sich. „Habe ich das?“
Jerrys Grinsen wurde breiter. „Ja, ich denke schon.“ Er nickte zu Naomis Tisch hin.
Caleb stellte die Flasche ab und drehte sich um. Wieder sah Naomi ihn direkt an. Ihr Lächeln sandte einen Hitzestoß durch seinen Körper. Mit einiger Mühe lächelte er zurück. Naomi stand langsam auf, während sie ihn weiterhin nicht aus den Augen ließ.
„Ich glaube, sie will was von dir.“
Caleb räusperte sich. „Das kann ich mir nicht vorstellen.“ Trotzdem beobachtete er begierig, wie sie auf ihn zukam.
„Glaub mir, ich habe hier schon alles gesehen, und dieser Blick ist ganz eindeutig.“ Jerry lachte leise. „Ich sehe ihn jeden Tag zu Hause.“
Und darum beneidete Caleb ihn. Nicht um die zwei Partner, das wäre ihm auf Dauer viel zu anstrengend, sondern um die Vertrautheit und darum, jemanden zu haben, der immer für einen da war. Der auf ihn wartete, wenn er nachts nach Hause kam. „Trotzdem denke ich nicht …“ Caleb brach ab, als Naomi dicht an ihm vorbeiging und ihre Finger dabei über seinen Arm strichen. Ihr Blick war eindeutig eine Aufforderung. Mit offenem Mund sah er ihr nach, während sie in Richtung der Waschräume schlenderte.

„Das wäre jetzt der richtige Moment, den Mund zuzumachen und ihr zu folgen." Jerry klang amüsiert.

Abrupt richtete Caleb sich auf. „Du hast recht."

„Natürlich. Hab ein bisschen Spaß."

Caleb verdrehte die Augen, stieß sich aber von der Theke ab und folgte Naomi rasch. Dank ihrer hellen Locken war sie nicht zu übersehen. Am Durchgang zum schmalen Flur, der zu den Waschräumen führte, zögerte sie und sah sich um. Als sie ihn hinter sich erblickte, ging sie langsam weiter. Calebs Herz klopfte schneller, je näher er ihr kam. Wieder drang ein Hauch ihres Parfüms an seine Nase. Vielleicht hatte sie ein geheimes Mittel hineingemischt, das ihn willenlos machte. Caleb schnaubte. Das wäre nicht nötig, er würde ihr auch so folgen. Schließlich war er dicht hinter ihr und legte seine Hand auf ihre Schulter.

Naomi zuckte zusammen und blieb stehen. Caleb trat näher, bis seine Brust ihren Rücken berührte. Hoffentlich hatte er ihr Benehmen nicht falsch gedeutet und fing sich gleich eine Ohrfeige ein. Ein Zittern lief durch ihren Körper. Dann drehte sie sich um und presste sich dichter an ihn. Sie hob den Kopf und küsste sein Kinn. „Ich weiß nicht, was mit mir los ist. Ich …"

Caleb unterbrach sie, indem er sie hochhob und seinen Mund auf ihren legte. Sie schmeckte süß, mit einem Hauch von Alkohol. Mit einem atemlosen Laut schlang Naomi ihre Arme um seinen Nacken und stürzte sich in den Kuss. Ihre Beine legte sie um seine Taille und brachte ihn damit für einen Moment aus dem Gleichgewicht. Er schwankte und gewann dann seinen festen Stand wieder. Da er wusste, dass sie hier im Gang von der Bar aus gesehen werden konnten, setzte er sich langsam in Bewegung. Naomis Fingernägel bohrten sich in seinen Nacken und steigerten seine Erregung noch. Caleb touchierte die Wand und stolperte wieder in die Mitte des Flurs. Rasch fischte er in seiner Hosentasche nach dem Schlüsselbund und schloss die Tür des Lagers auf, das sich am Ende des Gangs befand.

Mit einer Hand drückte er die Tür auf, trat mit Naomi im Arm in den Raum und schloss sie mit der Hüfte. Er tastete nach dem Schalter und blinzelte gegen das aufflammende Licht. Das Lager war ordentlich, aber alles andere als gemütlich. Regale bedeckten die Wände, in einer Ecke standen ausrangierte Stühle. Darauf hielt Caleb zu. Es fiel ihm immer schwerer, noch klar zu denken, geschweige denn, seinen Körper zu kontrollieren. Die verlangenden Laute, die Naomi ausstieß, halfen auch nicht gerade dabei. Vorsichtig setzte Caleb sich auf einen Stuhl und hatte nun endlich die Hände frei, um Naomis Körper zu erkunden. Eine schob er unter ihre Bluse und ließ sie über ihren nackten Rücken gleiten. Die andere grub er in ihre Haare. Er zog ihren Kopf nach hinten, um sie noch inniger küssen zu können.

Naomi entledigte ihn seiner Jacke. Ehe er überhaupt blinzeln konnte, hatte sie sein T-Shirt hochgeschoben und fuhr mit den Händen über seine Brust. Die Berührung elektrisierte ihn. Naomi saß direkt auf seinem Schaft und musste ihn einfach spüren. Ihre Hitze vergrößerte seine Erektion noch. Caleb bewegte sich unruhig. Naomis Lippen lösten sich von seinen, dann zog sie das T-Shirt über seinen Kopf. Ihre Augen glitzerten, als ihr Blick über seinen Oberkörper glitt. Offenbar gefiel ihr, was sie sah, denn sie beugte sich vor und setzte eine Spur von Küssen von seinem Hals bis zu seiner Brust. Ihre Zunge streifte einen Nippel, und Caleb stöhnte unterdrückt auf.

Er musste eindeutig etwas tun, um sich abzulenken, sonst würde er auf der Stelle kommen. Es war zu lange her, dass eine Frau ihn so gereizt hatte. Er ließ seine Hände zu ihren Seiten gleiten, doch die Bluse war so eng, dass er sie nicht darunterschieben konnte, um ihre Brüste zu streicheln. Deshalb knöpfte er sie von unten nach oben auf. Naomi hinderte ihn nicht daran, im Gegenteil, sie gab einen zufriedenen Laut von sich. Schließlich schob er den Stoff über ihre Schultern und betrachtete ihre von einem eleganten Spitzen-BH halb verhüllten Brüste. Der Stoff war so knapp bemessen, dass er gerade eben ihre dunklen Brustspitzen bedeckte. Caleb hätte sich das stundenlang ansehen können, aber Naomi hatte offenbar anderes im Sinn. Auffordernd drückte sie den Rücken durch.

Caleb legte seine Hände auf ihre Brüste. Sie passten perfekt. Mit den Daumen strich er über die seidenweiche Haut.

Naomi stöhnte an seinem Ohr. „O Gott, bitte!“

Wieder folgte er ihrem Wunsch und öffnete den Verschluss. Der Stoff enthüllte wunderschöne Brüste mit harten Spitzen, die ihn geradezu anbettelten, sie zu berühren. Das tat er nur zu gern. Er nahm sie zwischen Daumen und Zeigefinger und zog sachte daran. Wieder bewegte sich Naomi unruhig auf seinem Schaft. Unwillkürlich drückte er fester zu und erntete damit ein lautes Stöhnen. Hoffentlich lockte sie damit keine Neugierigen an, die sich fragten, was hier passierte. Andererseits war ihm das momentan völlig egal. Er konnte nur daran denken, Naomi auszuziehen, sie zu nehmen und …

Offenbar war Naomi der gleichen Meinung, denn sie ließ ihre Hände nach unten gleiten und öffnete den Knopf seiner Hose. Caleb schloss die Augen und versuchte, seine Erregung unter Kontrolle zu bringen. Das leise Geräusch des Reißverschlusses ließ ihn fast durch die Decke gehen. Er riss die Augen wieder auf und starrte auf Naomis Hände, die seinen Boxershorts herunterzogen, soweit seine Position es zuließ, und sich dann um seinen schmerzenden Schaft schlossen. *Oh, verdammt!* Sie beugte sich vor und presste ihre Lippen auf seine Brust. In seinem Kopf drehte sich alles, er konnte kaum noch vernünftig denken. Er musste in ihr sein, jetzt, sofort. Doch es war eine Sache, ein wenig herumzufummeln, aber eine ganz andere, mit einer wildfremden Frau Sex zu haben. Ob sie das wirklich wollte? Sie knabberte an seinem Hals, während ihre Finger sich fester um seine Erektion schlossen. Caleb hielt es nicht mehr aus. Mit einem Stöhnen legte er eine Hand auf ihre. „Warte.“ Seine Stimme klang rau.

„Worauf?"

Gute Frage. Mühsam versuchte er, sein Gehirn wieder zum Laufen zu bringen. „Was möchtest du?"

Naomi lachte auf. „Ich dachte, das wäre eindeutig."

Ja, das war es. Sie saß mit nackten Brüsten auf seinem Schoß und streichelte seinen Penis, als könnte sie nicht genug davon bekommen. „Hast du ein Kondom?"

Naomi hob den Kopf. „Nicht dabei. Du?"

Stumm schüttelte er den Kopf. Ihre enttäuschte Miene sprach Bände. „Mist."

Sein Blick fiel auf das Regal gegenüber. Dort lagen die Papierhandtücher und Nachfüllpackungen für die Waschräume. Und – heureka! – Kondome für die Automaten. Er grinste und deutete auf die Kondome. „Ich glaube, wir haben Glück."

Schneller, als er reagieren konnte, war Naomi aufgesprungen, nahm eine der Packungen, riss sie auf und reichte ihm ein Kondom. Während er es rasch über seine Erektion rollte, sah er zu, wie Naomi ihren Slip unter dem Rock hervorzog und zur Seite warf. Danach stellte sie sich über ihn. „Bereit?"

Caleb nickte, da seine Stimme bei dem Anblick versagte. Langsam senkte sie sich auf ihn. Die Leichtigkeit, mit der sie auf seinen Schaft glitt, zeigte, wie feucht sie bereits war. Normalerweise legte er Wert auf ein ausgedehntes Vorspiel, aber in diesem Fall war es völlig unnötig. Sie waren beide aufs Äußerste erregt und bereit. Naomis Muskeln schlossen sich um ihn, und sie stöhnten gleichzeitig auf. Caleb legte seine Hände an ihren Po und hob sie ein wenig hoch, um sie dann wieder auf sich gleiten zu lassen, während er gleichzeitig in sie stieß. Naomi schloss die Augen und warf den Kopf nach hinten. Sie legte ihre Hände auf seine Schultern und kam seinen Stößen entgegen. Calebs Blick saugte sich an ihren Brüsten fest, und er wünschte, er hätte mehr Hände, um sie überall berühren zu können.

Dann bewegte Naomi sich ohne seine Hilfe und er konnte sie

endlich so berühren, wie er wollte. Mit einer Hand reizte er ihre Brüste, die andere ließ er abwärts wandern. Ihre Haut glitzerte feucht im Lichtschein, ein schmaler Streifen Haare führte über ihre Scham und wies ihm den Weg. Sanft hielt er ihre Schamlippen beiseite und rieb mit einem Finger über ihre Klitoris. Ein hoher Laut entfuhr Naomi, ihre Bewegungen wurden wilder. Mit jedem Stoß drang er tiefer in sie ein, ihre Muskeln zogen sich immer enger um ihn zusammen. Hitze breitete sich in seinem Nacken aus, und er wusste, dass ihm nicht mehr viel Zeit blieb. Seine Finger schloss er fester um ihre Brustwarze und zog daran. Als Reaktion darauf presste Naomi sich härter gegen seine Hand.

Ihre Fingernägel hinterließen sicher Spuren auf seinen Schultern, aber das war ihm egal. Jede ihrer Bewegungen, jeder Laut und der Duft ihres Körpers ließen ihn nach dem Höhepunkt streben. Selbst der leichte Schmerz trug dazu bei. Caleb schob seinen Finger weiter und drang beim nächsten Stoß zusammen mit seinem Schaft in sie ein. Damit fühlte sie sich noch enger an, die Reibung verstärkte sich. Mit dem Daumen reizte er weiter ihre Klitoris. Naomi bewegte sich immer schneller auf und ab, dann ließ sie sich auf ihn fallen und schrie gedämpft auf. Ihre Muskeln massierten ihn, bis er ebenfalls den Orgasmus erreichte. Rau stieß er den Atem aus. Punkte flimmerten vor seinen Augen, und er rang mühsam nach Luft.

3

Naomi sank vorwärts, ihre Wange legte sich an seine Brust. Caleb schloss seine Arme um sie und zog sie enger an sich, während er versuchte, seinen Herzschlag wieder zu beruhigen. Naomis heftige Atemzüge fuhren durch seine Brusthaare und er lächelte zufrieden. Eine Weile saßen sie einfach nur da, bis die Geräusche draußen auf dem Gang wieder in sein Bewusstsein drangen. Eine Tür schlug zu, ein Lachen erklang. Die Vorstellung, dass jederzeit jemand in den Raum kommen könnte – zum Beispiel einer seiner Kollegen – war nicht sonderlich erbaulich.

Schließlich hob Naomi den Kopf und lächelte ihn an. „Das war … grandios."

„Ja." Zu mehr reichte es noch nicht. Mit den Fingern rieb er über ihren Rücken. Eigentlich sollte er vollständig gesättigt sein, aber sie mit zerzausten Haaren und nackten Brüsten auf ihm sitzen zu sehen, sandte neue Erregung durch seinen Körper. Da er keine zweite Runde starten wollte, beschränkte er sich darauf, sich vorzubeugen und Naomi zu küssen. Langsam und gründlich, bis sie beide außer Atem waren.

„Wow." Naomi berührte mit den Fingern ihre Unterlippe. „Zu dumm, dass meine Kollegen auf mich warten."

„Ich muss auch wieder an die Arbeit zurück."

Naomi blickte ihn erschrocken an. „Oh, daran hätte ich denken sollen. Tut mir leid."

Caleb grinste. „Mir nicht. Außerdem weiß der Barmann, wo ich bin. Wenn etwas wäre, hätte er mich geholt."

„Du meinst, er hätte jederzeit hier reinkommen können?"

„Die Tür ist offen, jeder hätte reinkommen können."

Naomi biss sich auf die Lippe. „Ich weiß nicht, ob ich das erschreckend oder erregend finde."

Noch einmal küsste er sie. „Es war schön, dich für mich zu haben. Aber es hätte mich auch nicht gestört, mit dir erwischt zu werden. Ich hätte nicht darauf verzichten wollen."

Das ließ sie lächeln. „Ich auch nicht." Sie stützte sich auf seinen Schultern ab und erhob sich langsam.

Caleb hätte am liebsten protestiert, als sein Schaft ihre warme Höhle verließ, doch er schwieg. Naomi blieb vor ihm stehen und schwankte leicht. Besorgt blickte er sie an. „Geht es?"

„Ja. Mir scheinen die Beinmuskeln abhandengekommen zu sein." Sie schnitt eine Grimasse. „Dafür spüre ich ein paar andere."

Caleb beugte sich vor und küsste ihre Brustspitzen, bevor er ihren BH wieder schloss und die Bluse zuknöpfte. „So, alles wieder wie neu."

Naomi blickte nach unten. „Nicht ganz." Sie versuchte, ihren verknitterten Rock zu glätten, doch vergeblich.

„In der Beleuchtung fällt das sicher nicht so auf." Caleb bückte sich und hob ihren Slip auf. „Den solltest du vielleicht wieder anziehen."

Sie nahm ihn entgegen, schlüpfte hinein und zog ihn hoch. „Danke."

Lächelnd lehnte er sich zurück. „Ich habe zu danken."

Bedeutsam blickte sie auf seine Körpermitte. „Meinst du nicht, dass du dich auch anziehen solltest?"

Mit einem Seufzer entsorgte Caleb das Kondom, zog seine Boxershorts hoch und schloss dann seine Hose. Er blickte sich um und entdeckte sein T-Shirt auf dem Boden. Nachdem er es übergestreift hatte, ging er zur Tür und öffnete sie einen Spalt breit. Es war niemand auf dem Gang. Er sah zu Naomi. „Die Luft ist rein."

Sie kam auf ihn zu, und ein Hauch von Bedauern durchzuckte ihn. Neben ihm blieb sie stehen. „Danke, ich habe das sehr genossen. Ich hätte dich vielleicht nicht so überfallen sollen, aber ich konnte nicht anders."

Caleb lächelte sie an. „Sehr gern. Ich stehe dir jederzeit zur Verfügung."

„Vielleicht komme ich darauf zurück." Ein letztes Mal streifte sie mit ihren Lippen seine, dann öffnete sie die Tür weiter und trat auf den Gang hinaus.

Er wollte ihr sagen, dass sie bleiben sollte, aber sie lief bereits den Flur entlang. Einen Moment lang sah er ihr nach, dann kehrte er in das Lager zurück und schloss die Tür. Er brauchte einen Augenblick, um sich wieder zu sammeln. Rasch zog er seine Jacke an und ordnete alles. Wahrscheinlich würde er den Raum nie wieder betreten können, ohne an das zu denken, was sich gerade hier abgespielt hatte. Es war sein erster One-Night-Stand gewesen, bisher hatte er seine Sexpartner zumindest vor dem ersten Mal ein bisschen besser gekannt. Trotzdem – oder gerade deswegen – war dies seine bisher heißeste Begegnung gewesen.

Kopfschüttelnd hob er das in ein Papiertuch gewickelte Kondom auf und nahm es mit auf die Männertoilette. Dort machte er sich frisch und kehrte dann zur Bar zurück. Er nahm seine Flasche und stürzte die Cola in einem Schwung herunter. Jerry grinste ihn an. „Was? Ich habe Durst."

„Das kann ich mir vorstellen. Deine Freundin sieht übrigens sehr nett aus."

„Sie ist nicht meine Freundin." Die Antwort kam automatisch. Er sah sich um, doch Naomi saß nicht bei ihren Kollegen. „Ist sie noch nicht zurückgekehrt?"

„Doch, sie hat kurz mit ihren Freunden gesprochen, bezahlt und ist dann gegangen."

Hart stellte Caleb die Flasche auf die Theke. „Jetzt schon?" Irgendwie hatte er gehofft, sie ein wenig länger beobachten zu können. Innerlich verdrehte er die Augen. Wie jämmerlich war das denn?

Jerry zuckte die Schultern. „Sagte, sie wäre müde. Sie sah auch etwas erschöpft aus."

Caleb funkelte ihn an. „Haha, sehr witzig." Verlangend blickte er zur Tür.

„Vielleicht solltest du ihr nachgehen." Jerry sah ihn unerwartet ernst an. „Außer sie hat gesagt, dass sie dich nicht wiedersehen will."

„Nein, das hat sie nicht. Wir haben … uns gut verstanden."

Sofort erhellte das Grinsen wieder Jerrys Gesicht. „Na dann solltest du keine Zeit verschwenden."

Das ließ Caleb sich nicht zweimal sagen. Zumindest sollte er sie nach ihrer Telefonnummer fragen, für mehr hatte er vor seinem Feierabend keine Zeit. Er schob sich durch die Menge zum Ausgang und öffnete die Tür. Kühle Luft wehte ihm entgegen, und er atmete tief durch. Rasch sah er sich auf dem Parkplatz um, aber von Naomi keine Spur. Enttäuscht stieß er den Atem aus. Mist. Andererseits war es vielleicht auch besser so. Er wusste nicht, ob es an dem Flashback lag, dass er eine solch starke Verbindung zu ihr spürte. Ganz sicher hatte der aber seine Gefühle durcheinandergebracht. In Zukunft sollte er in solchen Fällen einen großen Bogen um andere Menschen und besonders um attraktive Frauen machen. Wobei er keinesfalls bereute, sich mit Naomi eingelassen zu haben. Ganz im Gegenteil, es war eine spektakuläre Erfahrung gewesen.

„Pause beendet?" Daves Stimme erklang neben ihm.

Ertappt wandte Caleb sich zu seinem Boss um. „Ja, danke fürs Einspringen."

Dave blickte ihn neugierig an. „Falls du gerade die blonde Frau gesucht hast, sie ist mit einem Auto weggefahren."

„Äh, danke." Hoffentlich konnte Dave die Röte nicht erkennen, die sicher in seine Wangen gestiegen war.

Grinsend klopfte ihm Dave auf die Schulter. „Kein Problem. Wir sehen uns."

Um sich abzukühlen – und weiteren Kommentaren zu entgehen – blieb Caleb den Rest seiner Schicht draußen neben der Tür stehen.

Naomi schloss die Wohnungstür hinter sich und lehnte sich mit dem Rücken dagegen. Was zum Teufel war los mit ihr? Es war normalerweise nicht ihre Art, sich einem fremden Mann an den Hals zu werfen, geschweige denn mit ihm Sex zu haben. Sie wusste nur, dass er Caleb hieß und vermutlich der Türsteher des *Riverside Club* war. Und unglaublich sexy. Seine braunen Haare waren beinahe militärisch kurz geschnitten, sein Oberkörper muskulös und die Brust dezent behaart. Am meisten hatten sie aber seine Augen gefesselt. Erst hatte Naomi sie für braun gehalten, doch im Licht hatte sie dann bemerkt, dass es ein dunkles Grau war. Mysteriös und zugleich einnehmend.

Kopfschüttelnd warf sie ihre Jacke in Richtung der Kommode. Sie kickte die hochhackigen Schuhe von den Füßen und stöhnte erleichtert auf. So gern sie auch schicke Pumps trug, artete es an langen Tagen immer in Schmerz aus. Zu Hause lief sie nur barfuß. Naomi trat ins Bad und ließ Wasser in die Wanne ein. Während sie wartete, betrachtete sie sich im Spiegel. Ihre Lippen und Wangen waren gerötet, die Augen glitzerten. Sie sah eindeutig aus, als hätte sie gerade den Sex ihres Lebens gehabt. Sie stützte ihre Hände auf den Rand des Waschbeckens und senkte den Kopf. Es war traurig, das über einen One-Night-Stand – oder vielmehr einen Twenty-Minute-Stand – sagen zu müssen.

Aber es war ihre eigene Schuld. Sie arbeitete zu viel und war zu wählerisch, was ihre Lebens- und Sexpartner anging. Es reichte ihr nicht, wenn jemand gut aussah, aber auch nicht, wenn jemand intelligent war. Die Mischung machte es. Ein Mann musste für sie *echt* sein – jemand, dem sie vertrauen konnte und der Gefühle in ihr auslöste. Letzteres hatte Caleb mit Leichtigkeit geschafft, und dafür war sie dankbar. Sie hatte schon geglaubt, dass niemand mehr ihr Interesse wecken würde. Beruflich hatte sie zu viel mit Problemen zu tun. Mit der Zeit war dieser Bereich ihres Lebens zu sehr in den privaten eingedrungen und hatte bewirkt, dass sie noch vorsichtiger geworden war. Dabei müsste sie es eigentlich besser wissen.

Mit einem Seufzer zog Naomi ihre Kleidung aus und stieg in das dampfende Wasser. Ein großzügiger Schuss ihres Lieblingsbadeöls hob ihre Stimmung sofort. Sie liebte die tiefrote Farbe, den zugleich frischen und blumigen Duft und vor allem den Schaum. Vorsichtig setzte sie sich in die fast vollständig gefüllte Wanne und drehte den Hahn zu. Sie lehnte sich zurück und schloss die Augen. Das Wasser umspülte weich ihre Haut und lockerte die verspannten Muskeln. Ja, wenn sie jetzt noch ein Glas Wein hätte, wäre es perfekt. Da sie aber bereits im Club etwas getrunken hatte, wollte sie es nicht übertreiben. Vermutlich hatte der Alkohol dazu geführt, dass sie mutig genug gewesen war, Caleb zu verführen. Wobei sie alles andere als betrunken gewesen war. Nur ein wenig lockerer als sonst.

Naomi öffnete ihre Beine. Die seidenweiche Berührung an ihrer Klitoris fühlte sich himmlisch an. Sanfter als Calebs Finger, aber ähnlich stimulierend. Ihre Brustwarzen zogen sich zusammen. Naomi blickte nach unten. Die harten Spitzen stießen durch den Schaum, ein Kribbeln schoss durch ihren Körper. Als hätte sie heute nicht genug Sex gehabt! Aber ihr Körper war eindeutig auf den Geschmack gekommen und lechzte nach mehr. Naomi ließ die Hände an ihrem Bauch hinaufgleiten und legte sie über ihre Brüste. Das Kribbeln verstärkte sich. Naomi biss in ihre Unterlippe und strich mit den Daumen über die Spitzen. *O Gott, ja!*

Unruhig bewegte sie sich, und das Wasser schwappte über den Rand der Wanne. Vor ihrem geistigen Auge sah sie Caleb, wie er sich langsam über sie beugte und ihre Brustwarze leckte. Ein Schauer lief durch ihren Körper. Ihre Lider schlossen sich und sie stellte sich vor, wie sich sein Mund um ihren Nippel schloss und er erst sanft, dann immer fester daran saugte. Gleichzeitig glitt eine Hand nach unten und legte sich über ihre Scham. Da ihre Beine weit geöffnet waren, gab es kein Hindernis. Ein Finger glitt in sie, gleich darauf ein zweiter. Naomi bäumte sich auf und stieß damit noch tiefer in sich. Der Griff an ihrer Brust wurde fester, bis es fast schmerzhaft war. Das warme Wasser strich durch die Bewegungen über sie und stimulierte sie zusätzlich.

Mit dem Daumen gab es noch mehr Reibung, der Orgasmus kam immer näher. Noch einmal stieß sie tief in sich, der harte Druck auf ihrer Klitoris war der letzte Funke. Mit einem heiseren Schrei erreichte Naomi den Höhepunkt. Zuckungen liefen durch ihren Körper. Wasser klatschte auf den Boden. Schließlich ebbte der Orgasmus ab, Calebs Bild verblasste und Naomi blieb allein zurück. Ein Seufzer drang über ihre Lippen. Sie hatte nichts gegen eine gute Selbstbefriedigung, aber ihr Körper verlangte nach mehr. Was war vorhin mit ihr geschehen, dass sie Caleb nicht mehr aus dem Kopf bekam? Dabei hatte sie – bis auf den Sex – gerade mal ein paar Sätze mit ihm gewechselt. Da sie jetzt nicht anfangen wollte, ihre Handlungen zu analysieren, stieg Naomi aus der Wanne.

4

Nach einer größtenteils schlaflosen Nacht fand Caleb sich am nächsten Morgen wieder beim Club ein. Eigentlich fing sein Dienst noch lange nicht an, aber er war seltsam unruhig und hatte sich entschieden, schon früher zu kommen. Er stellte sich dorthin, von wo er abends Naomi zum ersten Mal gesehen hatte. Noch jetzt erinnerte er sich genau, wie sie gelacht hatte, während sie auf ihn zugegangen war. Dann war ihr Blick über ihn geglitten, und sie hatte ihn angelächelt. Caleb sah zum Eingang des Clubs. Er war im Dunkeln beleuchtet, an der Wand daneben hing ein edles Schild mit dem geschwungenen Schriftzug *The Riverside Club*. Die Tür bestand aus massivem Metall und würde einem Einbruchsversuch eine Weile standhalten. Außerdem gab es eine gute Alarmanlage, die außerhalb der Öffnungszeiten immer aktiviert war.

Caleb wollte sich gerade wieder umdrehen, als ihm ein runder Fleck an der Wand auffiel. Stirnrunzelnd trat er näher und sah, dass es kein Schmutz, sondern ein Loch im Putz war. Sein Nacken prickelte. Das sah aus wie … Caleb zog sein Taschenmesser aus der Hosentasche und vergrößerte das Loch etwas. Dann zog er mit der Spitze des Messers vorsichtig einen Gegenstand heraus. Wie erwartet handelte es sich um eine Patrone. Durch den Aufprall war der Mantel des Projektils eingedrückt. Also hatte er Recht gehabt, es war ein Schuss gewesen! Natürlich könnte es sein, dass das Loch schon vorher dagewesen war, aber dann hätte er es sicher früher entdeckt. Für solche Dinge hatte er ein Auge. Caleb betrachtete die Patrone, ohne sie anzufassen.

„Zerstörst du gerade meine Hauswand?"

Erschrocken wirbelte Caleb herum und entdeckte Dave hinter sich. Erleichtert stützte er sich an der Wand ab. Es machte ihn nervös, dass er seinen Chef nicht früher bemerkt hatte. Wenn es jemand anders gewesen wäre, zum Beispiel der Schütze ...

Dave berührte seinen Arm. „Hey, das war ein Scherz. Geht es dir gut?"

Caleb atmete tief durch. „Ja, ich habe dich nur nicht kommen gehört. Aber wir haben ein Problem: Jemand hat letzte Nacht auf den Club geschossen."

„Was? Und das sagst du erst jetzt?"

„Gestern Abend habe ich kurz geglaubt, dass es ein Schuss war, bin aber dann davon ausgegangen, dass es sich um eine Fehlzündung handelt. Es ist niemand getroffen worden. Ich habe mich gleich umgesehen, aber keinen Verdächtigen angetroffen. Ich dachte daher, ich hätte mir nur eingebildet, dass dieser Knall wie ein Schuss klang. Bis ich eben das Loch in der Wand entdeckt habe." Er zeigte Dave die Patrone. „Nicht anfassen, es ist zwar unwahrscheinlich, aber vielleicht können wir einen Fingerabdruck darauf sichern."

Dave runzelte die Stirn. „Aber wer sollte hier schießen? Wir hatten schon lange keine Probleme mehr."

„Ich habe keine Ahnung. Es könnte natürlich sein, dass die Kugel schon länger in der Wand steckt und wir es nur bisher noch nicht bemerkt haben, aber das glaube ich eher nicht." Er deutete auf den Putz, der unterhalb des Einschusslochs auf dem Boden lag. „Der scheint ziemlich frisch zu sein, sonst hätte ihn der Regen schon weggespült."

Langsam nickte Dave. „Wenn du gestern einen Schuss gehört hast, dann glaube ich dir."

Caleb räusperte sich. „Du weißt, dass ich immer noch Probleme mit manchen Wahrnehmungen habe. Ich könnte es also nicht beschwören. Aber mein Gefühl sagt mir, dass jemand geschossen hat. Zu dem Zeitpunkt ist gerade eine Gruppe angekommen. Vielleicht galt die Kugel einem von ihnen." Vielleicht sogar Naomi, sie war die Letzte der Gruppe gewesen und die

Einzige, die während des Schusses noch vor der Tür gestanden hatte. Waren nicht mehr Schüsse abgefeuert worden, weil er sie mit sich zu Boden gerissen hatte? Sein Herz schlug schneller.

„Kannst du die Namen herausfinden?"

„Ich denke schon."

Dave öffnete die Tür und schaltete das Licht an. „Komm mit rein, ich hole eine Tüte für die Patrone. Ich werde sie einem Freund in der Kriminaltechnik geben, vielleicht kann er mehr darüber herausfinden."

„Das wäre gut." Caleb folgte Dave ins Innere. Ohne Gäste und mit den Stühlen auf den Tischen und der Theke, damit das Reinigungsteam leichter arbeiten konnte, wirkte es ganz anders als sonst. Ruhig und friedlich, aber auch leblos. „Die Munition gehört meiner Meinung nach zu einer Großkaliberwaffe, vermutlich einem Gewehr."

„Du glaubst, es kommt wirklich jemand mit einem Gewehr hierher, um auf den Club zu schießen? Das geht auch unauffälliger." Dave holte hinter der Theke einen Plastikbeutel mit Zip-Verschluss hervor, und Caleb ließ die Patrone hineinfallen.

„Garantiert. Vielleicht wollte der Täter ein Statement setzen. Oder er ist ein Idiot und findet es total cool, mit einem Gewehr hier herumzuballern." Es stimmte aber, dass es wesentlich unauffälliger wäre, eine Pistole bei sich zu tragen. „Ich sehe mich noch mal in Schussrichtung am hinteren Ende des Parkplatzes um. Vielleicht finde ich die Hülse oder sonstige Spuren."

Dave blickte ihn zweifelnd an. „Vielleicht sollte ich mitkommen. Oder ich könnte Gray anrufen, er ist der einzige Detective, dem ich traue, mir nicht den Laden dichtzumachen."

„Was ist mit Grace?" Daves Lebensgefährtin war ebenfalls Polizistin.

Dave schnitt eine Grimasse. „Ich möchte nicht, dass sie sich Sorgen macht. Außerdem hatte sie es in ihrer Abteilung nicht leicht, es ist besser, sie aus allem rauszuhalten."

Daves Misstrauen gegenüber seinen früheren Kollegen war berechtigt, aber wenn es um Menschenleben ging, sollten sie alles tun, um sicherzustellen, dass nicht doch noch jemand verletzt wurde. Sie mussten den Täter finden, bevor er noch einmal in der Gegend herumballerte, egal ob hier oder woanders. Es war vermutlich nur reines Glück gewesen, dass weder Naomi noch er getroffen worden war. Sie könnten jetzt tot sein. Caleb biss die Zähne aufeinander, um die furchtbaren Erinnerungen zu verdrängen. Nein, es ging ihr gut, niemandem war etwas passiert. Diesmal. „Du solltest Gray auf jeden Fall informieren. Es ist besser, wenn er es von dir hört und nicht später von Jerry."

Seufzend stützte Dave seine Unterarme auf die Theke. „Du hast recht. Ich hasse es, nicht die Kontrolle zu haben, was hier geschieht."

„Es tut mir leid, ich hätte gestern Abend sofort etwas sagen sollen."

Sofort schüttelte der Clubbesitzer den Kopf. „Dich trifft keine Schuld. Die Wahrscheinlichkeit war deutlich höher, dass es sich wirklich nur um eine Fehlzündung handelt. Etwas anderes hätte ich in der Situation auch nicht vermutet."

Das mochte stimmen, aber Caleb nahm seine Aufgabe als Türsteher ernst. Sie war alles, was ihm noch geblieben war. Als Marine hatte er die beste Ausbildung bekommen und war deutlich überqualifiziert für die Arbeit, die er an den Abenden hier tat. Nur sehr selten musste er auf eine Bedrohung reagieren, und diesmal hatte er versagt. Sein Gehirn hatte ihn wieder im Stich gelassen und damit die Menschen gefährdet, die sich auf seinen Schutz verließen. Das konnte er nicht noch einmal zulassen. „Vielleicht sollte ich Red bitten, jemand anderen bereitzustellen, um meinen Dienst zu übernehmen." Der Eigentümer der Sicherheitsfirma RIOS, bei der Caleb angestellt war, würde seine Situation sicher verstehen. Allerdings könnte es sein, dass er Caleb dann nahelegte, sich einen neuen Job zu suchen. Red war sowieso schon mehr als geduldig gewesen, indem er Caleb weiterhin an den *Riverside Club* auslieh. Er hatte auch gehofft, dass Caleb irgendwann wieder in der Lage sein würde, andere Aufgaben wahrzunehmen, die deutlich anspruchsvoller und gefährlicher waren. Das war ein Irrtum gewesen.

„Das ist natürlich dir überlassen, aber ich bin mit deiner Arbeit voll zufrieden und benötige keinen Ersatz."

Caleb konnte wirklich froh sein, einen solchen Chef zu haben. „Danke. Ich sehe mich dann jetzt noch einmal um und versuche anschließend, die Namen der Gäste herauszufinden, die gerade in den Club gingen, als geschossen wurde. Vielleicht können wir so das Motiv ausmachen." Es könnte aber genauso gut sein, dass es keinen konkreten Anlass für den Schuss gegeben hatte. Dann würde es sehr schwer werden, den Schützen zu finden.

„Ich weiß nicht, ob ich hoffen soll, dass es nur ein Idiot war, der es lustig fand, in der Gegend rumzuballern. Aber das macht es nicht weniger gefährlich."

„Wenn dein Freund herausfindet, mit welcher Waffe geschossen wurde, können wir vielleicht den Täter ermitteln. Zumindest wenn derjenige seine Waffe ordnungsgemäß gemeldet hat." Es war kein Geheimnis, dass viele Waffen in den USA nicht registriert waren.

„Es ist zumindest einen Versuch wert." Dave rieb durch seine schwarzen Haare. „Okay, dann machen wir uns mal an die Arbeit, damit wir heute Abend hoffentlich gefahrlos öffnen können."

Caleb nickte und verließ den Club, während Dave sein Handy aus der Hosentasche zog. Entschlossen ging er über den Parkplatz. Der Schütze könnte sich gestern zwischen den Autos versteckt haben. Allerdings eher im hinteren Teil des Parkplatzes, sonst hätte Caleb ihn vermutlich gesehen. Andererseits hatte er in dem Moment ehrlicherweise nur Augen für Naomi gehabt.

Hatte er dadurch etwas Wichtiges übersehen? Möglich war es, und das gefiel ihm gar nicht. Normalerweise ließ er sich nie durch eine Frau ablenken, egal wie schön oder faszinierend sie war.

Kopfschüttelnd suchte Caleb erst die mit weißen Strichen markierten Parkflächen ab und wechselte, als er dort nichts fand, zu dem schmalen Grünstreifen, der den Parkplatz begrenzte. Sorgfältig ging er den Bereich ab, von dem aus ein Schuss auf die Hauswand möglich war. Es war nichts zu erkennen, was nicht auch von anderen Gästen hinterlassen worden sein könnte. Hin und wieder gab es Paare, die die magere Deckung für ein kurzes Stelldichein nutzten. Deshalb war das Gras an etlichen Stellen niedergetrampelt, Zweige an den Büschen waren abgeknickt. Hier etwas zu finden, das auf den Schützen hindeutete, wäre ein Wunder. Trotzdem suchte er weiter und bemerkte schließlich im feuchten Untergrund einen Fußabdruck. Da sich das Gras hineingedrückt hatte, war kein Profil zu erkennen, aber die Form deutete auf einen Stiefel hin. Bei der Größe würde er auf einen Mann oder eine sehr große Frau tippen. Es war aber nicht sicher, dass es sich um einen Abdruck des Schützen handelte, deshalb legte Caleb nur einen Geldschein daneben und machte ein Foto. Alle anderen Spuren waren zu sehr miteinander verwischt, dass man einzelne Abdrücke ausmachen konnte.

Als er sich wieder aufrichtete, sah er Grays Wagen auf den Parkplatz fahren. Dass der Detective mitten am Tag herkam, zeigte, wie ernst er die Geschehnisse nahm. Caleb war auf jeden Fall froh darüber. Er war zwar ein guter Soldat gewesen, kannte sich aber mit Ermittlungen nur eingeschränkt aus. Rasch ging er auf den Wagen zu, als der Detective ausstieg. Gray Lyons wirkte ernst wie fast immer; nur in Jerrys und Shannas Nähe war er deutlich gelöster. Wenn es aber um seinen Job ging, oder darum, dass jemand in Gefahr sein könnte, kannte er keinen Spaß.

Hellbraune Augen blickten Caleb prüfend an. „Alles okay bei

dir?“

Er schob die Hände in die Hosentaschen. „Ja. Es wurde niemand verletzt, das ist die Hauptsache.“

„Gesehen hast du nichts?“

„Nein, der Knall kam aus heiterem Himmel. Ich habe instinktiv reagiert und einen Gast zu Boden gerissen. Deshalb habe ich auch nicht gesehen, ob jemand weggelaufen ist. Wir sind davon ausgegangen, dass es eine Fehlzündung war. Ich hätte das auch weiterhin geglaubt, wenn ich nicht heute Morgen die Patrone in der Wand gefunden hätte.“

Gray blickte zum Haus. „Ich schätze mal, es würde nichts bringen, mit den Gästen von gestern Abend zu reden, ob jemand etwas gesehen hat?“

„Du weißt, dass wir keine Listen über die Besucher führen. Aber ich werde mir die Überwachungsvideos vom Parkplatz ansehen. Vielleicht ist darauf etwas, das uns weiterhilft. Ich habe einen Fußabdruck auf dem bewachsenen Bereich dort hinten gefunden, aber da war ohnehin viel Publikum unterwegs. Der wird uns daher nicht viel sagen, fürchte ich.“ Er zeigte Gray das Foto. „Außerdem könnte er von jedem verursacht worden sein.“

„Ich sehe ihn mir gleich an. Aber zuerst mal das Video. Vielleicht wissen wir dann, wo der Schütze gestanden hat.“

Caleb hätte sich die Aufnahmen lieber allein angesehen, damit die anderen seinen Flashback nicht mitbekamen, aber es war nicht zu ändern. Wenigstens war es Gray und kein fremder Polizist. „Okay, komm mit.“

Zusammen betraten sie den Club und gingen in den Privatbereich im Obergeschoss, wo Dave sein Büro hatte. Caleb klopfte an die halb geöffnete Tür und trat ein. Dave sah von seinem Bildschirm auf.

„Ah, du bist schon da, Gray. Danke fürs schnelle Kommen.“

„Kein Problem. Wir wollen uns das Überwachungsvideo des Parkplatzes von gestern Abend ansehen.“

Dave rollte mit den Augen. „Gute Idee, warum bin ich nicht darauf gekommen? Moment, ich suche die richtige Datei raus. Um wie viel Uhr war der Vorfall gestern Abend?“

Caleb versuchte, sich zu erinnern. „Ich schätze, es war so gegen neun.“

Dave klickte ein paar Mal, dann nickte er. „Du hast recht, es war um kurz nach neun.“ Er runzelte die Stirn und sah Caleb scharf an. „Wollt ihr rumkommen?“

Zögernd umrundete Caleb den großen Schreibtisch, dicht gefolgt von Gray. Dave startete das Video, als Naomi und ihre Kollegen gerade auf die Tür zukamen. Sie lachte, und Calebs Herz machte einen Sprung. Verdammt, was hatte sie an sich, das ihn so anzog? Er sah zu, wie sie immer näherkam und dann vor ihm stehen blieb. Nur Sekunden später warf er sich plötzlich nach vorne und riss sie mit sich zu Boden. Da das Video keinen Ton hatte, wirkte es, als wäre Caleb plötzlich wie ein Verrückter auf sie losgegangen. Sein Gesicht war in dieser Einstellung nicht zu sehen. Glücklicherweise. Dafür, wie Naomi etwas sagte und an seinem Arm rüttelte. Endlich stand Caleb auf und half ihr auf die Füße. Viel zu dicht standen sie danach voreinander. Er sah aus, als hätte er einen Schock erlitten. Er redete mit ihr, entfernte ein Blatt aus ihren Haaren. Das alles wirkte seltsam vertraut, als würden sie sich schon deutlich länger kennen. Gray bewegte sich unruhig neben ihm.

Die Clubtür öffnete sich, Naomis Kollegin kam heraus und redete mit ihr. Es hatte ihm gefallen, dass Naomi ihn verteidigt hatte. Woher hatte sie gewusst, dass er ihr nichts tun wollte? Naomi berührte seinen Arm und ging in den Club. Caleb blieb allein draußen zurück. Dave räusperte sich und stoppte die Aufnahme. Auf dem Bildschirm fror Calebs beinahe verzweifelte Miene ein.

Am liebsten wäre er geflohen. Stattdessen hielt er seinen Blick starr auf den Monitor gerichtet.

„Was war da los?“ Daves Frage riss ihn aus seiner Betrachtung.

„Ich habe den Knall gehört und einfach reagiert. Glücklicherweise hat mir Naomi das nicht übelgenommen.“

„Naomi also?“ Eine Spur von Belustigung war in Daves Stimme zu hören.

„Es erschien in der Situation richtig, sich wenigstens vorzustellen.“

Gray schnaubte. „Ja, das würde ich auch sagen.“

Caleb blickte ihn prüfend an. Hatte Jerry etwa erzählt, dass er sich mit Naomi im Warenlager vergnügt hatte? Er hatte auf die Verschwiegenheit des Barkeepers gesetzt. Oder erinnerte Dave sich daran, dass er Naomi aus dem Club gefolgt war und sie gesucht hatte? Genervt wandte er sich an seinen Boss. „Ich weiß, ich hätte das nicht tun sollen, aber es war reiner Reflex. Ihre Kollegen waren bereits im Club und sie stand direkt vor mir. Wir wussten, dass so ein Flashback auftreten kann. Ein Überbleibsel aus meiner Militärzeit. Ich hatte es vorhin schon angeboten: Wenn dir das Risiko zu groß ist und du dir lieber einen anderen Türsteher suchst, kann ich das verstehen.“ Noch während er das sagte, zog sich sein Herz bei der Vorstellung zusammen, den Job zu verlieren.

„Natürlich entlasse ich dich nicht deswegen, Caleb. Wie kommst du auf einen solchen Unsinn? Glaub mir, ich kann zumindest ansatzweise nachvollziehen, wie es in dir aussieht.“ Dave rieb über die Narben in seinem Gesicht, die von einer Explosion herrührten. „Aber ich mache mir Sorgen um dich. Du hattest schon länger keinen Flashback mehr, oder?“

„Nein. Ich schätze, der Schuss hat ihn ausgelöst. Es klang genauso wie damals …“ Er brach ab und schluckte. Für ihn bedeutete das Geräusch Tod, Schmerzen und vor allem den Verlust seiner Freunde.

Dave legte seine Hand auf Calebs Arm. „Brauchst du Urlaub?“

„Nein, nur das nicht!“ Hitze stieg in Calebs Wangen. „Ich meine, das ist nicht nötig. Mir geht es gut. Ich will herausfinden, welcher Arsch hier in der Gegend herumballert und unsere Gäste gefährdet."

„Okay. Aber sobald du eine Pause brauchst, sag bitte Bescheid. Deine Gesundheit ist mir genauso wichtig wie die aller anderen hier."

Das war schön zu hören. „Danke."

Gray mischte sich wieder ein. „Habt ihr auf dem Video jemanden gesehen, der als Schütze in Frage kommt?"

Wenn Caleb ehrlich war, hatte er mehr auf sich und Naomi geachtet als auf den Rest des Parkplatzes. „Die anderen Gäste waren schon im Gebäude, bis auf Naomi. Es befanden sich auch keine anderen Menschen auf dem Weg zum Eingang. Ein Auto ist zu der Zeit vom Parkplatz gefahren, deshalb dachte Naomi wohl an eine Fehlzündung. Als sie danach im Club in Sicherheit war, bin ich den ganzen Außenbereich abgegangen, aber da war niemand."

„Okay, sehen wir uns das Video noch einmal an und achten verstärkt auf den hinteren Teil des Parkplatzes, wo der Schütze sich versteckt haben muss."

Dave startete noch einmal die Aufzeichnung. Im Hintergrund war nichts zu sehen, nur ein Wagen, der langsam über den Parkplatz und dann auf die Straße fuhr. Es bewegte sich nichts in den Büschen oder zwischen den anderen Autos. Vielleicht wusste der Schütze auch von der Kamera und hatte darauf geachtet, nicht gesehen zu werden. Er selbst hätte es in der Situation genauso gemacht. Vermutlich war er von der Straßenseite her auf das Grundstück gekommen, hatte sich hinter den Bäumen in Position gebracht, und war deshalb auf den Aufzeichnungen nicht zu sehen.

„Noch mal von vorne, bitte." Diesmal folgte Caleb einer gedachten Linie von dem Einschussloch bis hin zu den Büschen am Ende des Grundstücks. Einen Sekundenbruchteil, bevor er sich im Vordergrund des Videos zu Boden warf, glaubte er, einen Lichtblitz im Gebüsch zu sehen. „Stopp, noch mal."

„Was hast du gesehen?"

„Ich glaube, den Standort des Schützen." Er deutete auf einen Punkt im Hintergrund. „Achtet auf diese Stelle."

Noch einmal ließ Dave die Aufzeichnung ablaufen, und diesmal sah Caleb deutlich das Aufblitzen. „Da." Sofort stoppte Dave das Video und spulte dann so langsam zurück, bis der Blitz auftauchte. „Ich glaube, das ist ungefähr dort, wo ich den Schuhabdruck gefunden habe."

„Ich lasse ihn vermessen und einen Abguss machen, dann sind wir auf der sicheren Seite." Gray machte sich eine Notiz. „Habt ihr die Patrone noch?"

„Ja, ich wollte sie einem Freund bei der Kriminaltechnik geben, damit er sie untersucht."

Gray rieb über seine Stirn. „Ich glaube, es wäre besser, wenn wir alles an einer Stelle bündeln würden, Dave. Wenn es wirklich jemand auf euch abgesehen hat – sei es auf den Club direkt oder seine Angestellten und Gäste, müssen wir schnell handeln."

„Der Club ist mein Leben, und ich möchte ganz sicher nicht, dass jemand verletzt wird. Ich habe nur erlebt, wie schnell bei der Polizei etwas in die falschen Bahnen gerät und wir hier schließen müssen."

„Das verstehe ich. Du kannst sicher sein, dass ich die Sache sehr diskret behandeln werde. Außer du möchtest es lieber einem anderen Polizisten übergeben?"

Dave schnitt eine Grimasse. „Bloß nicht." Er atmete tief durch. „Ich vertraue dir hundertprozentig, Gray, das weißt du. Ich habe nur Probleme damit, dem Rest des Apparats zu vertrauen. Meine Erfahrungen dort waren nicht gerade gut."

Gray nickte. „Total nachvollziehbar. Das würde mir an deiner Stelle nicht anders gehen. Deshalb bin ich froh, dass du mich überhaupt angerufen hast."

Dave sah ihn einen Moment lang an, dann öffnete er eine Schublade und holte die Tüte mit der Kugel heraus. „Wir haben sie nicht angefasst. Vielleicht könnt ihr noch Fingerabdrücke darauf finden."

Gray nahm sie entgegen und steckte sie in seine Jackentasche. „Danke. Machst du mir noch eine Kopie des Ausschnitts von der Überwachungskamera?" Dave nickte und Gray wandte sich an Caleb. „Zeigst du mir den Fußabdruck?"

„Natürlich."

„Kennst du mehr als den Vornamen der Frau? Entweder ist der Club das Ziel gewesen oder einer von euch beiden."

Es überlief Caleb kalt, als Gray seine Befürchtung bestätigte. „Nein, aber ich werde herausfinden, wer sie ist. Was den Club angeht, ich weiß von keinerlei Drohungen. Und ich denke auch nicht, dass jemand auf mich schießen würde. Ich habe außer euch keine Kontakte hier."

„Vielleicht jemand, der sich dafür rächen will, dass du ihn nicht reingelassen hast? Oder vielleicht ein abgewiesener Verehrer. Es gibt ja solche Spinner."

Caleb dachte kurz darüber nach. „Möglich wäre es, aber ich kann mir nicht vorstellen, dass jemand deshalb so etwas tun würde. Ich kann mich aber natürlich täuschen." Auf jeden Fall musste er Naomi finden, um sicherzustellen, dass ihr keine Gefahr drohte. Wenn sie nicht das Ziel war, umso besser.

5

Nachdem Caleb Gray den Fußabdruck gezeigt hatte, machte er sich daran, endlich mehr über Naomi herauszufinden. Er versuchte sich einzureden, dass er das nur wegen der Gefahr tat, in der sie möglicherweise schwebte. Aber in Wahrheit konnte er es kaum erwarten, sie wiederzusehen. Allerdings hätte er nie aktiv nach ihr gesucht, wenn es den Vorfall nicht gegeben hätte. Vermutlich hätte er dann gehofft, dass sie irgendwann wieder in den Club kommen würde. Es könnte aber genauso gut sein, dass sie den Sex bereits bereute und ihn nie wiedersehen wollte. Das würde er bedauern, aber er würde es akzeptieren – nachdem er sich überzeugt hatte, dass ihr keine Gefahr drohte.

Er schaltete das Überwachungsvideo an und machte zwei Standbilder von Naomis Gesicht, einmal ernst und einmal lächelnd, und speicherte sie ab. Dann wählte er die Nummer der Computerspezialistin von RIOS. Wenn jemand Naomi finden konnte, dann war es Emily Gray.

„Ja?"

„Hallo Emily, hier ist Caleb. Hast du kurz Zeit für mich?"

„Aber natürlich, ich habe ja schon ewig nichts mehr von dir gehört. Und warum warst du beim letzten Grillen nicht dabei? Wir haben dich vermisst."

Sofort meldete sich sein schlechtes Gewissen. „Tut mir leid, ich hatte einen Termin, den ich nicht verschieben konnte." Was eine glatte Lüge war. Er mochte die Leute von RIOS unheimlich gern, aber er hatte immer das Gefühl, ein Fremder zu sein, weil er nicht mit dem Team arbeitete. Es war nett von Red und den anderen, ihn jedes Mal einzuladen, aber es führte immer nur dazu, dass er sich wie ein Versager fühlte. Verdammt, Red hatte viel Schlimmeres erlebt und arbeitete trotzdem wieder bei heiklen Fällen mit. Caleb zögerte, weil er Bedenken hatte, mit einem seiner Flashbacks jemanden aus dem Team zu gefährden.

„Beim nächsten Mal kommst du wieder, ja?"

Wie konnte er da nein sagen? „Natürlich."

„Gut. Nachdem das geklärt ist, was kann ich für dich tun?"

„Kannst du eine Person für mich finden? Ich habe zwei Fotos aus einem Überwachungsvideo und einen Vornamen."

„Mehr nicht?"

Er könnte ihr sagen, wie Naomi schmeckte, wie sie roch und wie ansteckend ihr Lachen war, aber das würde ihr bei der Suche sicherlich nicht helfen. „Nein, das ist alles."

„Okay, ich versuche mein Bestes. Schick die Fotos an meine Mailadresse. Wie heißt die Person?"

„Naomi. Du müsstest die E-Mail gleich bekommen."

Durch den Hörer war ein Klicken zu hören. „Ja, ist da." Einen Moment lang herrschte Stille. „Eine sehr schöne Frau. Und wenn ich das richtig sehe, lächelt sie dich an. Du willst sie doch nicht deshalb finden?"

„Nein. Jemand hat auf den Club geschossen, als wir gerade davorstanden. Um sicherzustellen, dass sie nicht in Gefahr schwebt, muss ich mit ihr sprechen."

Ein lautes Quietschen ertönte. „Auf euch wurde geschossen? Bist du verletzt?"

„Nein, nein, nichts passiert. Auch ihr nicht. Aber damit das so bleibt, muss ich sie finden. Kannst du mir helfen?"

„Natürlich, ich setze mich gleich dran."

Erleichtert atmete Caleb aus. „Danke, ich bin dir was schuldig."

„Gerne und nein, das bist du nicht. Ich rufe dich an, wenn ich etwas über sie weiß. Im Internet werde ich sie innerhalb kürzester Zeit finden."

„Hoffentlich." Er mochte sich gar nicht vorstellen, dass vielleicht in diesem Moment der Schütze erneut auf Naomi zielte.

Natürlich war es möglich, dass Naomi gar nicht das Ziel gewesen war, aber er wollte kein Risiko eingehen. „Danke noch mal. Ich bin jederzeit zu erreichen."

„Alles klar, ich melde mich."

Caleb beendete die Verbindung und starrte auf den Monitor, auf dem noch immer Naomis Lächeln eingefroren war. Der Gedanke, sie wiederzusehen, ließ sein Herz höherschlagen. Aber das musste warten, bis er mehr über sie in Erfahrung gebracht hatte.

Ein Klopfen ließ ihn aufblicken. Dave stand in der Tür. „Bist du hier fertig?"

Sofort stand er auf. „Ja, gerade alles erledigt. Ich hoffe, dass ich heute noch erfahre, wer die Frau ist."

„Von RIOS?"

Caleb hob die Schultern. „Ich dachte mir, das geht am schnellsten. Ich kann zwar ganz gut mit einem PC umgehen, aber große Zaubereien sind nicht mein Ding. Das überlasse ich lieber anderen."

„Kann ich verstehen. Gray ist jetzt weg, ich hoffe, er findet etwas heraus."

„Das wäre gut."

Dave nickte. „Ich werde noch weitere Kameras anbringen lassen und auch mehr Beleuchtung. So überlegt es sich dieser Idiot vielleicht zweimal, ob er hier noch mal rumballern will."

Jemanden, der ein bestimmtes Ziel hatte, würde das nicht aufhalten, aber vielleicht einen Spinner, der sich nur einen Spaß machte. Schaden würde es auf keinen Fall. „Nur wird das Naomi nichts bringen, falls jemand hinter ihr her ist."

„Genau deshalb suchst du sie doch, oder? Biete ihr an, dass wir ihr helfen, falls es so sein sollte."

Zum ersten Mal, seit er das Einschussloch entdeckt hatte, lächelte Caleb. „Das hatte ich vor."

„Gut." Dave blickte ihn prüfend an. „Und jetzt geh nach

Hause und schlaf eine Runde. Du siehst aus, als hättest du in der Nacht kein Auge zubekommen."

Das entsprach tatsächlich der Wahrheit. „Machen wir heute Abend wie gewohnt auf?"

Dave presste die Lippen zusammen. „Ja. Ich weigere mich, den Club wegen so eines Idioten zu schließen. Ich möchte aber, dass du drinnen stehst und die Gäste in Empfang nimmst. Dann bist du sicher."

„Dann kann ich aber nicht sehen, ob dort draußen jemand herumlungert. Und ich wäre kein Schutz für die Gäste. Nein, ich werde draußen stehen, wie immer. Sollte es jemand auf mich abgesehen haben, wird er oder sie mich sowieso früher oder später erwischen. Ich nehme meine Waffe mit und kann mich verteidigen."

Daves Augenbrauen schoben sich zusammen. „Gegen einen Distanzschuss? Unwahrscheinlich."

Damit hatte er leider recht. „Ich muss dort stehen, Dave."

Sein Boss seufzte. „Lass mich das nicht bereuen."

„Wir müssen einfach so schnell wie möglich herausfinden, wer der Täter ist und worum es ihm geht. Dann sorgen wir dafür, dass der Dreckskerl hinter Gittern landet."

„Ich wäre dafür. Und jetzt geh, ich muss arbeiten."

Nach diesem Rausschmiss hielt Caleb sich nicht länger auf. Auf dem Weg zu seiner kleinen Wohnung holte er sich einen Burger vom Schnellimbiss. Wenn er ehrlich war, tat er das viel zu häufig, aber meist hatte er einfach keine Lust, etwas zu kochen. Was brachte es, nur für sich selbst die Töpfe schmutzig zu machen? Vor allem schmeckte es deutlich besser, wenn er das den Profis überließ. Sein Magen knurrte, als der köstliche Duft seinen Wagen erfüllte.

Bei seinem Apartmenthaus angekommen, schnappte er sich die Tüte mit dem Essen und rannte fast die Treppen hinauf. Mit einem Fuß schloss er die Tür hinter sich und begab sich direkt in die Küche. Das Wasser lief ihm im Mund zusammen. Aus dem Kühlschrank nahm er sich eine Flasche Wasser und setzte sich an den Tisch. Hungrig schob er sich den ersten Bissen in den Mund und kaute genüsslich.

„Gott, Caleb, bekommst du zu Hause nicht genug zu essen?“

Caleb erstarrte und sah sich um. Aber da war niemand. Es war nur eine Erinnerung aus alten Tagen gewesen, als er zusammen mit seiner Marine-Einheit in der großen Mensa gegessen hatte. Den Spruch hatte er öfter zu hören bekommen, weil er immer unglaublich hungrig gewesen war. Sein Körper verbrannte Kalorien schneller, als er sie nachführen konnte. Gott, er vermisste die Kameraderie und den Spaß, den sie im Team gehabt hatten. Selbst die anstrengenden Einsätze hatten ihn nicht belastet, denn er hatte an der Seite seiner Freunde gekämpft. Und er war allein zurückgeblieben. Selten hatte er sich so einsam und nutzlos gefühlt, wie als er im Krankenhaus aufgewacht war und der Major ihm eröffnet hatte, dass er der einzige Überlebende war.

Seine Kehle zog sich zusammen, und er spürte den Verlust wie am ersten Tag. Sein Team war fort, einfach ausgelöscht, und er hatte nichts tun können, um auch nur einem von ihnen zu helfen. Warum war gerade er lebend herausgekommen? Es war nicht richtig. Als Sanitäter sollte er seine Leute wieder zusammenflicken und nicht irgendwo bewusstlos in einer Spalte liegen, während seine Freunde abgeschlachtet wurden. Er hätte ihnen helfen müssen. Dank seiner Verletzungen war er sofort ausgemustert worden und hatte nie erfahren, was genau passiert war. Sie waren in einen Hinterhalt geraten, so viel konnte er sich selbst zusammenreimen. Aber woher hatten die Terroristen gewusst, dass sie kommen würden? Sie selbst hatten das erst direkt vor dem Einsatz erfahren.

Aber es brachte nichts, darüber nachzugrübeln, das hatte es nie. Inzwischen war es schon drei Jahre her, und er musste sich damit abfinden. An den meisten Tagen gelang ihm das auch und er war dankbar dafür, noch am Leben zu sein. Nur hin und wieder, besonders nach einem Flashback, wurden die Erinnerungen übermächtig. Dann dauerte es einige Zeit, bis er sich aus dem Loch wieder herausgrub, in das er geschleudert wurde. Aber es würde ihm auch diesmal wieder gelingen.

Caleb nahm die Gabel wieder auf und zwang sich, einen weiteren Bissen zu essen. Zwar war ihm der Appetit vergangen, aber er brauchte die Energie. Sollte es tatsächlich jemand auf den Club oder Naomi abgesehen haben, würde er ihn zur Strecke bringen. Noch einmal würde er nicht zulassen, dass jemand verletzt wurde, den er mochte. Egal, was er dafür tun musste. Er hatte immer noch einen Waffenschein, und er würde die Pistole benutzen, wenn es sein musste. Als Sanitäter rettete er lieber ein Menschenleben, als es zu nehmen, aber er würde Unschuldige um jeden Preis beschützen.

Methodisch aß er auf und warf die leere Schachtel dann in den Mülleimer. Er sollte sich vielleicht doch noch ein paar Stunden Schlaf gönnen, bevor die Nachtschicht begann. Vielleicht fühlte er sich dann etwas besser und vor allem ruhiger. Caleb machte sich nicht die Mühe, sich auszuziehen, sondern legte sich einfach aufs Bett. Sobald sein Rücken die Matratze berührte, stöhnte er auf. Eine Folge seines Sturzes damals waren häufige Schmerzen im unteren Bereich des Rückens. Durch Training und Entspannungseinheiten hatte er sie im Griff, doch wenn er stark angespannt war, spürte er die alten Verletzungen besonders. Es dauerte ein paar Minuten, bis er sich so weit entspannt hatte, dass sein Rücken Ruhe gab. Seine Augen schlossen sich, und er sank in einen leichten Schlaf.

Das Klingeln seines Handys riss ihn gefühlt Sekunden später wieder heraus. Adrenalin schoss durch seine Adern, als er nach dem Telefon tastete. Seine Finger schlossen sich darum, und er nahm das Gespräch an, ohne auf das Display zu sehen. „Ja?“

„Hier ist Emily. Ich habe deine geheimnisvolle Frau gefunden.“

Sofort setzte er sich auf, sein Herz klopfte rascher. „Das ging schnell. Wer ist sie?“

„Ihr Name ist Naomi Barnes. Sie ist dreißig und ledig – falls du das wissen wolltest –, keine Kinder. Wohnhaft in New York, sie kommt auch von dort. Soll ich dir die Adresse geben?“

„Ja, bitte.“ Er zog die Schublade auf und nahm Block und Stift heraus. „Schieß los.“ Caleb notierte die Anschrift, die Emily ihm diktierte. „Ich hab's. Wo arbeitet sie? Ich nehme an, dass sie um diese Uhrzeit nicht zu Hause ist.“

„Sie ist Psychotherapeutin und arbeitet in einer Therapieeinrichtung.“

Caleb verzog den Mund. Die Seelenklempner, die er bisher kennengelernt hatte, waren nicht gerade seine Freunde geworden. Sie waren zu sehr von sich und ihren Fähigkeiten überzeugt gewesen und hatten nur Wert darauf gelegt, den Patienten zu ‚heilen‘, um einen weiteren Erfolg verbuchen zu können. Wie es den Menschen dabei ging, war ihnen egal gewesen. Naomi entsprach schon äußerlich nicht seiner Vorstellung von einer Psychotherapeutin, ganz zu schweigen von ihrem spontanen Sex im Lagerraum. Es wäre schade, wenn sie sich am Ende doch als typische Vertreterin ihres Berufs erweisen würde. Aber im Grunde war das egal, es ging nur darum, für ihre Sicherheit zu sorgen. Alles andere war nebensächlich.

Emily räusperte sich. „Ist das ein Problem für dich?“

„Nein, natürlich nicht. Wenn sie in Gefahr ist, muss ich das herausfinden. Wenn ich etwas weiß, übergebe ich es an die Polizei, die sich dann hoffentlich um alles andere kümmert.“

Einen Moment lang herrschte Stille. „Wenn du Hilfe brauchst, sind wir jederzeit für dich da.“

Erleichterung stieg in ihm auf. „Das weiß ich, danke. Und du kannst sicher sein, dass ich mich sofort melde, wenn etwas sein sollte. Aber im Moment denke ich, dass wir es hier im Griff haben." Jedenfalls hoffte er das.

„Gut."

„Gibst du mir noch die Adresse der Therapieeinrichtung? Dann kann ich sie dort kontaktieren." Vermutlich war das besser; auf keinen Fall wollte er wie ein Stalker wirken und sie verängstigen.

„Natürlich." Emily nannte ihm auch diese Anschrift. „Hoffentlich findet ihr den schießwütigen Idioten schnell."

„Das hoffe ich auch. Danke noch mal für die schnelle Hilfe."

„Gerne. Sag mir Bescheid, wenn ihr ihn habt."

Nachdem Caleb ihr das versichert hatte, legte er auf. Nach einem Blick auf die Uhr entschied er, Naomi bei der Arbeit aufzusuchen. Abends wurde er im Club gebraucht, deshalb hatte er nur ein paar Stunden, um zu klären, ob es jemand auf sie abgesehen haben könnte. Rasch wechselte er sein zerknittertes T-Shirt, ordnete seine Bett-Frisur und stand innerhalb weniger Minuten vor der Wohnungstür. Dank des starken Verkehrs brauchte er länger als erwartet, bis er Peacocks Therapy in Mt. Vernon, nördlich von New York, erreichte. Mit einem mulmigen Gefühl betrat er das aufwendig modernisierte alte Herrenhaus. Weiße Säulen umgaben den Eingangsbereich, Stuck verzierte die Fensterrahmen und Türen. Innen wirkte es durch die vielen Pflanzen und Bilder gemütlich, aber ganz wurde es das Flair einer noblen Arztpraxis nicht los.

Nachdem er dank seines RIOS-Ausweises vom Wachdienst ins Gebäude gelassen wurde, ging Caleb zum Empfangstresen und bemühte sich um ein Lächeln für die junge Frau dahinter. „Guten Tag, ich möchte zu Naomi Barnes."

Die Frau – Tiffany stand auf einem Schild an ihrer Bluse – erwiderte das Lächeln. „Hallo. Haben Sie einen Termin?"

„Nein, leider nicht. Es geht um eine wichtige Angelegenheit. Vielleicht hat Ms. Barnes trotzdem Zeit für mich?"

„Es tut mir leid, ich darf nur angemeldete Termine zu ihr lassen."

Caleb beugte sich vor. „Hat sie heute einen freien Termin?"

Tiffany tippte etwas in den Computer und blickte dann auf. „Nein, leider erst wieder in drei Wochen."

„Hören Sie, Tiffany, ich weiß, dass es unüblich ist, aber ich bin sicher, dass Ms. Barnes mit mir sprechen wollen wird, wenn sie weiß, dass ich hier bin." Jedenfalls hoffte er das. „Bitte, es dauert auch nicht lange." Unwillkürlich hielt er den Atem an.

„In Ordnung. Ms. Barnes hat immer eine Notfallreserve im Terminplan, dort setze ich Sie rein. Sie müssten aber eine halbe Stunde warten."

„Das ist völlig in Ordnung. Vielen Dank."

„Wie ist Ihr Name?"

„Williams."

„Gut, dann setzen Sie sich bitte noch einen Moment hin, ich rufe Sie auf."

„Danke." Caleb ging zu einem der bequem wirkenden Sessel und ließ sich hineinsinken. Jetzt konnte er nur hoffen, dass Naomi ihn nicht sofort hinauswarf, wenn sie ihn sah.

6

Naomi schlüpfte aus ihren hochhackigen Schuhen und wackelte mit den schmerzenden Zehen. Ihre kleine Pause konnte sie jetzt wirklich gut gebrauchen. Es war kraftraubend, mit Kindern und Jugendlichen zu arbeiten, weil sie viel mehr Bedürfnisse hatten als Erwachsene. Aber es war auch sehr zufriedenstellend, ihnen helfen zu können. Mit einem Stöhnen sank sie auf die Chaiselongue und nahm die Kaffeetasse vom Beistelltisch. Sie trank einen tiefen Schluck und schloss genießerisch die Augen. Was täte sie nur ohne Kaffee? Wahrscheinlich würde sie keinen einzigen Tag durchstehen. Umso mehr genoss sie die kurzen Pausen, in denen sie ein wenig runterkommen und sich mental erholen konnte. Gerade als sie die Tasse erneut an die Lippen setzte, klopfte es an der Tür.

Mit einem tiefen Seufzer stellte Naomi sie wieder ab. „Ja?" In ihrem Terminkalender war kein Zwischentermin eingetragen, es konnte nur einer ihrer Kollegen sein.

Die Tür öffnete sich und Tiffany vom Empfang steckte ihren Kopf herein. „Entschuldige die Störung, es hat eben jemand um einen kurzen Termin gebeten."

Naomi unterdrückte einen weiteren Seufzer. „Wer denn?"

„Ein Mr. Williams."

Naomi runzelte die Stirn. An einen Patienten mit diesem Namen konnte sie sich nicht erinnern. Aber das musste nichts heißen, ihr Personengedächtnis war häufig alles andere als zuverlässig. „In Ordnung, er kann hereinkommen."

Sie nahm die Beine vom Polster und schob ihre Füße in die Schuhe.

„Hallo Naomi."

Ihr Kopf ruckte hoch, als sie die tiefe Stimme hörte. Mit offenem Mund starrte sie Caleb an. „Wie kommst du denn hierher?"

„Ich muss dringend mit dir sprechen, hast du einen Moment Zeit?"

Naomi wurde sich bewusst, dass Tiffany immer noch an der Tür stand. „Danke Tiffany, ich übernehme das hier."

Die Empfangsdame zog sich zurück und schloss leise die Tür hinter sich. Naomi war allein mit ihrem One-Night-Stand. Nervös stand sie auf und machte einen Schritt auf Caleb zu. „Woher weißt du, wo ich arbeite?"

Seine Miene wirkte wie aus Stein gemeißelt. Als wäre er ein ganz anderer Mensch als gestern Abend. „Es tut mir leid, dass ich dich hier so überfalle. Normalerweise mache ich das nicht bei einer Frau, die ich gerade erst kennengelernt habe." Er verzog den Mund. „Und auch später nicht. Es geht um das, was gestern vor dem Club geschehen ist."

Mitgefühl stieg in Naomi auf. „Es ist wirklich in Ordnung, mach dir keine Gedanken darüber. Du wolltest mich beschützen, das finde ich sehr nett."

Caleb trat näher. „Danke. Aber darum geht es nicht. Ich habe eine Patrone in der Hauswand gefunden. Es wurde tatsächlich auf uns geschossen. Es war keine Fehlzündung."

Fassungslos starrte Naomi ihn an. „Was? Bist du sicher? Warum sollte das jemand tun?"

„Genau das versuche ich herauszufinden. Gibt es jemanden, der es auf dich abgesehen haben könnte?"

„Bist du neben dem Job als Türsteher auch noch bei der Polizei? Wenn nicht, sollten wir sie benachrichtigen."

Caleb verzog das Gesicht. „Nein, das bin ich nicht. Aber mein Boss Dave war Detective und wir haben auch noch einen anderen Detective vom NYPD hinzugezogen."

„Die Polizei ist schon involviert." Naomi tastete blind nach der Chaiselongue und ließ sich darauf sinken. „Du glaubst, jemand wollte mich erschießen?“

Caleb setzte sich neben sie. „Wir versuchen, alle Möglichkeiten auszuschließen.“

„Und welche Möglichkeiten sind das?“

„Eigentlich nur vier: Entweder irgendein Idiot hat in der Gegend herumgeballert und uns dabei versehentlich beinahe getroffen. Oder jemand hat etwas gegen den Club und hat auf das Gebäude geschossen oder wollte vielleicht dafür sorgen, dass er geschlossen wird. Oder eben jemand wollte dich treffen oder mich.“

„Es hätte genauso gut einer der anderen Gäste das Ziel sein können.“

Caleb berührte ihre Hand. „Du warst neben mir die Einzige, die noch draußen war. Nach dem Schusswinkel zu urteilen, hat uns die Kugel nur knapp verfehlt.“

Naomi spürte, wie das Blut aus ihrem Gesicht wich. „Das heißt, wenn du nicht so schnell reagiert hättest …“

Sein Griff wurde fester. „Meine Reaktion kam zu spät, wir hatten Glück, nicht getroffen zu werden. Oder es sollte vielleicht nur eine Warnung sein.“

„Aber wovor? Ich wüsste nicht, weshalb mir jemand etwas tun sollte.“

„Vielleicht ein Ex-Freund? Oder gab es bei der Arbeit irgendwelche Fälle, die nicht gut ausgegangen sind? Hat dich jemand bedroht?“

Naomi rieb über ihre Stirn. „Nein, nichts von alldem. Ich kann mir das nicht erklären. Vielleicht war es wirklich nur jemand, der es auf den Club abgesehen hat. Oder vielleicht hast du irgendwelche Feinde.“

„Möglich ist das. Aber wir dürfen nichts ausschließen. Warum sollte er genau dann abdrücken, wenn jemand vor dem Club steht? Wir gehen jeder Möglichkeit nach, daher will ich sicherstellen, dass du nicht in Gefahr bist.“

Was zum Teufel war seit gestern Abend mit ihrem normalen, beschaulichen Leben passiert? Sie mochte es ohne große Aufregung! Stattdessen steckte sie jetzt offenbar mitten in einem Thriller. Es musste einfach eine Erklärung dafür geben. Für einen Sekundenbruchteil fragte sie sich, ob Caleb sie aus irgendeinem Grund anlog, doch ein Blick in seine ernste Miene reichte, um sie davon abzubringen. Er hätte nichts davon, sie anzulügen. Allerdings erklärte das noch nicht, wie er sie überhaupt gefunden hatte.

„Woher weißt du, dass ich hier arbeite? Ich hatte dir nicht mal meinen Nachnamen gesagt. Und wer sind diese ‚wir', von denen du redest?"

„Ich bin bei einer Sicherheitsfirma angestellt und dadurch für einige Zeit am *Riverside Club*." Etwas an seinem Blick sagte ihr, dass das nicht die ganze Wahrheit war. „Jedenfalls hat unsere Computerexpertin dich mit Hilfe eines Standbilds aus dem Überwachungsvideo gefunden. Tut mir leid, dass ich zu solchen Maßnahmen greifen musste. Aber ich wollte nicht abwarten, ob du vielleicht noch mal in den Club kommst. Ich hatte dich dort vorher noch nie gesehen und …" Er brach ab und zuckte mit den Schultern.

„Durch ein Foto."

„Ja, und deinen Vornamen."

„Hast du auch meine Privatadresse?" Der Ausdruck in seinen Augen nahm seine Antwort vorweg. „Also ja."

„Ja, aber ich dachte mir, dass du dich besser fühlst, wenn ich dich hier aufsuche. Außerdem wollte ich so schnell wie möglich mit dir sprechen, und nachher habe ich wieder Dienst. Entschuldige, ich wollte nicht in deine Privatsphäre eindringen, aber es ist mir wichtig, dafür zu sorgen, dass du in Sicherheit bist."

Es klang alles wirklich wie aus einem Psychothriller. Der heiße One-Night-Stand, sein Auftauchen am nächsten Tag mit einer hanebüchenen Geschichte von angeblicher Gefahr. Sie kannte genug Fälle, in denen sich ein netter Flirt als ein psychotischer Stalker erwiesen hatte. Und doch glaubte sie Caleb. Sie musste verrückt sein. „Ich wüsste wirklich nicht, wer es auf mich abgesehen haben könnte. Ich hatte noch nie Probleme mit jemandem. Seit einigen Jahren behandele ich fast ausschließlich Kinder und Jugendliche. Es hat mich niemand bedroht oder mir eine Warnung geschickt. Du musst dich irren, Caleb."

„Ich hoffe es. Aber mir ist es lieber, wenn wir nichts riskieren. Kannst du vorläufig bei jemandem unterkommen?"

Sofort schüttelte sie den Kopf. „Nein. Und ich werde auch nicht mein gesamtes Leben auf den Kopf stellen wegen einer bloßen Vermutung."

Caleb nahm auch ihre zweite Hand. „Bitte Naomi, ich möchte nicht, dass dir etwas passiert."

„Glaub mir, ich auch nicht. Ich werde vorsichtig sein, ich verspreche es." Seiner Miene war anzusehen, dass er das nicht für ausreichend hielt. „Wir haben im Therapiezentrum einen Wachdienst. Hier kommt niemand bewaffnet herein."

Wortlos hob Caleb den Zipfel seiner Jacke und zeigte ihr die Pistole, die er an einem Holster an der Hüfte trug. Kälte erfasste ihren Körper. Was wusste sie schon über Caleb? Zwar vertraute sie normalerweise auf ihre Menschenkenntnis, aber es kam durchaus vor, dass sie sich irrte. Und bei Caleb war ihr Gehirn eindeutig von der Erinnerung an den fantastischen Sex benebelt. Wie sollte sie ihn kühl und logisch einschätzen können, wenn sie ihn immer noch in sich spürte?

„Du zitterst. Ich wollte dich nicht ängstigen, Naomi. Es muss schwer für dich sein, einem beinahe Fremden zu vertrauen, das verstehe ich."

Ein Klopfen ertönte an der Tür. „Mein nächster Termin ist da." Naomi hob die Stimme. „Einen Moment bitte!"

Sofort stand Caleb auf. „Wann machst du hier Schluss?"

„Gegen fünf Uhr. Wieso?"

„Ich hole dich ab und bringe dich zum Club, damit wir alles besprechen können."

Naomi hob die Augenbrauen. „Wenn du dich mit mir verabreden willst, wäre es üblich, dass du mich vorher fragst."

Ein schwaches Lächeln huschte über sein Gesicht. „Das würde ich, wenn es ein Date wäre. Und glaub mir, das wäre mir bedeutend lieber. Wir treffen uns mit Dave Reyes, dem Besitzer des Clubs, und Detective Lyons, der dem Fall nachgeht."

„Ich verstehe. Dann soll ich befragt werden und es gibt eine Untersuchung?"

„Ja, der Fall ist aber noch nicht offiziell. Gray ist mit dem Barkeeper liiert, deshalb haben wir ihn gebeten, die Sache zu untersuchen. Wir wollten verhindern, dass der Club geschlossen wird."

„Vielleicht wäre das besser, bis der Täter gefunden ist."

„Das würde nur etwas bringen, wenn wirklich der Club das Ziel war. Wenn du es aber bist, wäre er geschlossen, du aber trotzdem in Gefahr. Deshalb müssen wir erst einmal herausfinden, worauf es der Schütze abgesehen hat. Dann werden wir entsprechend handeln."

Die ganze Sache verursachte ihr Kopfschmerzen. Sie presste die Finger an ihre Schläfe. „Das ist mir alles zu undurchsichtig."

„Genau deshalb ist ein Treffen wichtig." Er berührte ihre Schulter. „Bitte, Naomi."

Ein tiefer Seufzer entrang sich ihr. „Also gut, ich komme dorthin."

„Mir wäre es lieber, du bist nicht allein und wirst auch nicht gesehen, wenn du das Gebäude betrittst. Vielleicht folgt dir der Täter oder beobachtet den Club. In beiden Fällen wärst du gefährdet."

Am liebsten hätte Naomi geschrien, aber sie unterdrückte den Impuls. „Also gut, du kannst mich hier abholen. Nach meinem letzten Termin brauche ich noch ein paar Minuten. Ich komme gegen viertel nach fünf unten auf den Parkplatz."

„Ich werde da sein." Caleb beugte sich vor und küsste sie sanft auf den Mund. „Danke." Er löste sich von ihr und ging rasch auf die Tür zu.

Mit den Fingern berührte sie ihre prickelnden Lippen. „Caleb."

Er drehte sich zu ihr um. „Ja?"

Enttäusch mich nicht. „Sei auch vorsichtig."

Sein Lächeln blitzte auf. „Das bin ich immer." Damit öffnete er die Tür und verschwand auf dem Gang.

Naomi blinzelte und versuchte, sich von dem Zauber zu befreien, den Caleb um sie gesponnen hatte. Es war alles so unwirklich. Von ihrem ersten Treffen und ihrer Reaktion auf ihn über den spontanen Sex bis hin zu ihrem Wiedersehen. Und doch war es die Realität. Es gab jemanden, der auf sie geschossen hatte – beabsichtigt oder nicht –, und sie musste sich überlegen, was sie tun sollte. Caleb vertrauen und ihr Schicksal in seine Hände legen oder sich so weit wie möglich von ihm entfernen und damit eventuell der Gefahr entgehen. Und zwar nicht nur der, die von dem Schützen ausging. Sie musste sich auch vor dem schützen, was sie in Calebs Nähe fühlte.

„Ms. Barnes? Kann ich hereinkommen?"

Schnell schüttelte Naomi sämtliche Sorgen ab und lächelte dem jungen Mädchen zu, das schüchtern vor der Tür stand. „Aber natürlich, komm rein."

7

Unruhig saß Caleb im Wagen und blickte sich auf dem Parkplatz um, als er auf Naomi wartete. Am liebsten hätte er sie in ihrem Büro abgeholt, aber er konnte verstehen, dass sie ihm nicht vollständig vertraute. Wäre jemand bei ihm mit einer solchen Geschichte aufgetaucht, hätte er ganz sicher auch Zweifel gehabt. Der Gedanke, dass in diesem Moment jemand eine Waffe auf sie anlegen könnte, machte ihn nervös. Rasch stieß er die Fahrertür auf.

In diesem Moment trat Naomi aus dem Gebäude und sah sich um. Deshalb beschränkte Caleb sich darauf, auszusteigen und ihr zuzuwinken. Während sie eilig auf ihn zukam, behielt er die Umgebung im Auge. Erst als sie die Tür der Beifahrerseite öffnete und einstieg, atmete er erleichtert auf. Er stieg ebenfalls ein, wartete, bis sie sich angeschnallt hatte, dann startete er den Motor und fuhr los. „Danke, dass du mir vertraust."

Sie sah ihn an. „Normalerweise bin ich sehr zurückhaltend, was Fremde angeht. Bei dir war es von Anfang an anders. Frag mich nicht warum, ich habe keine Ahnung. Es war …" Sie schüttelte den Kopf. „… als wenn ich dich kennen würde." Verlegen lachte sie auf. „Keine Angst, ich fange jetzt nicht mit Seelenverwandten oder so etwas an."

Caleb grinste. „Warum nicht? Das wäre doch spannend. Aber um ehrlich zu sein, mir ging es genauso. Ich habe dich auf dem Parkplatz gesehen und …" Er hob die Schultern. „… da war eine Verbindung."

„Du meinst, es war spontane, altmodische Anziehung auf beiden Seiten?"

„Sieht so aus." Für jemanden, der normalerweise nie über seine Gefühle sprach, fiel es ihm mit Naomi erschreckend leicht.

Und das machte ihm eine Scheißangst. Er räusperte sich. „Ich werde dein Vertrauen nicht missbrauchen.“

Naomi lächelte. „Ich weiß.“

„Gut.“

Den Rest des Weges legten sie schweigend zurück, während Caleb sich darauf konzentrierte, mögliche Verfolger auszumachen. Doch es schien niemand hinter ihnen her zu sein. Damit Naomi nicht am Clubeingang gesehen wurde, parkte Caleb auf der anderen Seite des Gebäudes, dicht am Hintereingang für das Personal. Hoffentlich lauerte der Schütze nicht hier. Er legte seine Hand auf Naomis Bein, als diese die Tür öffnen wollte.

„Warte, ich komme rum.“

Ihre Augenbrauen zogen sich zusammen. „Ich kann meine Tür durchaus selbst öffnen.“

„Das ist mir bewusst, aber ich will sicherstellen, dass du nicht in die Schusslinie gerätst, sollte derjenige hier sein.“

Ihr Gesicht wurde blasser. „Vielleicht sollte ich besser wieder fahren, ich möchte nicht, dass dir etwas geschieht. Und es ist völlig irrsinnig, als mein lebender Schutzschild zu dienen.“

„Ich hoffe, dass es nicht dazu kommt. Aber wenn – es wurde schon öfter auf mich geschossen, ich kann damit umgehen.“ Jedenfalls konnte er das früher. Jetzt könnte es sein, dass ein Flashback ihn nutzlos machte. Caleb biss die Zähne zusammen. Nein, nicht diesmal.

Entschlossen ging er um den Wagen herum. Als er die Beifahrertür öffnete, stieg Naomi aus und blieb stehen. So dicht vor ihm sah er die braunen Flecken in ihren grünen Augen. Ein Windstoß fuhr durch ihre Haare und trug ihren Duft an seine Nase. Tief atmete er ein.

„Danke, Caleb.“

Unwillkürlich lehnte er sich ihr entgegen. „Sehr gern.“ Dicht vor ihren Lippen bemerkte er, was er tat, und richtete sich rasch wieder auf. „Wir sollten reingehen.“

Sie berührte seine Brust. „Merk dir, wo wir gerade waren."

Caleb entfuhr ein überraschtes Lachen. Trotz der Situation war Naomi offenbar nicht unterzukriegen. Das machte sie ihm noch sympathischer. „Garantiert." Er legte eine Hand auf ihren Rücken und schob sie sachte in Richtung Hinterausgang des Gebäudes. Fast erwartete er, wieder einen Schuss zu hören, doch es blieb still. Unbehelligt tauchten sie in die Dunkelheit des Gangs ein, nachdem er aufgeschlossen hatte. Caleb atmete auf, als die Tür mit einem metallischen Klicken hinter ihm ins Schloss fiel. Hier waren sie sicher.

Er tastete nach dem Schalter und blinzelte gegen das aufflammende Licht. „Dave und Gray sind vermutlich oben im Büro."

„Hast du auch mal hier getanzt?"

Caleb verschluckte sich beinahe. „Was?" Er hustete.

„Ich fragte, ob du auch mal vor Publikum getanzt hast, so wie der Tänzer gestern. Ich könnte es mir sehr gut bei dir vorstellen. Deine Bewegungen sind so geschmeidig." Naomi grinste ihn an. „Nun guck nicht so entsetzt."

Caleb räusperte sich, trotzdem klang seine Stimme rau. „Nein, absolut nein. Ich kann weder tanzen, noch möchte mich irgendjemand in einem engen Slip auf der Bühne sehen."

„Doch, ich."

Energisch schüttelte er den Kopf. „Du möchtest also, dass mich andere Frauen anglotzen, wenn ich fast nackt bin?"

Naomi verzog den Mund. „Hm, so gesehen … Wobei, wenn ich die Einzige wäre, die dich anfassen darf, vielleicht schon."

Caleb verdrehte die Augen. „Ich habe keinerlei Verlangen danach, ein Sexobjekt zu sein."

Sofort wurde Naomi ernst. „Entschuldige, es war ein Scherz. Auf keinen Fall bist du für mich ein Sexobjekt, auch wenn ich dich heiß finde. Das, was mich auf dich aufmerksam gemacht hat, war dein Lächeln und dass du mir in die Augen gesehen hast. Das mag ich bei Männern."

Caleb nahm Naomis Hand in seine. „Weißt du, was mir bei dir zuerst aufgefallen ist?" Sie schüttelte den Kopf. „Dein Lachen. Du hast über etwas gelacht, was einer deiner Kollegen gesagt hat. Damit hast du mich gefangen."

Ihre Augen verdunkelten sich. „Ich glaube, es war vorherbestimmt, dass wir uns begegnen."

„Aber du glaubst nicht an irgendwelchen Esoterikkram, oder?"

Naomi lachte auf. „Nein, ganz und gar nicht. Ich bin so wissenschaftlich, wie es nur geht." Sie drückte seine Hand. „Aber trotzdem habe ich das Gefühl, dass unser Treffen kein Zufall war."

„War es das erste Mal, dass du den Club besucht hast? Vorher habe ich dich nie gesehen."

„Ja, tatsächlich hatten meine Kollegen schon öfter vom *Riverside* geschwärmt, aber ich habe immer eine Ausrede gefunden, nicht mitzugehen. Gestern habe ich mich dann breitschlagen lassen, damit sie endlich Ruhe geben." Sie lachte leise. „Wer hätte gedacht, dass der Abend so endet?"

„Ich ganz sicher nicht." Und auch wenn er auf den Schuss und anschließenden Flashback hätte verzichten können, der Rest war es wert gewesen. Ein Blick auf die Uhr zeigte ihm, dass sein Dienst in einer halben Stunde begann.

„Wenn du arbeiten musst …" Offenbar hatte Naomi ihn bemerkt.

„Nein, nein, es ist noch genug Zeit. Außerdem ist bei Öffnung meist noch nicht so viel los, das könnte Jerry so lange übernehmen."

„Jerry?"

„Der Barkeeper."

Naomi lächelte. „Ich mag seine Tattoos. Und auch sonst scheint er total cool zu sein."

„Das ist er. Ich kann ihn dir nachher vorstellen."

Einen Moment lang schwieg Naomi. „Das wäre nett."

Er führte sie die Metalltreppe ins Obergeschoss hinauf. Die Tür stand offen, und er klopfte an den Türrahmen von Daves Büro. Sein Boss und Gray standen dort und unterhielten sich leise. Als sie ihn und Naomi sahen, verstummten sie.

„Dave, Gray, das ist Naomi Barnes. Naomi, Dave Reyes ist der Besitzer des Clubs, Gray Lyons Detective beim NYPD."

Naomi nickte den beiden Männern zu. „Hallo."

„Danke, dass Sie gekommen sind, Ms. Barnes. Bitte setzen Sie sich." Dave deutete auf das Sofa, das in der Ecke des Raumes stand. Während Naomi sich setzte, redete Dave weiter. „Es tut mir leid, dass Ihnen so etwas auf dem Gelände des Clubs widerfahren ist. Wir werden alles tun, um die Sache aufzuklären."

Caleb lehnte sich neben der Couch an die Wand. Obwohl Naomi hier keinerlei Gefahr drohte, wollte er in ihrer Nähe sein. Ihm war offenbar nicht zu helfen. Dave quittierte das mit einer hochgezogenen Augenbraue.

„Danke. Ich kann mir ehrlich gesagt nicht erklären, warum jemand auf mich schießen sollte. Sie müssen sich irren."

Gray übernahm von Dave. „Wir sind erst am Anfang der Ermittlungen, bisher können wir noch gar nicht sagen, was der Schütze damit bezweckt hat. Es gibt mehrere Möglichkeiten, und wir müssen herausfinden, welche die wahrscheinlichste ist. Es kann auch sein, dass niemand getroffen werden sollte und es nur eine – ziemlich üble – Mutprobe unter Jugendlichen oder eine Warnung war. Wir sind schon dabei, das zu überprüfen. Ein richtiger Schütze hätte normalerweise kein Problem gehabt, ein so gut sichtbares Ziel zu treffen."

Naomi erschauderte. „Also denken Sie, dass ich doch nicht das Ziel bin, sondern jeder in Gefahr sein könnte, der sich in der Nähe des Clubs aufhält? Reicht es, wenn ich mich dem Club fernhalte?"

Wenn das sicherstellte, Naomi aus der Gefahr herauszuhalten, würde Caleb sofort dafür stimmen. Gleichzeitig aber würde das bedeuten, dass er keinen Kontakt mehr zu ihr haben durfte, zumindest bis der Täter gefasst war. Es sollte kein Problem sein, aber seltsamerweise mochte er die Vorstellung nicht.

„Wir können es nicht sicher sagen. Der Täter hat genau in dem Moment geschossen, als Sie und Caleb vor dem Club standen. Natürlich kann das Zufall sein. Aber solange wir es nicht sicher wissen, schweben Sie potenziell in Gefahr, genauso wie Caleb."

Naomi biss auf ihre Lippe. „Also was kann ich tun, außer nicht mehr zum Club zu kommen? Ich kann nicht einfach Urlaub nehmen und wegfahren, meine Patienten brauchen mich."

„Die beste Lösung wird sein, dass wir Sie beschützen, so lange wir den Täter nicht gefunden haben."

„Sie meinen Polizeischutz?"

Gray verzog den Mund. „Den werden wir leider nicht bekommen, wenn wir nicht eindeutig belegen können, dass jemand hinter Ihnen her ist. Also müssen wir erst mal so zurechtkommen. Können Sie vielleicht bei Familie oder Freunden bleiben?"

Sofort schüttelte Naomi den Kopf. „Nein, das geht nicht. Ich kann mir auch nicht vorstellen, dass mir jemand in meinem Haus etwas tun würde. Bisher gab es da nie Schwierigkeiten."

„Bisher hat auch noch nie jemand auf dich geschossen." Caleb schaffte es nicht, sich zurückzuhalten.

Naomis Blick traf seinen. „Vielleicht galt der Schuss auch dir. Wirst du auch beschützt?"

„Als Soldat kann ich damit umgehen."

„Ach, dich kann deshalb keine Kugel treffen? Das ist ja eine spannende Fähigkeit."

„Das nicht, aber ich bin es gewohnt."

Ihre Skepsis war ihr deutlich anzusehen. „Vielleicht kennst du dich besser damit aus, Caleb, aber du bist genauso gefährdet wie ich. Wenn nicht noch mehr, weil du vor dem Club arbeitest. Wer sagt, dass nicht nachher erneut jemand schießt, und zwar auf dich?"

Darauf konnte er nichts erwidern.

„Das wird nicht passieren." Daves Augen waren nur noch Schlitze. „Ich werde draußen Wache halten."

„Ich auch." Gray fuhr mit der Hand über seine dunklen Haare. „Das ist keine Dauerlösung, aber für diesen Abend sollte es gehen. Für später müssen wir uns etwas anderes ausdenken. Jetzt aber sollten wir darüber sprechen, wer es eventuell auf Sie abgesehen haben könnte."

„Ich habe schon Caleb gesagt, dass mir niemand einfällt, der mich so hasst."

„Manchmal kommen die Leute aus den seltsamsten Gründen auf die Idee, einen anderen Menschen umzubringen, aber in den allermeisten Fällen sind es Beziehungstaten. Täter und Opfer sind Menschen, die in irgendeiner Weise miteinander in Verbindung stehen. Kommt Ihnen da jemand in den Sinn?"

„Nein, wirklich nicht. Kein rachsüchtiger Ex-Mann oder Ex-Freund, keine durchgeknallte Konkurrentin. Nicht mal einen Patienten könnte ich nennen. Wie ich Caleb schon sagte, arbeite ich größtenteils mit Kindern und Jugendlichen. Ich bezweifle, dass diese wissen, wie man mit einem Gewehr umgeht, und es dann auch noch benutzen. Ich versuche, ihnen zu helfen, das wissen sie."

„Können Sie denn allen helfen?"

Naomi seufzte. „Leider nicht. Manche lassen niemanden an sich heran, andere sind so eingefahren, dass mit einer einfachen Psychotherapie nichts zu machen ist."

„Was passiert dann mit ihnen?"

Naomi wirkte eindeutig unglücklich. „Entweder versuchen es die Eltern mit einem anderen Therapeuten oder das Kind kommt in eine Einrichtung, wo deutlich intensiver mit ihnen gearbeitet wird. Das ist nicht meine bevorzugte Lösung, aber manchmal ist nichts anderes mehr möglich." Sie schüttelte den Kopf. „Sie mögen viele Probleme haben, aber gewalttätig gegen andere sind sie selten."

„Was ist mit den Eltern? Hat Sie schon mal jemand bedroht, wenn Sie die Therapie abgebrochen haben?"

„Es gab einige Eltern, die darüber nicht sonderlich glücklich waren, aber am Ende haben sie doch verstanden, dass das Wohl ihres Kindes an erster Stelle steht. Es hat mich nie jemand direkt bedroht, nein."

Eine weitere Sackgasse. Caleb bewegte sich unruhig. Wenn Naomi ihnen keinen Namen nennen konnte, würden die Ermittlungen schwierig bleiben. Dann konnten sie nur darauf hoffen, dass eine der anderen Spuren – Waffe und Schuhabdruck – zum Erfolg führten.

Dave sah auf die Uhr. „Okay, wir müssen bald aufmachen. Ms. Barnes, ich möchte Ihnen anbieten, hier im Club zu bleiben. Sie können sich ins Büro oder an die Bar setzen. Die Getränke gehen natürlich aufs Haus."

Naomi wirkte unentschlossen. „Ich sollte nach Hause fahren, nachdem wir alles besprochen haben."

Gray mischte sich ein. „Wenn es irgendwie geht, sollten Sie erst mal nicht in Ihr Haus zurückkehren. Vielleicht erwischen wir den Kerl heute Nacht, aber wenn nicht …"

„Ich wüsste nicht, wo ich sonst hinsollte."

Caleb räusperte sich. „Du kannst mit zu mir kommen, wenn du möchtest."

Leichte Röte stieg in ihre Wangen. „In Ordnung."

Gray wirkte nicht glücklich. „Wenn euch irgendetwas auffällt, ruft mich sofort an. Und Caleb, versuch, mögliche Verfolger abzuschütteln. Ms. Barnes, Sie sollten sich nicht in der Nähe der Fenster aufhalten, noch besser wäre es, wenn niemand bemerkt, dass Sie sich in der Wohnung aufhalten."

Ernst nickte sie. „Ich werde mich bemühen."

„Ich werde sie beschützen." Egal, was Caleb dafür tun musste. Er würde nicht noch jemanden im Stich lassen, der sich auf ihn verließ.

8

Zu sagen, dass Caleb leicht abgelenkt war, während er vor dem Clubeingang stand, wäre maßlos untertrieben. Jedes Mal, wenn ein Auto auf den Parkplatz fuhr, beobachtete Caleb genau, wann der Motor verstummte und wer ausstieg. Außerdem behielt er ständig den hinteren Grünstreifen im Auge und auch alle anderen Stellen, an denen sich ein Schütze verbergen könnte. Hin und wieder sah er Dave oder Gray, die unauffällig auf dem Grundstück patrouillierten. Bei ihnen war er in guten Händen, trotzdem fühlte er sich nicht wohl dabei, so auf dem Präsentierteller zu stehen. Er versuchte, die Gäste so schnell wie möglich ins Gebäude zu bekommen, ohne dass es auffiel. Glücklicherweise war heute nicht so viel los, sodass er den Überblick behalten konnte.

Wäre er der Schütze, würde er einige Tage warten, bis sich die erste Aufregung gelegt hatte und die Aufmerksamkeit wieder nachließ. Vielleicht machte der Täter es auch so, außer er war völlig durchgeknallt und nicht in der Lage, so lange zu warten. Caleb wusste nicht, was ihm lieber wäre. Ein schneller zweiter Angriff würde ihnen die Gelegenheit geben, den Schützen zu schnappen, allerdings würde das auch viele Menschen in Gefahr bringen. Es nervte Caleb, dass sie nichts tun konnten, außer zu warten. Schon immer war er jemand gewesen, der lieber handelte, als von jemand anderem abhängig zu sein. Aber es ließ sich nicht ändern. Er konnte nur wachsam bleiben.

Was gar nicht so einfach war. Immer wenn keine Gäste in Sicht waren, schweiften seine Gedanken ins Innere des Clubs, wo Naomi wartete, bis er Feierabend hatte. Er hätte nicht gedacht, dass sie tatsächlich zustimmte, bei ihm zu übernachten. So schwer es ihm auch fallen würde – auf keinen Fall würde er sich ihr nähern, während sie gezwungenermaßen bei ihm schlief.

Wenn – falls – sie jemals wieder Sex hatten, sollte es genauso ungezwungen und spontan geschehen wie im Club. Alles andere hätte einen schlechten Beigeschmack, und er würde sich immer fragen, ob sie sich jemals wiedergesehen hätten, wenn es den Schuss nicht gegeben hätte.

Caleb verdrehte die Augen. Worüber dachte er hier eigentlich nach? Es gab nun wirklich andere Probleme als ihr Schlafarrangement. Nach einer weiteren Runde kam Dave auf ihn zu.

„Unser Schütze scheint heute nicht aufzutauchen. Da es ein ruhiger Abend ist, werde ich übernehmen, und du kannst mit Naomi nach Hause fahren. Sie ist schon seit früh morgens auf den Beinen und entsprechend müde."

„Ich kann ..."

„Caleb, das war keine Bitte, sondern ein Befehl."

Scherzhaft stand Caleb stramm. „Yes, Sir."

„So ist es schon besser. Und jetzt geh, bevor Naomi an der Theke einschläft."

Caleb zog die Augenbrauen hoch. „Jetzt ist es also Naomi und nicht mehr Ms. Barnes?"

Dave zuckte mit den Schultern. „Shanna und Grace haben sich mit ihr verbrüdert – oder heißt es verschwestert? Ich hatte keine Chance." Er schwieg einen Moment. „Sie ist wirklich eine tolle Frau, das weißt du, oder?"

„Es ist mir aufgefallen."

„Gut."

Caleb zögerte. „Danke, dass ihr mir helft, sie zu beschützen, wenn es nötig sein sollte."

„Ein Gast meines Clubs wurde fast von einer Kugel getroffen. Natürlich tue ich alles, was in meiner Macht steht, um zu verhindern, dass so etwas noch einmal passiert. Abgesehen davon würde ich niemanden im Stich lassen, der Hilfe braucht."

Caleb lächelte ihn an. „Und genau deshalb arbeite ich hier so gern."

„Und das kannst du so lange tun, wie du möchtest. Aber wenn du irgendwann mal das Gefühl hast, dass es dir nicht mehr reicht, verstehe ich das. Ich würde nur ungern einen perfekten Türsteher verlieren, aber mir ist wichtiger, dass meine Angestellten – meine Freunde – sich wohl fühlen."

Es tat gut, solche Freunde zu haben, ein solches Team. Fast erinnerte es ihn an seine Einheit bei den Marines, nur dass dort auch Idioten dabei gewesen waren und er hier ausnahmslos jeden mochte. Vor allem gefiel ihm, dass nicht einfach Befehle erteilt wurden, die er zu befolgen hatte, sondern jeder seine Meinung frei äußern konnte. Und wenn man recht hatte, wurde das auch anerkannt. Natürlich behielt Dave trotzdem die Kontrolle über den Club, aber die Angestellten fühlten sich wertgeschätzt. Selbst Jerry war als Barkeeper geblieben, obwohl er seinen Juraabschluss hatte. Doch ihm gefiel die Arbeit so sehr, dass er weiterhin mehrere Abende in der Woche hinter der Theke verbrachte. Die restlichen Tage sprang Renée für ihn ein.

Caleb riss sich aus seinen Gedanken. „Keine Angst, ich habe noch lange nicht vor, den Club zu verlassen. Zwar wartet bei RIOS ein Job auf mich, aber bisher kann ich mir noch nicht vorstellen, nach DC umzuziehen." Wobei das der geringste Grund war. Genaugenommen fühlte er sich noch nicht in der Lage, den anspruchsvolleren Job auszufüllen. Vielleicht würde er auch nie so weit sein. Manchmal hatte er ein schlechtes Gewissen, Red vorzugaukeln, dass er irgendwann für ihn arbeiten würde. Aber so lange der Ex-SEAL kein Problem damit hatte, ihn als Karteileiche zu führen, würde er sich diese Möglichkeit offenhalten. Eventuell würde er sich irgendwann wieder wie er selbst fühlen. Wie vor dem Einsatz, der alles verändert hatte.

„Und ich bin froh darüber. Es wäre nicht so einfach, einen gleichwertigen Ersatz zu finden."

Caleb nickte ihm noch einmal zu und öffnete die Tür zum Club. Laute Musik und Stimmengewirr schlugen ihm entgegen.

Inzwischen war er es gewohnt, aber die meiste Zeit zog er die Ruhe draußen vor. Er arbeitete sich zur Theke vor und lächelte, als er sah, wie Jerry sich darüber beugte, um Shanna einen Kuss zu geben. Es wärmte ihn jedes Mal, wie verliebt sie immer noch waren. Manchmal war auch ein neidischer Stich dabei, aber der war seltsamerweise verschwunden, seit er Naomi getroffen hatte. Naomi hatte ihm den Rücken zugedreht und unterhielt sich angeregt mit Grace. Caleb wünschte, er könnte sie auch einfach küssen, doch so weit war ihre Beziehung noch lange nicht. Bisher waren sie noch auf der Stufe *One-Night-Stand mit Verwicklungen* und aufgrund der ungewöhnlichen Lage gezwungen, Zeit miteinander zu verbringen.

Mit einem innerlichen Seufzer trat Caleb neben Grace und küsste ihre Wange. „Hallo, lange nicht gesehen."

Grace lächelte ihm zu. „Zu viel zu tun. Außerdem muss ich morgens immer so früh raus, da kann ich die Abende nicht noch im Club abhängen. Und ehrlich gesagt finde ich es auch nett, wenn ich nicht immer schreien muss, um mich verständlich zu machen."

„Kann ich gut verstehen. Aber siehst du Dave dann überhaupt noch?"

Ihr Grinsen wurde breiter. „Wir machen das Beste aus der wenigen Zeit."

Caleb musste lachen. „Bitte keine Details."

„Die hätte ich dir sowieso nicht gegeben." Grace wurde ernst. „Dave hat erzählt, was hier gestern passiert ist. Ich bin froh, dass ihr nicht verletzt wurdet."

Endlich sah er Naomi an. Erneut begann sein Herz zu rasen, während sein Blick gierig über ihr Gesicht wanderte. „Ja, das sind wir auch." Für ihn war sie perfekt. Zwar war auch Grace eine wirkliche Schönheit mit hüftlangen, rotbraunen Haaren und tiefblauen Augen, aber sie verblasste neben Naomi. Dave würde das sicher anders sehen.

„Gut, dass Gray Ermittlungen aufgenommen hat, dann brauche ich euch nicht sagen, dass ihr das der Polizei überlassen sollt."

„Mir ist wichtig, dass Naomi nichts geschieht, und auch, dass dem Club, den Mitarbeitern oder anderen Gästen kein Schaden zugefügt wird. Ich nehme jede Hilfe dankbar an."

Grace nickte. „Ich wusste schon immer, dass du schlauer bist als einige andere hier." Damit warf sie Jerry einen bedeutsamen Blick zu.

Der grinste sie nur an. „Es ist doch alles gut gegangen, oder?"

Weil er ihnen seine Vergangenheit verschwiegen hatte, waren er selbst, Gray und auch Shanna vor einiger Zeit beinahe getötet worden.

„Nicht dank deiner Vernunft."

„Ja, ja, ich weiß. Aber eigentlich war Gray schuld, weil er in Sachen herumgewühlt hat, die ihn nichts angingen." Jerrys Miene verdüsterte sich. „Wenn er deswegen getötet worden wäre …" Shanna legte ihre Hand auf seine und drückte sie beruhigend.

Da Caleb wusste, wie viel Jerry sowohl Shanna als auch Gray bedeutete, wechselte er rasch das Thema. „Wie sieht es aus, willst du noch bleiben, Naomi, oder wollen wir gehen? Dave hat netterweise für mich übernommen." Da er sah, dass Grace blasser wurde, versuchte er sie zu beruhigen. „Keine Angst, Gray ist weiterhin draußen und passt auf ihn auf." Was nur dazu führte, dass nun auch Shanna und Jerry nervös wirkten. „Okay, ich bringe Naomi zu meiner Wohnung und komme wieder, dann können Dave und Gray Feierabend machen."

Sofort protestierten alle. Jerry setzte sich schließlich durch. „Wir kommen schon zurecht, Caleb. Ihr fahrt jetzt schön zu deiner Wohnung und dort bleibt ihr auch. Und wenn etwas sein sollte, ruft ihr sofort an, klar?"

Obwohl Jerry normalerweise immer entspannt wirkte, konnte er durchaus einen Befehlston anschlagen, wenn ihm etwas wichtig war. Trotzdem versuchte Caleb es. „Ich kann nicht verlangen, dass ihr euch in Gefahr bringt."

Grace legte eine Hand auf seinen Arm. „Dave und Gray wissen, was sie tun. Und du hast nichts verlangt, sie machen es freiwillig. Dafür hat man Freunde."

„Okay, danke." Wieder sah er Naomi an. „Also, was möchtest du?"

„Ich muss tatsächlich langsam ins Bett." Sie lächelte Shanna, Jerry und Grace an. „Danke für die Gesellschaft, es war schön, euch kennenzulernen."

„Gleichfalls. Komm gern jederzeit vorbei." Jerry hob abwehrend die Hand, als sie bezahlen wollte. „Getränke auf Kosten des Hauses, Befehl vom Chef."

„Danke noch mal. Wenn das alles vorbei ist, werde ich das sicher tun. Es ist wirklich spannend hier."

Gespielt entsetzt blickte Jerry sie an. „Du hast uns aber nicht die ganze Zeit analysiert, oder?"

Naomi lachte. „Nein, ich denke, damit wäre ich auch länger als einen Tag beschäftigt." Sie glitt vom Barhocker und schwankte leicht. Sofort war Caleb bei ihr und stützte sie. „Ups, Bein eingeschlafen." Sie lehnte sich kurz an ihn. „Nicht, dass ihr denkt, ich hätte mich den zweiten Tag in Folge betrunken."

„Mit einem Glas Weißwein? Unwahrscheinlich." Jerry zwinkerte ihnen zu. „Habt noch einen schönen Abend."

Während Caleb hinter Naomis Rücken den Kopf schüttelte, antwortete Naomi: „Danke."

Sofort schoss sein Puls in die Höhe, obwohl er sich gleichzeitig sagte, dass sie sicher nur höflich gewesen war. Konnte sie die Bedeutung hinter Jerrys Worten fehlinterpretiert haben? Da sie ihn noch nicht so lange kannte, war das sicher möglich. Caleb räusperte sich. „Okay, gehen wir. Wir sehen uns morgen, Jerry. Gute Nacht." Mit einer Hand auf ihrem Rücken geleitete er Naomi in Richtung Hintertür.

Nach einigen Metern drehte er sich noch einmal um und bemerkte, dass seine Freunde ihm grinsend nachsahen. Manchmal war es wirklich ein Kreuz, dass sie ihn so gut kannten. Andererseits, was sollte er sich aufregen, wenn sie sich für ihn freuten? Shanna hatte schon mehrfach einige ihrer Freundinnen in den Club gelockt und ihm vorgestellt, wahrscheinlich in der Hoffnung, dass es bei einer von ihnen funken würde. Das hatte es aber nie getan. Es musste erst Naomi kommen, um ihn von den Socken zu hauen.

Kurz vor der Tür hielt Naomi an und drehte sich zu ihm um. Caleb streifte mit den Fingern ihren Arm. „Ich hoffe, sie waren nicht zu neugierig."

Naomi lächelte. „Nein, gar nicht. Sie waren sehr nett. Und lustig. Es war schön zu sehen, wie sehr sie sich lieben." Sie runzelte die Stirn. „Aber hattest du nicht gesagt, dass Detective Lyons mit dem Barkeeper zusammen ist? Würde Jerry dann Shanna küssen?"

„Ja, würde er, die beiden sind zusammen. Und Gray ist der Dritte im Bunde."

Ihre Augen weiteten sich. „Das ist spannend. Als er kurz reinkam, war er sehr zurückhaltend."

„Die drei machen kein Geheimnis daraus, dass sie in einer Beziehung sind, aber für Gray ist das alles immer noch etwas ungewohnt. Seine Familie ist im Bilde, aber beim NYPD wissen nur wenige Auserwählte davon."

„Vielleicht hättest du es mir dann nicht sagen sollen."

Caleb legte seine Hände auf ihre Oberarme. „Ich möchte kein Geheimnis daraus machen. Sie sind meine Freunde, und wenn du in nächster Zeit öfter in meiner Nähe bist, wirst du es früher oder später sowieso mitbekommen. Die drei sind einfach toll zusammen, wie füreinander geschaffen."

Naomi beugte sich vor und küsste ihn sanft. „Ich hätte nicht gedacht, dass du ein Romantiker bist."

Gleichzeitig erregt und etwas peinlich berührt zog er sie enger an sich. „Das bin ich auch nicht. Aber ich mag es, wenn meine Freunde glücklich sind. In welcher Konstellation sie das sind, ist ihre Sache."

„Nur dass du mich richtig verstehst: Romantiker ist für mich kein Schimpfwort, ganz im Gegenteil. Ich mag es, wenn Männer auch über Gefühle reden können." Sie lächelte. „Hin und wieder jedenfalls. Manchmal können sie auch gern ein wenig den Neandertaler heraushängen lassen. Es kommt immer auf die Situation an."

Calebs Puls schoss in die Höhe. „Okay. Was ist jetzt gerade richtig?"

Naomi biss in seine Unterlippe. „Ein wenig von gestern Abend im Lagerraum?"

Er wurde innerhalb von Sekunden hart. „Kann es sein, dass du es magst, wenn uns jederzeit jemand entdecken könnte?"

Ihre Hand glitt unter sein T-Shirt. „Ich mag *dich*, alles andere ist nebensächlich."

Genauso ging es ihm auch, wenn er mit ihr zusammen war. Es war erfrischend, wenn eine Frau deutlich sagte, was sie wollte. Caleb schob seine Hüfte vor und stöhnte auf, als seine Erektion sich gegen Naomis Bauch presste. Ihre Fingernägel gruben sich in seinen Rücken und feuerten seine Erregung weiter an. Caleb senkte den Mund und küsste Naomi. Sofort erwiderte sie den Kuss und schmiegte sich an ihn. Er drückte sie nach hinten, bis ihr Rücken gegen das Metall der Tür stieß. Ihre verlangenden Laute machten ihn wahnsinnig. Mit einer Hand tastete er nach dem Bund ihrer Hose. Er öffnete den Knopf und zog den Reißverschluss herunter. Wenn er den Stoff ein Stück herunterzog und sie dann hochhob …

Naomi stöhnte gegen seinen Mund. „Ich habe … wieder … kein Kondom dabei."

Caleb erstarrte. Hatte er wirklich gerade Naomi hier nehmen

wollen, an einem Ort, an dem jederzeit jemand vorbeikommen könnte? Was war mit ihm los? In etwa zwanzig Minuten könnte er mit ihr in seiner Wohnung sein, wo sie ganz allein wären. Und er hatte genug Kondome dort, um einen Sex-Marathon zu veranstalten. Stattdessen stand er in einem düsteren Gang und befummelte Naomi wie ein Teenager.

Hart stieß er den Atem aus, dann trat er einen Schritt zurück. „Es tut mir leid."

Naomi sah zu ihm auf, ihre Lippen waren gerötet. „Was genau? Dass du kein Kondom oder aufgehört hast? Oder etwas anderes?"

„Von allem etwas. Vor allem aber, dass ich dich so angefallen habe. Eigentlich hatte ich mir vorgenommen, es etwas langsamer anzugehen, sollte es noch einmal dazu kommen, dass wir …"

„Sex haben? Ganz ehrlich, ich brauche kein *langsam* bei dir. Ich genieße es, einmal nicht das zu tun, was vernünftig wäre. Mich einfach fallen zu lassen und nur zu fühlen. Normalerweise zerdenke ich immer alles."

Caleb legte eine Hand an ihre Wange und strich mit dem Daumen über ihre Lippen. „Das kenne ich. Wie wäre es, wenn wir jetzt erst mal zu meiner Wohnung fahren?"

Naomi stieß einen tiefen Seufzer aus. „Kannst du da auch spontan über mich herfallen?"

Ein Lachen stieg in seiner Kehle auf. „Ich werde mir die größte Mühe geben."

„Okay, dann lass uns gehen."

9

Während Naomi ihre Hose zuknöpfte, kehrte ein wenig Vernunft zurück. Was hatte Caleb nur an sich, das sie dazu brachte, ihren normalen Menschenverstand zu vergessen? Und sie genoss es über alle Maßen. Sie fühlte sich freier als seit langem, spontaner, begehrenswerter. Die Leidenschaft in Calebs Augen zu sehen, in seinen Berührungen zu fühlen, entzündete ein Feuer tief in ihr. Allerdings wurde es gedämpft, als Caleb die Tür öffnete und sich erst draußen umsah, bevor er ihr ein Zeichen gab, dass sie ihm zum Auto folgen sollte. Wie hatte sie die Gefahr vergessen können, in der sie vielleicht schwebten? Calebs Freunde hatten es ihr leicht gemacht, auf andere Gedanken zu kommen. Sie hatte sich mehrere Stunden gut unterhalten gefühlt und auch sicher. Jetzt kehrte das Unbehagen zurück, und sie blickte sich vorsichtig um.

Kurze Zeit später saßen sie im Auto und fuhren vom Parkplatz, ohne dass etwas geschehen wäre. Vielleicht war es wirklich nur ein Zufall gewesen, dass jemand genau in dem Moment auf den Club geschossen hatte, als sie dort gewesen war. Ein Betrunkener, der nicht wusste, was er tat. In ein paar Tagen würde Ruhe einkehren, und sie konnte ihr normales Leben wieder aufnehmen. Einerseits wünschte sie sich genau das, aber es würde auch bedeuten, Caleb nicht wiederzusehen. Wobei, was sollte sie davon abhalten, sich weiterhin mit ihm zu treffen? Ein wenig befürchtete sie, dass ohne die potenzielle Gefahr auch die explosive Leidenschaft schwand. Aber nein, das war Unsinn. Beim ersten Mal hatten sie noch nichts von dem Schuss gewusst und waren übereinander hergefallen. Dennoch …

„Worüber grübelst du nach?"

Naomi drehte den Kopf in seine Richtung. „Ich neige dazu, alles zu zerdenken, erinnerst du dich? Vermutlich ein Berufsproblem."

„Wir werden den Schützen finden, keine Angst."

Naomi sagte ihm lieber nicht, dass sie über etwas völlig anderes nachgedacht hatte. „Ich vertraue dir und deinen Freunden."

„Danke." Schnell sah er sie an, bevor er sich wieder auf den Verkehr konzentrierte. „Und wenn es dir unangenehm sein sollte, bei mir zu übernachten, finden wir sicher eine andere Lösung."

„Nein, das ist schon in Ordnung. Spätestens morgen früh müsste ich aber in mein Haus, um mir neue Kleidung zu holen."

„Wir werden uns was überlegen."

Ihr fiel etwas ein. „Ist es überhaupt für dich in Ordnung, wenn ich einfach so in deinen persönlichen Bereich einfalle? Du hast dir das ja auch nicht ausgesucht."

Caleb lächelte schwach. „Vermutlich hätte ich dich nicht gleich am zweiten Abend zu mir eingeladen, aber ich denke, wir sind durch die Ereignisse gestern schon weit über das Stadium Restaurantbesuch hinaus."

„Aber sowas von."

Das brachte ihr ein Lachen ein. Sie liebte es, wenn Caleb lachte. Es war echt und nicht übertrieben machohaft oder künstlich, wie sie es so oft bei ihren Kollegen hörte.

Den Rest der Fahrt schwiegen sie, und Naomi genoss selbst das. Sie fühlte sich wohl bei Caleb, etwas, das sie noch nie bei einem Mann erlebt hatte. Jedenfalls bei keinem, der sie auch sexuell interessierte.

Eine Viertelstunde später kamen sie an einem dreistöckigen Wohngebäude an, das vermutlich in den Achtzigern erbaut worden war. Es war schnörkellos und hätte einen neuen Anstrich gebrauchen können.

Caleb stellte den Motor ab und löste den Gurt. „Ich hoffe, du erwartest nichts Gehobenes. Ich war froh, eine bezahlbare Wohnung zu finden, als ich vor ein paar Jahren hierhergekommen bin."

„Der Wohnungsmarkt in New York ist die Hölle. Ich hatte Glück, dass die Eltern einer Kollegin gerade ihr Haus verkaufen wollten, als ich eines suchte. So habe ich es zu einem halbwegs annehmbaren Preis bekommen."

„Ich habe nicht weitergesucht, weil ich nie wusste, wie lange ich hierbleiben würde." Er sah sich um, stieg aus und lief um den Wagen herum. Er öffnete ihre Tür und hielt ihr die Hand hin.

Dankbar nahm Naomi sie und stieg aus. Rasch gingen sie zum Haus, wo Caleb die Tür aufschloss und Naomi in den dunklen Hausflur trat. Wie müde sie war, merkte sie erst, als sie die Treppen ins oberste Stockwerk hinaufgestiegen war. Erschöpft lehnte sie sich an die Wand, während Caleb die Tür öffnete. Er schlang einen Arm um sie und führte sie in die Wohnung.

„Tut mir leid, ich habe nicht aufgeräumt, weil ich nicht wusste, dass ich Besuch bekomme. Warum gehst du nicht schon ins Bad, während ich dir das Bett vorbereite?"

„Hast du irgendein T-Shirt oder so, das ich anziehen kann?"

„Natürlich, kommt sofort. Eine Ersatzzahnbürste habe ich auch."

„Danke, nicht nötig, ich habe immer eine dabei, wenn ich ins Büro gehe." Genauso wie eine Bürste und Basis-Make-up, aber das musste Caleb nicht wissen.

Sie sah ihm nach, wie er in einem Raum verschwand. Nur Sekunden später kam er mit einem grünen T-Shirt und einem großen Handtuch zurück. Er drückte ihr beides in die Hände.

„Duschgel für Frauen habe ich leider nicht, aber du kannst gern meines benutzen, es ist relativ neutral."

„Danke. Wo finde ich das Bad?"

„Gleich die erste Tür rechts."

Naomi betrat den kleinen, fensterlosen Raum und hängte das Handtuch an einen Haken. Ein Blick in den Spiegel offenbarte erwartungsvoll glitzernde Augen sowie gerötete Lippen und Wangen. Um sich davon abzulenken, zog sie ihre Sachen aus und stieg in die Dusche. Sie schnupperte an Calebs Duschgel und lächelte. Es machte ihr überhaupt nichts aus, so zu riechen wie er. Vom Wasser etwas belebt, stieg Naomi kurze Zeit später wieder hinaus und trocknete sich ab. Selbst die Handtücher dufteten nach Caleb. Kopfschüttelnd schlüpfte sie in das T-Shirt. Sie sollte wirklich aufpassen, sich nicht zu sehr an ihn zu gewöhnen. Noch konnte sie nicht abschätzen, wohin sich die Sache entwickeln würde.

Nachdem sie die Zähne geputzt und sich abgeschminkt hatte, nahm Naomi ihre Sachen unter den Arm und verließ das Bad nur mit dem T-Shirt bekleidet. Sie traf Caleb im Wohnzimmer an, wo er gerade ein Kissen und eine Decke auf das Sofa warf. Als er sie in der Tür stehen sah, erstarrte er in der Bewegung.

„Verdammt, das T-Shirt hat noch nie so gut ausgesehen."

Naomi lachte. „Im Ernst? Lass mich raten, du ziehst es sonst einfach nur über und siehst nie in den Spiegel?"

„So ähnlich. Tatsächlich trage ich es gar nicht so oft. Nicht meine Farbe."

Sie legte den Kopf schräg. „Und deshalb hast du es für mich ausgesucht?"

Caleb schwieg einen Moment. „Nein. Weil es zu deinen Augen passt."

Nun war sie es, die ihn anstarrte. „Was soll ich nur mit dir machen? Haust einfach so was ohne Vorwarnung raus."

„Ähm, ich habe keine Ahnung, was du meinst."

„Und das ist das Schlimmste." Naomi deponierte ihre Sachen auf einem Stuhl und näherte sich ihm langsam.

Caleb wirkte beinahe nervös. „Dein Bett ist fertig." Mit dem Daumen deutete er hinter sich, wo eine offene Tür ins Schlafzimmer führte.

„Ich kann auch auf dem Sofa schlafen, es ist groß genug für mich."

„Nein, das kannst du nicht. Das Bett ist frisch bezogen."

„Danke." Sie ignorierte das Schlafzimmer und ging weiter auf Caleb zu. Noch immer stand er bewegungslos da. Wovor hatte er Angst? Langsam schlichen sich Zweifel ein, ob er sie noch begehrte. Aber das war Unsinn, vorhin hätte er sie fast in der Öffentlichkeit genommen. Warum sollte er hier Skrupel haben? Dicht vor ihm blieb Naomi stehen. „Was ist mit dir?"

„Ich …", er schluckte sichtbar, „… sollte dich jetzt schlafen lassen." Sein Blick glitt nach unten, wo sich die Spitzen ihrer Brüste unter dem Stoff abzeichneten.

„Und wenn ich nicht schlafen will?"

„Du kannst auch noch fernsehen. Oder ich mache dir etwas zu essen." Er klang beinahe verzweifelt.

„Caleb, sieh mich an."

Sofort ruckte sein Blick hoch. „Das tue ich."

„Willst du mich nicht mehr? Dann brauchst du es nur zu sagen."

Seine Augen flammten auf. „Natürlich will ich dich, mehr als irgendetwas sonst."

„Und warum versuchst du mich dann loszuwerden?" Er zögerte. „Die Wahrheit, bitte."

„Ich hatte mir geschworen, die Situation nicht auszunutzen. Du bist nicht freiwillig hier. Es wäre falsch, jetzt über dich herzufallen."

Das Herz hämmerte in ihrer Brust, als sie den Saum des T-Shirts ergriff und es über ihren Kopf zog. Völlig nackt stand sie vor Caleb. „Bitte, fall über mich her."

Erst dachte Naomi, sie hätte ihn falsch eingeschätzt, doch dann stürzte er sich förmlich auf sie. Durch den Schwung verlor sie das Gleichgewicht und fiel nach hinten auf das Sofa. Ihr erschrockener Aufschrei wurde von seinen Lippen gedämpft. Calebs Gewicht presste sie in die Polster. Sein Oberschenkel schob sich zwischen ihre Beine, und Naomi genoss das Gefühl seiner

Jeans an ihrer Mitte. Verlangend bäumte sie sich auf, um ihm noch näher zu sein. Caleb küsste sie wie ein Verhungernder und löste damit ein Summen in ihrem Körper aus. Genau so hatte sie es sich vorgestellt. Ein heißer Mann, der nur sie im Sinn hatte.

Gierig schob sie ihre Hände unter sein T-Shirt und ließ ihre Finger über seinen Brustkorb wandern. Dann war ihr das auch nicht mehr genug, und sie zog ihm den Stoff über den Kopf. Seine nackte Haut presste sich an ihre. Ja, genau so! Unruhig bewegte sie sich unter ihm. So sehr sie es auch genoss, ihn zu küssen, sie brauchte mehr. Offenbar ging es Caleb ebenso, denn er bewegte sich langsam an ihrem Körper hinunter. Seine Zungenspitze umrundete ihre Brustwarzen, dann nahm er sie in den Mund und saugte hart daran. *O Gott, ja!* Sie hob ihren Oberkörper an, um noch mehr zu fühlen. Seine Hand schloss sich um ihre andere Brust, und Naomis Lider senkten sich. Das fühlte sich so gut an. Dann presste er mit den Fingern ihre Brustspitze zusammen, und Naomi schrie auf. Es war ihr egal, wer sie hörte. Sie wollte mehr davon.

Beinahe verzweifelt suchten ihre Finger den Bund seiner Hose und machten sich an dem Knopf zu schaffen. Endlich gab er nach. Zu wenig. Hektisch zog sie den Reißverschluss herunter. Obwohl sie am liebsten sofort zugegriffen hätte, entschied sie sich anders. Sie hakte beide Hände hinten in den Bund und schob seine Hose mitsamt dem Boxershorts nach unten. Nachdem sie seine Hüfte befreit hatte, ließ sie ihre Finger über seine Pobacken gleiten. Die Muskeln bewegten sich unter seiner glatten Haut, sein Schaft streifte ihr Bein. Eindeutig zu tief. Aber dann müsste sie seinen Mund an ihren Brüsten aufgeben. Eine Entscheidung, die sie nicht treffen konnte.

Ein protestierender Laut entfuhr ihr, als Caleb sich von ihr löste. Er durfte nicht aufhören! Nur wenige Sekunden später war er wieder über ihr, diesmal vollständig nackt. Erleichtert klammerte sie sich an ihn und versuchte, ihn zu ihrem Eingang zu führen.

„Warte einen Moment.“ Seine raue Stimme erklang an ihrem Ohr.

Was immer er dort tat, es dauerte zu lange! Naomi hob sich ihm entgegen und spürte, wie ein Kissen unter ihre Hüfte geschoben wurde. Caleb hob ihr Bein an und legte es über die Rückenlehne des Sofas. Naomi griff verzweifelt nach Caleb und zog ihn zu sich. Er glitt mit einem Stoß in sie. Gleichzeitig stöhnten sie auf. Caleb kniete sich auf das Polster und hob ihre Hüfte mit beiden Händen an. Dann begann er, sich in ihr zu bewegen. Erst langsam, dann immer schneller und härter. Naomi klammerte sich an den Polstern fest und kam jedem Stoß entgegen. Calebs Finger stimulierten ihre Klitoris.

Die Erregung in ihr stieg, bis sie glaubte, jeden Moment explodieren zu müssen. Doch sie kämpfte dagegen an; auf keinen Fall sollte es jetzt schon enden. Es war zu aufregend, zu gut. Immer höher stieg sie hinauf, bis nur noch eine winzige Berührung reichte, um sie zerspringen zu lassen. Calebs Finger strich hart über ihre Klitoris. Naomi bäumte sich auf und erreichte mit einem lauten Schrei den Orgasmus. Caleb hämmerte immer härter, immer wilder in sie. Hart gruben sich seine Finger in ihre Hüften. Dann stoppte er plötzlich und kam mit einem langgezogenen Stöhnen. Dabei bohrte er sich tief in sie.

Fast wie im Delirium nahm sie wahr, wie Caleb auf ihr zusammenbrach. Sein Kopf lag schwer auf ihrer Brust. Sein heftiger Atem streifte ihre empfindlichen Brustspitzen. Ein Zittern lief durch ihren Körper. Caleb legte seine Hände an ihre Seiten, gab ihr das Gefühl, rundum beschützt zu sein. Wie in einem warmen, lebendigen Kokon. Unerklärlicherweise traten ihr Tränen in die Augen, die sie rasch zurückkämpfte. Noch nie hatte sie sich nach dem Sex so gut gefühlt. Erschöpft, aber glücklich. Froh, einen Mann gefunden zu haben, der genau auf ihrer Wellenlänge lag, was körperliche Gelüste anging.

Caleb atmete noch einmal tief durch, dann hob er den Kopf.

„Entschuldige, ich bin wieder nicht zum Vorspiel gekommen."

Naomi schnaubte. „Meiner Meinung nach wird Vorspiel maßlos überschätzt."

Erstaunt starrte Caleb sie an. „Im Ernst?"

„In den meisten Fällen, ja. Dich zum Beispiel will ich einfach nur so schnell wie möglich in mir spüren. Ein paar Berührungen reichen schon aus, um mich so zu erregen, dass mir alles andere egal ist."

Caleb lächelte. „Gut zu wissen." Langsam leckte er über ihre Brustspitze.

Ein Schauer lief durch Naomis Körper, ihre Muskeln zogen sich um seinen Schaft zusammen. Obwohl sie gerade erst gekommen war, erwachte ein Funke Verlangen in ihr.

„Sag mal …" Diesmal biss er leicht in die Spitze. „Was hältst du denn von Nachspiel?"

Naomi stöhnte leise. „Was ist das?"

Seine Hände wanderten an ihren Seiten entlang. „Nun, das, was ich sonst als Vorspiel gemacht hätte." Seine Daumen fuhren unterhalb ihrer Brüste entlang.

Ihr Atem stockte. „Das kenne ich nicht. Vielleicht sollten wir es mal ausprobieren, damit ich dir eine Antwort darauf geben kann."

Calebs Zähne blitzten auf. „Sehr gern." Dann senkte er den Kopf, und Naomi vergaß alles andere.

10

Caleb wachte von einem Scheppern auf. Für einen Moment war er desorientiert, dann spürte er Naomis Gewicht auf sich. Sein Rücken protestierte vom Liegen auf der wenig bequemen Couch. Trotzdem konnte er sich nichts Schöneres vorstellen als nach dem unglaublich befriedigenden Sex so mit Naomi aufzuwachen. Caleb hielt den Atem an und lauschte auf weitere Geräusche. Hatte er sich nur eingebildet, etwas gehört zu haben? Gerade als er fast davon überzeugt war, ertönte ein Klirren. Dann das unverkennbare Quietschen, das entstand, wenn er sein Schlafzimmerfenster nach oben schob. Er reagierte blitzschnell und rollte sich mitsamt Naomi vom Sofa. Im Fallen drehte er sich und landete unter ihr.

„Was …?“

Sofort presste er eine Hand auf Naomis Mund. Glücklicherweise hatte sie nicht allzu laut geredet, sodass der Eindringling es hoffentlich überhört hatte. Caleb brachte seinen Mund an ihr Ohr. „Sei leise“, flüsterte er. „Irgendjemand ist hier.“

Naomis Körper erstarrte, sie atmete scharf ein.

Caleb schob sie behutsam von sich. „Bleib neben dem Sofa, im Dunkeln bemerkt dich keiner.“ Er tastete nach der Pistole, die er auf die Ablage unter dem Couchtisch gelegt hatte. Seine Finger schlossen sich um den Griff, und er atmete auf. Ein Glück, dass er sie dorthin gelegt hatte, bevor sein Verstand vor Erregung vernebelt war.

Naomis Finger schlossen sich um sein Handgelenk. „Bleib hier.“ Ihre Stimme war so leise wie seine.

„Wir können uns nicht verstecken.“ Noch einmal griff er auf den Tisch und ertastete sein Handy. Das drückte er Naomi in die Hand. „Ruf die Polizei an, wenn ich nicht in einer Minute zurück bin oder du Kampfgeräusche hörst."

„Caleb ..."

Er strich über ihre Wange, dann machte er sich los und schlich geduckt in Richtung Schlafzimmer. Er war fast bei der Tür, als der gedämpfte Knall von Schüssen aus dem Nebenzimmer kam. Verdammt! Ein leichter Lichtschimmer drang durch den Vorhang. Eine dunkle Silhouette stand über das Bett gebeugt und zog die Decke mit einem Ruck zur Seite. Federn stoben auf und schwebten zu Boden.

Caleb nutzte die Ablenkung und trat in den Raum. „Hände hoch, Waffe fallen lassen!"

Der Eindringling reagierte schneller, als Caleb erwartet hatte. Er riss seine eigene Pistole hoch und schoss. Gerade noch rechtzeitig konnte Caleb sich wegducken. Sein Finger krümmte sich um den Abzug, und er drückte ab. Die Kugel verfehlte den Eindringling. Anstatt aufzugeben, antwortete der mit weiteren Schüssen in Calebs Richtung. Hinter dem Türrahmen war Caleb in Sicherheit, aber er sah nicht, was der Schütze machte. Als alles ruhig blieb, blickte Caleb vorsichtig um die Ecke. Die Stelle, wo der Eindringling vorher gestanden hatte, war leer. Hatte er sich hinter dem Bett versteckt? Wenn er das Licht einschaltete, würde er ein zu deutliches Ziel abgeben, sobald er seine Deckung verließ.

Bei dem Lärm waren vermutlich die Nachbarn aufgewacht und würden die Polizei rufen. Naomi hatte sie sicher ebenfalls informiert. Die Vorstellung, dass ihr etwas passieren könnte, gab den Ausschlag. Caleb schlich in das Schlafzimmer. Nichts rührte sich. Schussbereit hielt er seine Pistole vor sich. Ein erneutes Scheppern ließ ihn fluchen. Der Täter war bereits auf der Feuertreppe, die vom Wohnzimmer aus nach unten führte. Caleb lief zum Fenster und blickte hinaus. Eine Bewegung unter ihm bewies, dass der Schütze wieder entkommen würde. Nein, nicht diesmal! Hätte er im Bett gelegen, wäre er jetzt tot – und Naomi mit ihm.

Caleb kletterte aus dem Fenster und balancierte über den schmalen Sims zur Feuertreppe, so wie es der Einbrecher vermutlich auch gemacht hatte. Rasch kletterte er über das Geländer und landete mit einem Scheppern auf dem dünnen Metall. Schmerz schoss durch seinen Rücken. Caleb biss die Zähne zusammen und lief die Treppe hinab. Jetzt versuchte der Schütze nicht mehr leise zu sein, sondern rannte so schnell, wie er konnte. Caleb folgte ihm und holte langsam auf. Dummerweise endete die Treppe, bevor er ihn erreichte. Der Mann – Caleb war bei der Statur ziemlich sicher, dass es sich um einen handelte – sprang die letzten Meter zu Boden und rannte durch die dunkle Gasse. Er durfte nicht entkommen!

„Stehenbleiben, sofort!“ Normalerweise vermied er es, auf Menschen zu schießen, doch jetzt würde er nicht zögern. Dieses Arschloch hatte bereits zweimal versucht, Naomi oder ihn zu töten. Noch eine Chance würde er ihm nicht geben.

Der Mann lief weiter, als hätte er ihn nicht gehört. Caleb blieb stehen, zielte und drückte ab. Die Kugel bohrte sich vor dem Flüchtenden in das Pflaster. Ruckartig blieb er stehen, drehte sich aber nicht um. Die wenigen Straßenlaternen blendeten mehr, als dass sie der Sicht nützten.

„Noch einmal ziele ich nicht daneben. Drehen Sie sich um und werfen Sie die Waffe weg.“

Langsam gehorchte der Mann; die Pistole hielt er weiter in der Hand. Sein Gesicht lag weiter im Dunkeln, deshalb konnte er ihn nicht erkennen.

Vorsichtig ging Caleb auf ihn zu. „Waffe weg, sofort!“

Es dauerte einige Sekunden, dann landete die Pistole mit einem Klappern auf dem Pflaster. Ein Hauch von Erleichterung kam in Caleb auf. Er würde diesen Mistkerl festsetzen und dann der Polizei übergeben. Seine Waffe hielt er die ganze Zeit auf den Mann gerichtet. Er war nur froh, dass ihn kein Flashback reaktionsunfähig gemacht hatte.

„Hey, zieh dir mal was an, Mann!“

Der Ruf kam aus einem der Fenster ein Haus weiter. Erst jetzt merkte er, dass er tatsächlich splitternackt losgelaufen war. Caleb zog eine Grimasse. Das erklärte auch die Schmerzen in seinen Füßen.

„He, Spinner, ich rede mit dir!“

Caleb ignorierte seinen Nachbarn, während er langsam weiter auf den Eindringling zuging. „Halten Sie die Hände so, dass ich sie sehen kann.“ Nichts passierte. Das war gar nicht gut. Es widerstrebte Caleb, auf einen unbewaffneten Menschen zu schießen, aber er wäre sicher nicht so dumm, ihm so nah zu kommen, dass der ihn angreifen konnte. „Die Polizei ist schon auf dem Weg.“

Wieder antwortete der Mann nicht. Und das machte Caleb nervös. Er hätte eher mit Wut gerechnet, mit Vorwürfen und Geschrei. Aber nicht diese stumme Regungslosigkeit. Hatte er gar keine Angst, verhaftet zu werden? Versuchter Mord war ein schweres Vergehen, auf das einige Jahre Gefängnis stand. War ihm das völlig egal?

Unvermittelt landete etwas neben ihm auf dem Boden und zerplatzte. Feuchtigkeit spritzte an seinem Bein herauf. Ein kurzer Blick nach unten zeigte, dass es eine Tomate war. Einer weiteren konnte er gerade noch ausweichen. Der Beschuss kam eindeutig von dem Mann im zweiten Stock, der sich über seine Nacktheit aufregte.

„Hören Sie auf damit! Sehen Sie nicht, dass ich einen Einbrecher stelle?“

„Der ist wenigstens angezogen!“

Morgen musste er ein ernstes Gespräch mit diesem Idioten führen. Aber jetzt konnte er sich die Ablenkung nicht leisten. „Zeigen Sie mir jetzt endlich Ihre verdammten Hände.“

Etwas flog auf ihn zu und Caleb warf sich instinktiv zur Seite. Noch bevor er auf den Boden traf, erschütterte ein lauter Knall die Gasse. Eine Druckwelle traf ihn, gefolgt von scharfen Lichtblitzen und mehreren weiteren kleinen Explosionen. Seine Augen begannen zu tränen, keuchend kauerte er auf dem Boden. Das Klingeln in seinen Ohren war so laut, dass er nichts um sich herum wahrnahm. Seine Pistole hatte er verloren. Blind tastete er danach, fand sie aber nicht. Er musste … Sein Gehirn brauchte einen Moment, bis er sich wieder an den Schützen erinnerte. Er durfte nicht entkommen!

„Caleb!“ Der Ruf drang zu ihm durch.

Eine Hand berührte seinen Rücken. „Geht es dir gut?“ Es war Naomis Stimme, ihre sanfte Berührung auf seiner Haut.

Caleb umfasste ihren Arm wie einen Anker. „Verschwinde von hier, schnell! Wenn er dich sieht …“

„Er ist abgehauen.“

Scheiße! „Siehst du irgendwo meine Pistole?“

„Nein.“ Sie ließ ihn los, und er hätte sie beinahe zurückgerufen. Gleich darauf kam sie zurück. „Ich habe sie.“

„Gut. Ich sehe nicht genug. Wenn er wiederkommt, schieß auf ihn.“

„Okay.“ Naomi klang nervös, aber das war verständlich. Unter den gegebenen Umständen hielt sie sich fantastisch. Sie drückte ihm etwas in die Hand. „Ich habe dir eine Hose mitgebracht.“

Es dauerte etwas, bis er sich so weit sortiert hatte, dass er die Jeans anziehen konnte. Gerade als er den Knopf schloss, näherten sich Sirenen. Zu spät. Verdammt, er hätte schießen sollen, als er die Gelegenheit dazu hatte! Dann wäre Naomi jetzt außer Gefahr.

In der Hosentasche fand er ein Taschentuch und rieb damit über seine Augen. Noch immer tränten sie und er sah weiterhin Lichtblitze und dunkle Flecken, aber wenigstens konnte er jetzt etwas mehr erkennen. Die Gasse lag verlassen da, selbst der Tomatenwerfer hatte sich offenbar zurückgezogen, nachdem er die Sirenen gehört hatte. Langsam ließ das Klingeln in seinen Ohren etwas nach, aber alle Geräusche hallten immer noch in seinen Ohren nach und klangen seltsam dumpf.

Naomi hockte dicht neben ihm. „Das war er, oder?"

„Ich schätze ja. Er hat auf das Bett geschossen. Wahrscheinlich dachte er, wir lägen darin."

„O Gott! Es tut mir so leid, Caleb. Ich hätte wissen müssen, dass es dich in Gefahr bringt, wenn ich bei dir unterkomme."

„Ich bin verdammt froh, dass ich bei dir war."

Sie lehnte sich gegen ihn, und er spürte ihr Zittern. „Das bin ich auch."

Die Sirene war jetzt nah, und Caleb richtete sich langsam auf. „Gib mir besser die Pistole zurück. Ich nehme an, du hast keinen Waffenschein, oder?"

„Nein, ich mag keine Schusswaffen."

Dafür hatte sie sich verdammt gut geschlagen. Vorsichtig nahm er ihr die Pistole aus der Hand. „Hast du der Polizei gesagt, wo wir sind?"

„Ja."

„Dann sollten wir sie wohl besser an der Vordertür empfangen."

Naomi half ihm, aufzustehen. Schwindel ließ ihn kurz wanken, dann biss er die Zähne zusammen und bewegte sich langsam in Richtung Haus. Da er wenig Lust verspürte, die Feuertreppe wieder hinaufzuklettern, aber auch keinen Schlüssel dabeihatte, um die Hintertür zu öffnen, gingen sie um das Gebäude herum. Fast zeitgleich mit der Polizei trafen sie an der Vordertür ein. Caleb legte die Pistole vor sich auf den Boden, damit sich niemand bedroht fühlte.

Ein Polizist kam mit gezogener Waffe auf sie zu. „Haben Sie uns wegen eines Einbruchs angerufen?"

Naomi trat vor. „Ja, das war ich. Leider ist er entkommen."

Ein skeptischer Blick traf Caleb. „Und wer sind Sie?"

„Ich bin der Mieter der Wohnung, in die eingebrochen wurde. Der Täter ist die Feuerleiter hoch und in mein Schlafzimmerfenster eingebrochen. Er hat seine Waffe auf das Bett abgefeuert, glücklicherweise lagen wir nicht darin. Als ich ihn gestellt habe, hat er auf mich geschossen. Ich habe das Feuer erwidert, und bin ihm durch das Fenster nach unten gefolgt. Er hat eine Blendgranate auf mich geworfen und konnte so entkommen."

„Und Sie kennen sich weshalb damit aus?"

Caleb widerstand dem Drang, mit den Augen zu rollen. Das wäre zu schmerzhaft. „Ich war beim Militär und ich arbeite für eine Sicherheitsfirma."

„Okay. Können Sie den Täter beschreiben?"

„Männlich, etwa meine Größe. Er trug dunkle Kleidung und ich konnte das Gesicht nicht sehen, vielleicht trug er eine Skimaske."

„Also könnte es fast jeder sein."

Langsam war Caleb genervt. „Er ist vor etwa fünf Minuten in diese Richtung geflohen, vielleicht erwischen sie ihn noch."

„Ich sehe mir lieber den Tatort an, meine Kollegen kümmern sich darum."

Naomis Hand an seinem Rücken erdete ihn. „Kommen Sie mit."

Als Caleb seine Waffe wieder aufheben wollte, hörte er ein scharfes Einatmen. „Die Pistole muss ich an mich nehmen."

„Ich habe die Berechtigung, eine Schusswaffe zu tragen."

„Das mag sein, aber nicht, so lange wir hier sind und den Tatort untersuchen. Außerdem ist die Waffe ein Beweisstück, wenn Sie damit geschossen haben."

Caleb unterdrückte seine automatische Ablehnung und ließ es zu, dass der Polizist seine Pistole an sich nahm. Er hatte eine weitere im Safe, deshalb lohnte es sich nicht, Ärger zu machen. Oben angekommen, führte er den Polizisten und dessen Kollegen durch das Apartment. Ein Spurensicherungsteam wurde angefordert und traf einige Minuten später ein. Während seine

Wohnung auf den Kopf gestellt wurde, wurde erst Caleb und danach Naomi befragt. Bei der Gelegenheit rief Caleb Gray an, der versprach, sofort zu kommen. In seinem Zustand war Caleb froh darüber, jemanden zu haben, der Naomi beschützen konnte. Noch immer hatte er Probleme mit dem Gleichgewicht und Hördefizite.

11

Naomis Hände zitterten immer noch, als endlich die letzten Polizisten die Wohnung verlassen hatten. Das Fenster war notdürftig gesichert worden, nachdem alles nach Fingerabdrücken und sonstigen Spuren abgesucht worden war. Die Wahrscheinlichkeit, dass der Täter welche hinterlassen hatte, schien mehr als gering. Inzwischen war sie so müde, dass sie im Stehen hätte einschlafen können. Wie viel schlimmer musste es Caleb gehen, der ziemlich mitgenommen aussah? Schmutz zierte noch immer seine Wange und vermutlich auch den Rest seines Körpers. Da er sich angezogen hatte, konnte sie es nicht mehr sehen. Bei dem Knall war ihr fast das Herz stehengeblieben. Im ersten Moment hatte sie gedacht, Caleb wäre getötet worden.

So schnell sie konnte war sie die Treppe hinuntergelaufen und hatte nicht überlegt, ob der Schütze vielleicht noch in der Nähe war. Sie hatte nur daran denken können, Caleb zu helfen. Glücklicherweise war es nur eine Blendgranate gewesen und keine Bombe, aber sie hatte genug Schaden angerichtet. Vor allem hatte sie dem Täter ermöglicht, zu fliehen. Er schien es wirklich ernst damit zu meinen, einen von ihnen oder sie beide zu töten. Und er war bereit, dafür sein Leben zu riskieren und vor allem andere Menschen in ihrem Umfeld zu verletzen oder sogar umzubringen. Wer zur Hölle tat so etwas? Sie konnte sich niemanden vorstellen, der ihr nach dem Leben trachtete. Zwar war sie sicher kein Engel, aber sie wusste nicht, wem sie je solches Unrecht zugefügt hatte, dass ihr Tod eine gerechte Bestrafung wäre. Vielleicht war der Schütze wahnsinnig und es gab keinen rationalen Grund für sein Handeln. Oder er hatte es doch auf Caleb abgesehen.

Eine Berührung an ihrem Arm ließ sie zusammenzucken.

Rasch drehte sie sich um und erkannte Gray. Der Detective war sofort gekommen und hatte dafür gesorgt, dass die Angelegenheit so zügig und gewissenhaft wie möglich erledigt worden war. Dafür war sie ihm unglaublich dankbar.

„Setz dich besser hin, du siehst aus, als könntest du jeden Moment umkippen."

Naomi bemühte sich um ein Lächeln, doch es gelang ihr nicht. „Kein Wunder, es ist mitten in der Nacht und bisher war die nicht sonderlich ruhig und entspannend." Erst der energiezehrende Sex – nicht, dass sie sich darüber beschweren wollte, ganz im Gegenteil –, dann ein paar Stunden Schlaf, aus dem sie mehr als unsanft geweckt worden war. Caleb wirkte ähnlich erschöpft. Sie war nur froh, dass er ansprechbar gewesen war und sofort gehandelt hatte. Vor dem Club musste er eine Art Flashback gehabt haben. Wäre diesmal das Gleiche geschehen, wären sie jetzt vermutlich beide tot. Ein Zittern lief durch ihren Körper. „Wenn ich wirklich das Ziel bin, sollte ich vermutlich irgendwo hingehen, wo mich niemand kennt, damit so etwas nicht noch einmal passiert. Aber ich kann die Kinder im Therapiezentrum nicht im Stich lassen, sie brauchen meine Hilfe."

Caleb trat neben sie. „Wir werden uns etwas überlegen. Auf jeden Fall müssen wir endlich herausfinden, wer dieser Typ ist. Wenn wir ihn finden, sorgen wir dafür, dass er keinen Schaden mehr anrichten kann."

„Hier könnt ihr jedenfalls nicht bleiben, so viel ist sicher. Er muss euch vorhin vom Club aus gefolgt sein."

Caleb runzelte die Stirn. „Das kann ich mir ehrlich gesagt nicht vorstellen. Es war nicht viel los, ich hätte ihn gesehen, wenn uns jemand gefolgt wäre."

„Irgendwie muss er euch gefunden haben. Vielleicht mit einem Peilsender. Oder er kann Naomis Handy orten. Das hast du doch dabei, oder?" Stumm nickte sie. „Am besten untersuchen wir das Telefon und auch Calebs Auto und Handy. Wir sollten auf jeden Fall sicherstellen, dass es keine Möglichkeit gibt, euch zu finden."

„Nur wie soll das gehen? Wir müssen beide arbeiten."

„Ich würde einen Urlaub vorschlagen. Fahrt weg, ohne jemandem zu sagen, wohin. Nehmt nichts mit, das man zurückverfolgen könnte."

Caleb schüttelte den Kopf. „Wie stellst du dir das vor? Er würde einfach warten, bis wir zurück sind. Und wir können unser Leben nicht ewig anhalten. Es muss eine andere Lösung geben."

Ein Muskel zuckte in Grays Wange. „Keine, bei der ihr hundertprozentig sicher seid. Eines ist jetzt für mich völlig klar: Der Ziel war gestern nicht der Club, sondern einer von euch beiden."

„Sicher ist man nie." Naomi rieb über ihre Stirn. „Wir müssen diesen Typen fassen, richtig? Das geht nur, wenn wir alles auf den Kopf stellen und herausfinden, was er überhaupt will und vor allem aus welchem Grund. Dafür muss ich hier sein. Ich werde morgen meine gesamten Akten durchsehen, vielleicht entdecke ich doch noch etwas, das uns hilft."

Caleb berührte ihren Arm. „Ich werde dich begleiten. Mein Dienst fängt erst abends an, bis dahin werde ich bei dir bleiben."

Dankbar sah sie ihn an. „Irgendwann musst du auch mal schlafen."

Caleb winkte ab. „Ich war Soldat, da mussten wir manchmal viel länger wach bleiben. Das ist kein Problem."

„Auf jeden Fall könnt ihr weder hierbleiben noch zu Naomis Haus fahren."

„Wie wäre es mit einem Hotel?"

„Das wäre eine Möglichkeit, aber ich glaube, ich weiß etwas Besseres. Wir müssen nur dafür sorgen, dass niemand erfährt, wo ihr steckt."

Neugierig sah Naomi ihn an. „Und wo ist das?"

„Shanna hat ihre Wohnung behalten, als sie zu mir gezogen ist, und wir nutzen sie manchmal noch, wenn einer von uns einen Rückzugsort benötigt. Im Moment steht sie leer, und ihr könntet dort unterkommen, wenn ihr wollt. Sie ist nicht riesig, aber sollte erst mal reichen."

Caleb nickte. „Shannas Wohnung ist perfekt. Danke, Gray." Erwartungsvoll blickte er Naomi an.

Da sie noch versuchte, die Informationen zu speichern, verließ sie sich ganz auf Calebs Meinung. Vermutlich kannte er die Wohnung. „Das ist großartig, wenn ihr sie nicht braucht."

„Tatsächlich waren wir schon länger nicht mehr dort und hatten überlegt, ob wir beim Vermieter kündigen. Gut, dass wir noch nicht dazu gekommen sind." Gray schob die Hände in seine Hosentaschen. „Okay, nehmt mit, was ihr braucht, und dann fahren wir los. Je eher wir von hier wegkommen, desto besser."

Da gab Naomi ihm völlig recht. Zwar war der Schütze geflohen, aber wer wusste, wann er wieder auftauchte. Zu dem Zeitpunkt wollte sie nicht mehr hier sein. „Ich fürchte, ich habe nicht viel zu packen. Ich hatte nur das Zeug bei mir, das ich anhabe, und das." Sie deutete auf den Beutel, der auf einem der Sessel lag.

„Gebt mir zwei Minuten." Caleb verschwand im Schlafzimmer und kam kurz darauf mit einer kleinen Reisetasche wieder. Nach einer Stippvisite im Bad kehrte er in die Wohnküche zurück und packte einige Flaschen und Lebensmittel ein. „Ich nehme an, ihr habt nicht sonderlich viel im Kühlschrank, oder?"

„Vermutlich so gut wie gar nichts. Ich kann euch auch noch etwas besorgen."

Caleb blieb stehen. „Du hast schon genug getan, Gray. Ich bin sicher, du wirst schon sehnsüchtig zu Hause erwartet."

Grays Lächeln verwandelte sein normalerweise eher ernstes Gesicht völlig. „Ja, vermutlich. Aber es ist jetzt wichtiger, dass ihr in Sicherheit seid und euch nicht bei irgendwelchen Besorgungen in Gefahr bringt."

„Wir werden vorsichtig sein."

Gray gab einen skeptischen Laut von sich, nickte aber. „Gut.

Hast du alles?“

„Ich denke, erst mal schon. Meinst du, es ist zu gefährlich, bei Naomis Haus vorbeizufahren und für sie auch etwas zu holen?“

„Das würde ich lieber nicht machen. Es kann gut sein, dass der Täter darauf wartet. Aber ich kann morgen eine Polizistin dort hinschicken, die dir ein paar Sachen heraussucht, wenn du mir eine Liste machst. Wäre das eine Lösung, Naomi? Sie könnte mir alles geben und ich würde es mit zum Club nehmen. Damit führt keine Spur direkt zu euch.“

Naomi fühlte sich nicht wohl dabei, dass jemand Fremdes durch ihre Schränke wühlen sollte, aber es war die vernünftigste Vorgehensweise, weil dabei weder sie noch Caleb in Gefahr geriet. „Das klingt gut.“

„Können wir dann los?“

„Ja.“ Caleb hängte die Tasche über seine Schulter und griff nach seinen Schlüsseln.

Naomi nahm ihren Beutel und folgte ihm.

„Wartet, ich gehe vor.“ Gray öffnete die Tür und blickte den Gang entlang, dann gab er ihnen ein Zeichen. „Alles klar. Naomi, du gehst direkt hinter mir, dann Caleb.“

Es war klar, was er damit bezweckte: Sie sollte im Falle eines erneuten Angriffs von beiden Seiten geschützt werden. Einerseits fühlte sie sich dadurch sicherer, andererseits machte es sie aber auch nervös, dass die Männer sich in Gefahr begaben. Da Naomi sie sowieso nicht davon abbringen konnte, folgte sie Gray rasch. Vermutlich war der Täter längst über alle Berge, nachdem es hier vor Polizei nur so gewimmelt hatte. Jedenfalls versuchte sie sich damit zu beruhigen. Ein kurzer Blick zurück zeigte ihr, dass Caleb seine Ersatzwaffe gezogen hatte und sich kontinuierlich zu allen Seiten umblickte. Sein Gesichtsausdruck bewies, dass er mit allem rechnete. Naomi atmete erst auf, als sie unbeschadet im Auto saßen und ein ganzes Stück von Calebs Unterkunft entfernt waren. Während der Fahrt schrieb sie die Liste für die Polizistin und gab sie Gray zusammen mit ihrem Hausschlüssel, als sie sich vor Shannas Apartment trafen. Gray nahm beides entgegen und führte sie in das Mehrfamilienhaus. Die Wohnung war relativ klein, aber gemütlich eingerichtet. Es gab nur ein Schlafzimmer, aber das störte Naomi nicht weiter, weil sie sowieso nicht vorhatte, allein zu schlafen. Gray war das vermutlich auch klar, doch er sagte nichts. Er zeigte ihnen lediglich, wo alles Wichtige zu finden war, und verabschiedete sich nach einer weiteren Ermahnung, sehr vorsichtig zu sein.

Als sie allein waren, standen sie einen Moment lang nur da und sahen sich an. Die Erschöpfung war Caleb ins Gesicht geschrieben. Naomi ging auf ihn zu und umarmte ihn vorsichtig. Mit einem Seufzer lehnte er sich gegen sie, seine Arme legten sich um ihre Taille.

„Es tut mir leid, ich hätte besser aufpassen müssen."

Naomi schüttelte den Kopf. „Welch ein Unsinn! Du warst da, als du gebraucht wurdest. Du hast alles getan, um diesen Verbrecher aufzuhalten. Ich möchte mir gar nicht vorstellen, was passiert wäre, wenn du nicht gewesen wärst."

„Ich habe nicht erwartet, dass er in meine Wohnung einbrechen würde. Noch einmal werde ich so etwas Wichtiges nicht übersehen."

Sanft rieb sie über seinen Rücken. „Warum duschst du nicht und ich beziehe das Bett? Wir brauchen beide dringend Schlaf."

„Ich sollte Wache halten."

„Glaubst du wirklich, dass der Schütze uns hier finden kann? Wir haben sehr genau darauf geachtet, dass uns niemand folgt, und ich glaube nicht, dass er überhaupt noch in der Nähe der Wohnung war, nachdem die Polizei auftauchte. Vermutlich wird er versuchen, meine Spur beim Therapiezentrum wiederzufinden oder deine beim Club."

Caleb seufzte tief auf. „Vermutlich hast du recht. Außerdem

hat Gray hier eine gute Alarmanlage installieren lassen, nachdem Shannas verrückter Ex-Freund versucht hat, sie zu töten."

Unbehaglich sah Naomi sich um. „Hier?"

„Unter anderem, ja. Aber keine Angst, der Typ ist tot."

Ein Schauder lief über Naomis Rücken. „Kein Wunder, dass Shanna hier nicht mehr lebt."

Ein Lachen vibrierte in Calebs Brustkorb. „Das lag wohl eher daran, dass Gray ein Haus hat und sie bei ihm sein wollte. Außerdem wäre es hier ziemlich eng zu dritt."

„Das kann ich mir vorstellen. Aber wenn ich ganz ehrlich bin, würde ich meinen Partner nicht mit jemand anderem teilen wollen. Er soll ganz mir gehören. So wie ich ihm. Ich könnte mir nicht vorstellen, eine zweite Person genauso zu lieben. Aber wenn das bei den dreien funktioniert, umso besser."

Caleb zog sie enger an sich. „Du willst deinen Partner also ganz für dich allein?"

Ein Kribbeln lief durch ihren Körper. „Ja."

„Gut, mir geht es genauso." Er beugte sich ein hinunter und küsste sie sanft. „Und jetzt sollte ich duschen gehen, in drei Stunden müssen wir schon wieder aufstehen."

Naomi stöhnte. „Musstest du mich daran erinnern?"

12

Caleb folgte Naomi ins Büro, um sicherzustellen, dass ihr dort niemand auflauerte oder eine andere böse Überraschung auf sie wartete. Doch zu seiner Erleichterung schien alles in Ordnung zu sein. Es wäre schön, wenn es so bleiben würde, doch Caleb ging nicht davon aus. Der Mann gestern hatte sich verhalten, als wäre ihm alles egal, Hauptsache, er könnte Naomi und ihn töten. Er hatte nicht wie jemand gewirkt, der noch etwas zu verlieren hatte. Und das waren die Gefährlichsten. Noch immer waren sie keinen Schritt weitergekommen, seine Identität aufzudecken. Die Polizei hatte ihn in der Nacht nicht finden können, und weder Naomi noch ihm war jemand eingefallen, der es auf sie abgesehen haben könnte. Naomi hatte extra noch einmal ihre aktuellen Fälle durchgesehen, doch keiner der Väter ihrer jungen Patienten passte zum Profil.

Gray hatte morgens angerufen und Näheres zu der verwendeten Munition sagen können. Aus dem Lattenrost hatten die Kugeln so gut wie intakt geborgen werden können und waren ins Labor geschickt worden. Wie vermutet waren darauf keine Fingerabdrücke zu finden; die Spuren durch die Waffe waren bisher noch nicht aktenkundig. Aber es handelte sich wie auch schon am Club um Munition, die häufig vom Militär genutzt wurde. Ebenso wie die Blendgranate. Es war dasselbe Fabrikat, das er selbst früher bei den Marines verwendet hatte. Natürlich könnte es sein, dass der Täter sich alte Militärbestände besorgt hatte – legal oder illegal –, aber es war wahrscheinlicher, dass er ehemaliger oder aktiver Soldat war. Doch keiner der Väter von Naomis Patienten hatte einen militärischen Hintergrund. Also wieder eine Sackgasse. Sein eigenes Leben war auch durchleuchtet worden, aber wie er es vermutet hatte, gab es dort ebenfalls keinen Hinweis, warum ihn jemand töten sollte.

Natürlich könnte es auch sein, dass jemand den Schützen damit beauftragt hatte, sie zu töten. Doch selbst wenn sie herausfanden, wer es auf sie abgesehen hatte, würde das noch nicht automatisch die Gefahr verringern. Oder wenn sie den Angreifer auf frischer Tat ertappten, mussten sie in Befragungen erst einmal den Auftraggeber ermitteln. Wenn er ihn preisgab. Vor allem bedeutete das, Naomi eventuell erneut in Gefahr zu bringen, und dazu war Caleb nicht bereit. Wenn es sein musste, würde er Tag und Nacht über sie wachen. Aber es war klar, dass er das nicht für den Rest seines Lebens machen konnte. Wobei es ihm durchaus gefallen hatte, morgens neben ihr aufzuwachen. Nur wollte er das ohne Anspannung tun und mit genug Zeit und Muße, um sie in aller Ruhe zu lieben. Doch das war utopisch. Naomi war durch die Situation an ihn gebunden. Wer sagte, dass sie andernfalls überhaupt mit ihm zusammen sein wollte?

Caleb rieb über sein Gesicht. Er war eindeutig übermüdet, und die Schmerzen in seinem Rücken trugen nicht gerade zu seiner Laune bei. Normalerweise würde er jetzt schlafen, um die Nacht im Club auszugleichen. Aber er wollte erst seine Wohnung wieder herrichten und bei der Gelegenheit gleich eine Alarmanlage einbauen. Bis das erledigt war, würde er weiterhin in Shannas Apartment übernachten. Bisher hatte er sich in seiner Wohnung immer sicher gefühlt, doch das war jetzt vorbei. Grays Kollegin war morgens in Naomis Haus gewesen, dort hatte niemand versucht, einzubrechen. Caleb konnte sich immer noch nicht erklären, wie der Schütze ihnen hatte folgen können.

Vom Grübeln schmerzte sein Kopf, deshalb machte er sich auf die Suche nach einem Kaffee. Die Angestellte an der Rezeption blickte ihn scharf über den Rand ihrer Brille an. Ihre graumelierten Haare waren zu einem strengen Zopf gebunden.

„Entschuldigen Sie, was genau machen Sie hier?“

Innerlich seufzend wandte er sich ihr zu. „Ich bin mit Dr. Barnes gekommen und wollte mir etwas zu trinken besorgen."

„Es ist eigentlich nicht erlaubt, dass sich Unbefugte hier aufhalten. Wenn Sie nicht Patient sind oder Angehöriger eines Patienten, dann muss ich Sie bitten, zu gehen."

Er trat an den Tresen heran, damit niemand mithören konnte. „Ich bin hier, um für Dr. Barnes' Sicherheit zu sorgen."

Die Augen von Agnes – so der Name auf dem Schild an ihrer Brust – wurden schmaler. „Sie sind ein Bodyguard?"

Caleb mochte nicht lügen, aber in dem Fall war es einfacher und würde ihm weitere Diskussionen ersparen. „Ich arbeite für eine Sicherheitsfirma. Wir übernehmen unter anderem auch Personenschutz." Was alles der Wahrheit entsprach.

„Können Sie sich ausweisen?"

Schweigend zog Caleb sein Portemonnaie heraus und gab Agnes eine der Visitenkarten von RIOS, die er immer bei sich trug. Um sicher zu sein, zeigte er ihr seinen Führerschein, damit sie den Namen vergleichen konnte.

Schließlich nickte sie. „Gut, Sie können bleiben. Aber belästigen Sie nicht die Patienten oder ihre Angehörigen. Die haben es schon schwer genug."

„Das hatte ich nicht vor."

„Gut."

Caleb lehnte sich vor. „Vielleicht können Sie mir helfen, Agnes."

„Ich glaube nicht …"

„Sie bekommen hier alles mit, was vor sich geht, richtig? Sollte Ihnen irgendetwas komisch vorkommen, das mit Dr. Barnes zu tun hat, könnten Sie mich dann bitte anrufen? Oder wenn nicht mich, dann Detective Lyons vom NYPD, er ist für den Fall zuständig. Es ist wichtig. Ich möchte nicht, dass Dr. Barnes etwas geschieht."

Agnes' Miene wurde etwas weicher. „Das möchten wir alle nicht. Sie ist so eine liebe Person." Sie atmete tief aus. „Ich werde darauf achten.“

„Danke.“

„Ich kann mir aber immer noch nicht vorstellen, dass jemand etwas gegen Dr. Barnes haben könnte. Ihre Patienten lieben sie.“ Ihr Gesicht verdüsterte sich. „Zumindest fast alle. Manche sind leider so geschädigt, dass auch Dr. Barnes nichts mehr ausrichten kann.“

„Hatten Sie in letzter Zeit solche Fälle?“

„Nein, schon über ein Jahr nicht mehr. Aber damals …“ Sie brach ab, ihr Mund verzog sich. „Es war nicht schön.“

„Was ist passiert?“

„Darüber darf ich Ihnen nichts erzählen.“

Einerseits war es gut, dass Agnes nicht mit Fremden über Naomi redete, aber für ihn war es frustrierend. „Hören Sie, Agnes. Irgendjemand könnte es auf Dr. Barnes abgesehen haben, ich nehme die Sache also sehr ernst. Ich erwarte nicht, dass Sie mir Einzelheiten über die Erkrankung erzählen. Es geht mir nur darum herauszufinden, ob es mit den Anschlägen auf Dr. Barnes in Verbindung stehen könnte. Sonst muss ich sie selbst fragen.“

Agnes sah sich zu allen Seiten um. „Machen Sie das nicht. Dr. Barnes weiß nichts darüber.“

Caleb runzelte die Stirn. „Wie, sie weiß nichts darüber? Ich dachte, es wäre ihr Patient gewesen.“

„Genau genommen eine Patientin. Sie war fünfzehn und hatte große Probleme. Dr. Barnes hat alles versucht, um ihr zu helfen, aber am Ende hat ihr Vater sie aus der Therapie genommen, weil es für sie unerträglich wurde. Es gibt solche Patienten, leider.“

„Das hat Dr. Barnes sicher zugesetzt.“

„Ja. Sehr. Sie hat sich monatelang zurückgezogen, ich glaube, sie hatte sogar überlegt, mit dem Job aufzuhören.“ Agnes spitzte die Lippen. „Warum erzähle ich Ihnen das überhaupt?“

Caleb beugte sich vor. „Weil wir beide versuchen, Dr. Barnes zu helfen.“

Agnes seufzte. „Ja.“

„Wissen Sie, was mit dem Mädchen und ihrem Vater passiert ist?“

„Leider ja.“ Tränen sammelten sich in ihren Augen. „Sie hat sich kurze Zeit später das Leben genommen. Der Vater war außer sich vor Trauer. Er stürmte hier schäumend vor Wut rein und hat Dr. Barnes die Schuld am Tod seiner Tochter gegeben. Er sagte, wenn Dr. Barnes nicht so unfähig gewesen wäre, würde seine Tochter noch leben.“

Das hatte sicher geschmerzt. „Was hat Dr. Barnes dazu gesagt?“

„Sie war glücklicherweise nicht hier und hat nichts davon mitbekommen. Wir haben ihr nichts davon erzählt, und ich bin wirklich froh, dass dieser Typ nie wieder aufgetaucht ist. Wahrscheinlich hat er selbst gemerkt, wie unangemessen das war, nachdem ihn der Wachdienst hinausbegleitet hat.“

Oder er hatte einfach ein wenig gewartet, bis er sich an Naomi rächen konnte. Calebs Anspannung wuchs. „Können Sie mir seinen Namen sagen?“

„Das sind vertrauliche Daten.“

Nicht wieder die Leier! „Ja, ich weiß. Wenn dieser Vater für die Angriffe verantwortlich sein sollte, muss er gestoppt werden.“

„Aber Sie wissen doch gar nicht, ob er es ist!“

„Das stimmt. Wenn er es nicht ist, werde ich alle Daten sofort vernichten. Bitte, Agnes.“

Fest blickte sie ihn an, dann nickte sie. „In Ordnung.“ Sie rief etwas am Computer auf. „Sein Name ist Ewan Kaleppi.“ Sie buchstabierte den Namen, während Caleb ihn in sein Telefon eingab. „Der Name seiner Tochter war Sarah. Seine Frau hat schon vor Jahren die Familie verlassen, es gab nur ihn und Sarah.“

Der Mann tat Caleb leid, keine Frage. Aber trotzdem hatte er kein Recht dazu, Naomi die Schuld am Tod seiner Tochter zu geben. „Danke, ich denke, ich werde schnell herausfinden, ob er der Täter ist oder nicht.“ Auf jeden Fall sah es nun doch so aus, als wäre tatsächlich Naomi Ziel der Anschläge gewesen und nicht er selbst. Bisher war Kaleppi ihr einziger Anhaltspunkt. Wie gut, dass er sie gleich kontaktiert hätte, sonst wäre sie jetzt vielleicht schon tot. Der Gedanke ließ ihn schaudern.

„Gut. Und falls Sie es Dr. Barnes erzählen müssen, versuchen Sie es ihr schonend beizubringen.“

Caleb konzentrierte sich wieder auf Agnes. „Ich verspreche es. Wenn Kaleppi nichts damit zu tun hat, muss sie es nicht erfahren.“

„Das wäre noch besser.“

Caleb nickte ihr zu. „Danke noch mal, ich mache mich gleich an die Arbeit.“

„Die Cafeteria ist in diese Richtung.“ Sie deutete nach rechts den Flur entlang. „Ich passe so lange auf Dr. Barnes auf.“

Das entlockte ihm ein Lächeln. „Sie ist in guten Händen.“

„Fangen Sie nicht an, mir zu schmeicheln, junger Mann. Damit kommen Sie bei mir nicht weiter.“ Ihr Mundwinkel hob sich.

Er zwinkerte ihr zu. „Ich würde es nie wagen.“ Eilig machte er sich auf den Weg zur Cafeteria, um so schnell wie möglich wieder zurück zu sein. Glücklicherweise war der Raum leer, und er zog sich am Automaten einen Kaffee. Er setzte ihn an die Lippen und schnitt eine Grimasse. Das Getränk – Kaffee mochte er es nicht nennen – war nicht sonderlich gut, aber immerhin stark. Das würde ihm dabei helfen, die nächsten Stunden wach zu bleiben.

Caleb zog sein Handy hervor, gab *Ewan Kaleppi* in den Browser ein und erhielt eine Fehlermeldung. Keine Verbindung. Verdammt! Er hätte die Sache gern selbst erledigt, aber bevor er noch mehr Zeit verlor, würde er lieber noch einmal Emilys Hilfe in Anspruch nehmen. Rasch wählte er ihre Nummer und hielt das Handy ans Ohr.

Emily meldete sich schon nach dem zweiten Klingeln. „Ja?“

„Hallo, hier ist noch mal Caleb.“

„So schnell schon wieder? Haben dir meine Infos nicht geholfen?“

„Doch, doch, sie waren perfekt. Ich habe Naomi gefunden und mit ihr gesprochen. Allerdings ist ihr Problem nicht gelöst, und letzte Nacht ist jemand in meine Wohnung eingestiegen und wollte uns töten. Deshalb brauche ich noch mal deine Unterstützung, wenn ich darf.“

„Du solltest wirklich mit Red reden, Caleb! Das scheint eine sehr ernste Sache zu sein, du solltest professionelle Hilfe in Anspruch nehmen.“

Caleb seufzte. „Ich werde ihn anrufen. Aber im Moment brauche ich Informationen über einen Mann, der vielleicht der Täter sein könnte. Je schneller ich ihn finde, desto eher könnte Naomi in Sicherheit sein.“

„Also gut, aber nur, wenn du wirklich Red kontaktierst. Wie lautet der Name?“

„Versprochen. Sein Name ist Ewan Kaleppi, seine Tochter hieß Sarah. Sie war bei Naomi in Behandlung und hat sich dann umgebracht. Das muss im Laufe des letzten Jahres gewesen sein.“

„Das ist ja furchtbar, der arme Mann.“

„Ich bräuchte sämtliche Informationen über ihn, Anschrift, Kontakte. Und ich wüsste auch gern, ob er beim Militär war.“

„Wie kommst du darauf?“

„Es würde zu den verwendeten Waffen passen und auch dazu, wie er sich bewegt hat.“

„Ich werde es nachprüfen.“

„Danke, Emily. Je eher wir diesen Irren finden, desto besser. Es war verdammt knapp gestern. Aber Gray Lyons ist an der Sache dran.“

„Pass bloß auf dich auf, Caleb.“

„Das mache ich. Bis später."

Caleb steckte das Handy wieder ein, trank den restlichen Kaffee aus und kehrte zu Naomis Büro zurück.

13

Der Tag schien zu kriechen, eine Sekunde länger als die andere. Naomi hatte Mühe, ihre Augen offen zu halten; ihre Gedanken zerflossen regelrecht. Das steigerte ihr schlechtes Gewissen. Die Patienten zahlten für die Termine und hatten sie dringend nötig. Es war Naomis Pflicht, die Zeit so gut wie möglich zu nutzen. Doch heute war ihr das nur teilweise gelungen. Zu der Müdigkeit kam eine ständige Unruhe. Immer wieder blickte sie zum Fenster und befürchtete, dort jemanden mit einer Waffe zu sehen. Schließlich erkannte sie, dass es so nichts brachte. Nachdem ihre Patientin den Raum verlassen hatte, rief sie in der Verwaltung an und bat darum, dass ihre restlichen Termine abgesagt und auf andere Tage verlegt wurden.

Dann lehnte sie sich im Sessel zurück und schloss die Augen. Wenn doch nur schon alles vorbeisein könnte. Sie wollte nicht darüber nachdenken, dass jemand sie oder Caleb anscheinend genug hasste, um sie umbringen zu wollen. Es machte sie mürbe, nicht zu wissen, wer es auf sie abgesehen hatte. Ihr Nacken schmerzte, weil sie die ganze Zeit verspannt gewesen war. Sie sollte Caleb suchen, aber sie konnte sich nicht dazu bringen, aufzustehen. Nur noch eine Minute, dann …

Ein lautes Klopfen riss Naomi aus ihrem Dämmerzustand. Die Tür öffnete sich, und Caleb steckte den Kopf ins Zimmer.

Er wirkte besorgt. „Entschuldige, als du nicht geantwortet hast, dachte ich, es wäre etwas passiert. Geht es dir gut?"

„Ich bin furchtbar müde, deshalb habe ich die restlichen Termine abgesagt." Langsam setzte sie sich auf. „Was machst du hier?"

„Agnes hat mir gesagt, dass du für heute Schluss machst. Als du nicht aus dem Büro gekommen bist, habe ich gedacht, ich sehe mal nach."

„Das war eine gute Idee; ich wäre sonst hier eingeschlafen." Naomi stand auf und musste sich an der Sessellehne festhalten. „Ich glaube, ich brauche jetzt ganz dringend etwas, das mich wachhält."

„Ich würde dir einen Kaffee holen, aber der aus der Cafeteria ist ungenießbar."

Naomi musste lachen. „Deshalb hole ich mir immer einen aus der Verwaltung. Die haben dort eine richtige Espressomaschine."

Caleb verzog das Gesicht. „Und das sagst du mir jetzt erst?"

„Tut mir leid, ich habe nicht daran gedacht." Sie wurde ernst. „Hast du noch etwas von Gray gehört?"

„Nein, seit heute Morgen nichts mehr. Ich warte noch auf einen Anruf von RIOS." Caleb blickte auf die Uhr. „Wollen wir was essen gehen?"

„Meinst du, das ist sinnvoll, wenn jemand hinter uns her ist?"

„Solange wir an einem belebten Ort sind, sollten wir in Sicherheit sein."

Ein freier halber Tag mit Caleb hörte sich nach all der Aufregung unheimlich gut an. „Ich würde gern etwas mit dir essen."

Caleb lächelte sie an. „Gut. Hey, so kommen wir doch noch zu einem normalen Date, wir könnten sogar etwas übereinander erfahren. Wenn auch verspätet."

„Wer weiß, vielleicht findest du mich dann gar nicht mehr so interessant."

Mit zwei langen Schritten war er bei ihr. „Das ist absolut unmöglich. Du bist die faszinierendste Frau, die ich je kennengelernt habe."

Wärme strömte durch ihren Körper. „Das sagst du nur, weil du nichts von mir weißt."

„Ich weiß genug", flüsterte er. Dann legte er eine Hand an

ihre Taille, zog sie zu sich und küsste sie.

Naomi schmolz förmlich in seinen Armen, etwas, das sie bis dahin nicht von sich geglaubt hätte. Was hatte Caleb an sich, dass sie so auf ihn reagierte? Ja, er sah gut aus, aber es war mehr als das. Die Art, wie er sie ansah. Die Bereitschaft, eine Kugel für sie abzufangen. Die Leidenschaft, die ein einziger Blick von ihm in ihr entfachte. Und, viel wichtiger: Sie konnte mit ihm reden. Wenn sie etwas sagte, hörte Caleb wirklich zu.

Viel zu früh beendete er den Kuss und blickte ihr tief in die Augen. „Wollen wir?“

Verwirrt sah sie ihn an. „Was?“

Sein Lachen verursachte ein Prickeln in ihrem Bauch. „Nicht das, was du gerade denkst. Gehen, meinte ich, damit wir nicht in deinem Büro verhungern.“

„Okay. Aber zu dem anderen hätte ich auch ja gesagt.“

Verlangen stand in seinen Augen. „Ich auch. Aber nicht hier und jetzt.“

Naomi seufzte. „Ja, das ist wohl besser.“

Caleb nahm ihre Hand und drückte sie sanft. „Komm, essen ist gar nicht so schlecht, wenn man es mal versucht.“

Das brachte sie zum Lachen. „Jetzt komme ich mir schon wie eine Nörglerin vor, weil ich lieber Sex will als Nahrung.“

„Man muss Prioritäten setzen.“ Sein Grinsen war schelmisch. „Und jetzt komm.“ Er setzte sich in Bewegung, ließ ihre Hand aber nicht los, selbst als sie auf den Flur traten.

Seltsamerweise machte Naomi das nichts aus. Sie ignorierte Agnes’ neugierigen Blick und auch das Kichern eines jungen Mädchens. Nachdem sie zum Abschied gewinkt hatte, verließen sie das Gebäude und gingen zu Calebs Auto. Auch jetzt behielt er die Umgebung im Auge und die rechte Hand in der Nähe seiner Pistole. So schlimm die Situation auch war, fühlte sie sich sicher neben ihm. Trotzdem war sie froh, als sie kurze Zeit später im Auto saßen und in Richtung Stadt fuhren. Naomi lehnte den Kopf gegen die Stütze und beobachtete Caleb. Wie bei allem anderen wirkte er am Steuer sicher und souverän.

„Warum bist du nicht mehr beim Militär?" Als Caleb länger schwieg, ruderte sie zurück. „Tut mir leid, das sollte nicht wie ein Verhör klingen. Ist wohl eine Berufskrankheit."

„Das ist mir lieber als belangloser Small Talk. Ich habe nur gezögert, weil ich überlegt habe, was ich dir erzählen kann, ohne irgendwelche Interna zu verraten." Wieder pausierte er. „Ich war ein Marine, bei einer tollen Einheit." Erneut breitete sich das Schweigen aus.

„Du musst mir wirklich nichts erzählen, wenn du nicht möchtest. Ich verstehe das." Auch wenn sie gern mehr über ihn erfahren würde und den Verdacht hatte, dass seine Militärzeit ihn geprägt hatte. Beim Sex hatte sie mehrere Narben entdeckt. Vermutlich war er nach einer Verletzung aus dem Dienst ausgeschieden, wie so viele andere Soldaten.

„Vor ein paar Jahren bin ich mit meinem Team in Afghanistan in einen Hinterhalt geraten. Ich überlebte schwer verletzt und wurde ausgemustert." Wieder pausierte er. „Als ich mich vor dem Club auf dich geworfen habe, hatte ich einen Flashback. Das passiert manchmal, aber so schlimm war es lange nicht mehr." Kurz sah er sie an. „Ich dachte nur, du solltest das wissen, falls du darüber nachdenkst, mich auch noch zu treffen, wenn wir diesen Arsch gefasst haben."

Es schmerzte sie, die Verlegenheit in seinen Augen zu sehen. „Ich würde dich auch danach noch gern sehen. Und es hat keinen Einfluss auf meine Meinung über dich, wenn du Probleme mit dem hast, was geschehen ist. Das haben viele Soldaten und auch unglaublich viele Menschen, die nie in der Nähe eines Kriegsschauplatzes waren. Ich habe schon viel gesehen und gehört. Wenn jemand das versteht, dann bin ich es."

Caleb nickte knapp. „Gut."

„Wenn du mir irgendwann etwas erzählen möchtest, dann höre ich gern zu. Aber wenn nicht, verstehe ich das auch. Du entscheidest.“

Das brachte ihr ein schwaches Lächeln ein. „Danke.“

„Wie bist du eigentlich auf diese Sicherheitsfirma gekommen? RITSO?“

Caleb grinste flüchtig. „RIOS. Ein Freund kannte jemanden, der dort arbeitet, und hat mich darauf aufmerksam gemacht. Ich war damals noch in der Reha, und es war klar, dass ich nicht sofort einsteigen konnte. Glücklicherweise war der Besitzer Red später so nett, mich anzustellen und mir sogar die Stelle im Club zu vermitteln.“

„Machen sie sowas öfter?“

„Nein, das wäre wenig lukrativ. Aber eine Freundin von Dave ist die Schwester eines Freundes von Red. Als der dann einen Türsteher suchte … Man muss hier immer darauf gefasst sein, dass alles weite Kreise zieht.“ Während er das sagte, wirkte er unheimlich zufrieden.

„Es gefällt dir im Club, oder?“

„Ja.“

„Na dann ist es doch die richtige Stelle für dich.“

Caleb schwieg, während er abbog. „Im Moment auf jeden Fall. Vielleicht will ich irgendwann mal etwas anderes machen – RIOS hat wirklich interessante Fälle –, aber ich muss wissen, dass ich dann auch etwas leisten kann. Auf keinen Fall will ich die Gutherzigkeit anderer Leute ausnutzen.“ Er verzog das Gesicht. „Entschuldige, so genau wolltest du es vermutlich gar nicht wissen.“

„Doch, ich höre dir gern zu.“ Außerdem hielt es sie nicht nur wach, sondern lenkte sie auch von Gedanken zu ihrem Verfolger ab. „Wo ist RIOS lokalisiert?“

„In der Nähe von DC.“

Ihr Herz zog sich zusammen. „Dann müsstest du umziehen,

wenn du dort den Job annimmst, oder?"

„Nicht unbedingt. RIOS operiert in den gesamten USA; ein Team sitzt sogar an der Westküste. Ich könnte auch Jobs hier in der Nähe erledigen, müsste aber natürlich hin und wieder nach Washington fahren."

War es falsch von ihr, zu hoffen, dass er weiter im Club arbeiten würde? Ja, absolut. Aber sie war auch nur ein Mensch.

Caleb sah sie an. „Falls du dich das gerade fragst: Ich würde nie eine Beziehung wegen eines Jobs aufgeben."

Ihr schlechtes Gewissen meldete sich. „Ich finde es schon wichtig, dass du genau das machst, was für dich richtig ist."

„Und das werde ich, keine Angst." Caleb schüttelte den Kopf. „Eigentlich wollten wir uns nicht mit solchen Dingen beschäftigen. Warum gehen wir …" Ein Klingeln unterbrach ihn. Caleb zog das Handy aus seiner Jackentasche und reichte es ihr. „Kannst du bitte drangehen?"

Naomi nahm es ihm ab und meldete sich. „Hallo?"

„Oh, ich habe wohl die falsche …"

„Nein, nein, das ist Calebs Handy, er ist nur gerade nicht in der Lage zu antworten."

„Hier ist Emily. Ist er in der Nähe?"

„Ja, er sitzt neben mir."

„Am besten schalten Sie den Lautsprecher ein. Ich nehme an, Sie sind Naomi?"

Naomi blickte Caleb verwundert an. „Woher wissen Sie das?" Wie gewünscht drückte sie auf das Lautsprechersymbol und legte das Handy auf die Mittelkonsole.

„Ich habe Sie für Caleb gefunden."

Dann musste das die Computerexpertin sein, von der Caleb gesprochen hatte. „Danke dafür, sonst wäre ich heute Nacht vermutlich getötet worden."

„Glücklicherweise seid ihr beide nicht verletzt worden. Ich habe Red übrigens informiert, Caleb. Nachdem wir schon ein paar Mal unsere Mitarbeiter – und Freunde – fast verloren hätten, hat Red die Regel aufgestellt, dass wir alles sofort melden sollen, was einen von uns betrifft. Und du gehörst zu uns, auch wenn du derzeit nicht hier arbeitest."

Naomi blickte zu Caleb und sah, wie seine Miene weicher wurde.

„Ich hätte Red sowieso informiert, Emily."

„Wann denn? Beim nächsten Mordversuch?"

Naomi schnitt eine Grimasse. Emily nahm kein Blatt vor den Mund.

Caleb räusperte sich. „Hast du etwas herausgefunden? Oder rufst du aus einem anderen Grund an?"

„Ja, dazu komme ich jetzt. Ich denke, du bist auf der richtigen Spur mit deinem Verdächtigen. Jedenfalls passt alles zusammen. Ein persönliches Motiv, Verzweiflung, Trauer. Ich habe ein paar Facebook-Einträge gelesen, die alle nahelegen, dass er den Therapeuten die Schuld am Tod seiner Tochter gibt. Eigentlich jedem außer sich selbst. Aber besonders oft hat er gegen Naomi gewettert. Und er war früher beim Militär. Zwar nur ein paar Jahre und ohne Auslandseinsätze, aber er kennt sich mit Waffen aus und weiß vermutlich, woher er sie bekommen kann. Ich denke, er ist unser Mann. Red ist mit ein paar Leuten auf dem Weg zu dir, um dich zu unterstützen. Selbst wenn er nicht der Täter ist, irgendwer hat es ja ganz offensichtlich auf euch abgesehen." Eine kleine Pause entstand. „Red sollte in der nächsten halben Stunde ankommen. Wo seid ihr gerade?"

„Eigentlich wollten wir uns etwas zu essen holen. Aber sag Red, er soll zum Club fahren, Dave müsste da sein. Soll ich Gray auch dorthin bestellen?"

„Lass das am besten noch, bis du mit Red gesprochen hast."

Naomi hielt es nicht mehr aus. „Entschuldigt, aber worüber

sprecht ihr überhaupt? Welcher Verdächtige? Ich dachte, wir wüssten nicht, wer der Täter ist. Habe ich irgendetwas verpasst?“

Am anderen Ende der Leitung herrschte Stille, anscheinend überließ Emily die Antwort klugerweise Caleb. Der seufzte. „Hast du Red alle Informationen gegeben, Emily?“

„Ja, natürlich.“

„Dann lege ich jetzt auf und rufe später zurück, okay?“

„Ja, mach das. Sie sind in guten Händen, Naomi, selbst wenn die Männer von RIOS einen manchmal zur Weißglut bringen. Bis später.“ Ein Klicken ertönte.

Naomi musterte Caleb eingehend. „Also gut, was verheimlichst du mir? Wer sollte im Netz gegen mich wettern?“

„Können wir gleich darüber reden, wenn wir das Essen besorgt haben? Ich sterbe vor Hunger.“ Caleb blickte stur geradeaus.

„Ohne hier die Psychotherapeutin heraushängen lassen zu wollen, aber ich bemerke es, wenn mich jemand belügt.“ Sie schwieg kurz. „Weißt du, warum ich gestern mit dir zum Club gefahren bin, Caleb?“ Er schüttelte stumm den Kopf. „Weil ich gespürt habe, dass du die Wahrheit sagst.“

„Ich möchte das ungern mit dir besprechen, während ich Auto fahre. Hat es noch ein paar Minuten Zeit? Bitte.“

Diesmal sagte er die Wahrheit. „Also gut. Aber dann möchte ich alles erfahren. Wenn ich merke, dass du etwas zurückhältst, bin ich weg.“

„Abgemacht.“

14

Während er auf den Parkplatz des beliebten *Woodstock Steakhouse* einbog, überlegte Caleb, wie er Naomi möglichst schonend beibringen konnte, dass ihr vermutlich der Vater einer ehemaligen Patientin nach dem Leben trachtete. Das wäre sicher ein Schock für sie, und es war gut möglich, dass sie sich selbst die Schuld dafür geben würde. Am liebsten hätte er ihr nichts davon erzählt, aber sie hatte ein Recht darauf, es zu erfahren. Es erleichterte ihn, dass Red und seine Männer ihn unterstützen würden. Das hätte er nie von ihnen verlangt, aber er konnte nicht genug Hilfe haben.

Caleb schaltete den Motor aus und löste seinen Gurt. „Hättest du etwas dagegen, wenn wir das Essen mitnehmen zum Club? Red und seine Männer haben sicher auch Hunger."

„Nein, natürlich nicht."

Gemeinsam gingen sie in das Lokal und Caleb gab eine gigantische Bestellung auf. Aus langer Erfahrung wusste er, wie viel ein ganzes Team durchtrainierter Männer vertilgen konnte. Während sie auf das Essen warteten, setzten sie sich in eine der Nischen. Caleb wählte absichtlich diejenige aus, die am weitesten von den großen Fensterscheiben entfernt war. Zu seiner Erleichterung folgte ihm Naomi ohne zu zögern.

Als sie sich gegenübersaßen, räusperte Caleb sich. „Ich glaube, dass es Ewan Kaleppi ist, der es auf dich abgesehen hat." Manchmal war es besser, das Pflaster mit einem Ruck abzureißen.

Naomi starrte ihn mit offenem Mund an. „Kaleppi? Der Vater von Sarah, meiner ehemaligen Patientin?"

„Genau der."

„Wie kommst du nur darauf? Der Mann ist ganz sicher nicht

gewalttätig. Wenn du gesehen hättest, wie er sich um seine Tochter gekümmert hat … Nein, das glaube ich nicht."

„Du möchtest das nicht glauben, das verstehe ich. Aber er passt perfekt ins Profil."

„Weil er ein Mann ist? Er müsste doch zumindest ein Motiv haben. Und ich bezweifle, dass mich jemand umbringt, weil die Therapie nicht so gut funktioniert hat. Dann sucht man sich einen anderen Psychotherapeuten."

Caleb wollte ihr wirklich, wirklich nicht die Wahrheit sagen müssen. „Zum einen ist er beim Militär gewesen, genau wie derjenige, der auf uns geschossen hat."

„Ja, wie du und Millionen anderer in den USA." Ihre Augenbrauen zogen sich zusammen. „Das ist alles? Deshalb beschuldigst du diesen armen Mann?"

„Das ist nur ein Grund. Du erinnerst dich, dass Emily sagte, Kaleppi hätte schlechte Dinge über dich in den sozialen Medien verbreitet."

Naomi verzog den Mund. „Zugegeben, das ist nicht schön, aber er war eben enttäuscht und verzweifelt. Das kann ich nachvollziehen. Trotzdem hätte er keinen Grund, mich umzubringen." Sie sah ihm direkt in die Augen. „Was willst du mir nicht verraten?"

„Agnes sagte, dass Kaleppi vor einiger Zeit in der Therapieeinrichtung auftauchte. Er hat wohl ziemlich ausfallend über dich geredet und musste vom Sicherheitsdienst hinausbegleitet werden."

Entgeistert blickte sie ihn an. „Warum weiß ich davon nichts?"

„Agnes wollte dich damit nicht belasten."

Naomi seufzte. „Manchmal ist ihr Beschützerinstinkt ein wenig zu ausgeprägt. Sie hätte es mir sagen müssen."

„Ja, vermutlich, aber sie wollte nicht, dass du es dir zu Herzen nimmst."

„Ich kann mit Kritik umgehen, Caleb. Ich weiß, dass ich alles versucht habe, Sarah zu helfen, mehr konnte ich nicht tun. Sie war zu sehr geschädigt und brauchte etwas anderes, um wieder auf die Füße zu kommen. Ich habe nur in ihrem Interesse gehandelt, als ich sie an eine andere Einrichtung weiterempfohlen habe. Ewan war damals derselben Ansicht und dankbar, dass sie so schnell einen Platz bekommen hat." Erkenntnis blitzte in ihren Augen auf. „Was ist passiert? Wurde sie dort schlecht behandelt?"

„Das weiß ich nicht, aber vielleicht hat Emily mehr dazu herausgefunden." Caleb holte tief Atem. „Sarah hat Selbstmord begangen, Naomi. Deshalb ist Ewan wutentbrannt bei euch aufgetaucht."

Naomis Augen füllten sich mit Tränen, eine Hand presste sie vor den Mund. „O nein! Sie war immer instabil, aber ich hätte nicht gedacht … O Gott, der arme Mann."

Calebs Mitleid mit Kaleppi hielt sich in Grenzen, wenn dieser versuchte, Naomi umzubringen. Aber für Naomi musste es ein harter Schlag sein. Sie hatte eine Hand zur Faust geballt. Er legte seine darauf. „Es tut mir leid. Ich wünschte, du hättest es nicht erfahren müssen."

„Ich bin völlig unwichtig, aber dieses arme Mädchen hat so viel durchgemacht. Sie hatte nie die Chance auf ein normales Leben. Ich hätte ihr so gern geholfen, auch das Schöne zu sehen, einen Weg zu finden, wie sie mit sich zurechtkommen konnte, aber es ist mir nicht gelungen." Eine Träne löste sich und lief über ihre Wange.

„Das war nicht deine Schuld, Naomi. Manche Dinge kann man leider nicht ändern."

Mit einer hastigen Bewegung wischte sie die Träne weg. „Ich weiß. Trotzdem wünschte ich, ich könnte es. Für Sarah und für ihren Vater. Es muss so furchtbar für ihn sein, auch noch seine Tochter verloren zu haben. Ich kann verstehen, dass er ein wenig außer Kontrolle ist."

„Auch, wenn er möglicherweise derjenige ist, der uns töten wollte? Da bist du ein wenig zu versöhnlich. Davon abgesehen habe ich bei dem Täter keine heiße Wut bemerkt, sondern nur eiskaltes Handeln. Er weiß genau, was er tut, und will sich durch niemanden davon abhalten lassen."

In Naomis Augen blitzte es auf. „Natürlich finde ich es nicht richtig, dass er auf uns schießt! Ich kann nur nachvollziehen, was ihn dazu bringt. Allerdings würde ich so, wie ich ihn kennengelernt habe, eher erwarten, dass er direkt auf mich zukommt, mich anschreit und mir einen Baseballschläger überzieht. Zu planen, abzuwarten und dann zuzuschlagen, passt nicht zu ihm. Das erscheint mir irgendwie falsch."

„Mir erscheint beides falsch. Und ich werde nicht tatenlos zusehen, wie du verletzt wirst. Wir werden Kaleppi überprüfen, und wenn sich herausstellen sollte, dass er schuldig ist, geht er ins Gefängnis. Wenn nicht, müssen wir weitersuchen."

„Mir fällt niemand sonst ein. Aber da ich Ewan auch nicht auf dem Schirm gehabt hätte, bin ich da wohl keine große Hilfe. Und dir fällt wirklich niemand ein, der es auf dich abgesehen haben könnte?"

„Nein. Ich wünschte, es wäre so, dann wärst du außer Gefahr." Caleb versuchte, Zuversicht auszustrahlen. „Aber dafür ist RIOS jetzt da. Mit ihrer Hilfe werden wir das Problem lösen." Zur Not würde er das auch allein tun, aber mit der Unterstützung seiner Kollegen würde es deutlich einfacher werden.

„Gott, ich hoffe es." Ihr Lächeln war zittrig. „Danke, dass du mir die Wahrheit gesagt hast."

„Das werde ich immer tun."

Die Kellnerin kam an ihren Tisch. „Ihre Bestellung ist jetzt fertig."

„Wunderbar." Caleb zahlte die hohe Rechnung, ohne mit der Wimper zu zucken. Zwar verdiente er im Club nicht wahnsinnig viel, aber er gab kaum etwas aus und hatte einiges sparen können. Außerdem war das ein sehr geringer Lohn für das RIOS-Team. Normalerweise gingen deren Honorare pro Einsatz in die Tausende – pro Person. Zusammen mit Naomi transportierte er die vielen Warmhaltekisten zum Auto und deponierte sie im Kofferraum. Verführerische Düfte füllten den Wagen, als sie sich auf den Weg machten. Sein Magen knurrte vernehmlich.

„Vielleicht hätten wir doch schon etwas essen sollen."

Caleb seufzte. „Ja, vermutlich. Ich dachte, so geht es schneller. Entschuldige, das war kein gutes erstes Date."

Naomi lachte. „Genau genommen war es gar keines. Aber das macht nichts, das holen wir einfach nach, wenn die Gefahr vorüber ist."

„Deal." Verdammt, er hätte allem zugestimmt, solange er Naomi weiterhin sehen konnte.

Wenige Minuten später kamen sie beim Club an und parkten in der Nähe des Hinterausgangs. Caleb und Naomi nahmen die ersten Kisten und trugen sie zum Gebäude. Gerade als Caleb die Tür mit dem Ellbogen öffnen wollte, wurde sie von innen aufgerissen.

Tex grinste ihn an. „Wir wollten schon einen Suchtrupp losschicken. Emily hat schon vor Ewigkeiten gesagt, dass ihr zum Club kommt. Habt ihr zwischendurch ein kleines Schäferstündchen eingelegt?" Der Ex-SEAL war bekannt für sein loses Mundwerk.

„Sehr witzig. Aber wir können das Essen natürlich auch im Auto lassen, wenn du kein Interesse hast."

Tex beugte sich über die Kiste und schnupperte. „Essen? Warum hast du das nicht gleich gesagt?" Schneller als Caleb reagieren konnte, hatte Tex sich den Styropor-Behälter geschnappt und eilte davon.

Kopfschüttelnd blickte Caleb ihm hinterher und wandte sich dann zu Naomi um. „Das war übrigens Tex. Wenn es um Essen geht, vergisst er sämtliche Manieren. Folge ihm am besten, ich hole die nächste Kiste."

Als er sich gerade in den Kofferraum beugte, tauchten weiteren RIOS-Mitarbeiter auf. Keine Frage, wenn es um Essen ging, reagierten alle sehr schnell. Zusammen mit den anderen hatte er den Kofferraum innerhalb kürzester Zeit geleert und sie konnten in den Club zurückkehren. Dabei ließ Caleb die Umgebung nicht aus den Augen und atmete erst auf, als alle wieder sicher im Gebäude waren. Hoffentlich war so etwas nicht mehr lange nötig. Naomi sollte nicht weiter in Angst leben müssen. Allein der Gedanke, dass sie verletzt oder gar getötet werden könnte, machte Caleb verrückt.

Sie betraten den Hauptraum des Clubs, wo der Rest des Teams an der Bar saß und bereits fleißig das Essen auf Teller verteilte. Vielleicht hätte er doch mehr bestellen sollen – die Männer wirkten so, als würden sie zur Not die Tischplatte anknabbern. Dave und Jerry waren auch hier und sorgten dafür, dass jeder etwas zu trinken bekam.

Fragend blickte Caleb Jerry an, der die Schultern zuckte. „Gray konnte nicht weg und hat deshalb mich gebeten, hier zu sein und ihn auf dem Laufenden zu halten."

Caleb war überzeugt, dass das seinen RIOS-Kollegen nicht sonderlich gefiel, aber sollten sie etwas besprechen oder tun wollen, ohne dass die Polizei davon Wind bekam, würden sie ganz sicher einen Weg finden. „Danke, dass ihr alle gekommen seid. Was hat Emily herausgefunden? Sie hat mir bisher keine weiteren Einzelheiten erzählt."

Red, eigentlich Nathan Redfield, kaute rasch und räusperte sich. „Entschuldige, ich habe schon angefangen, ich war halb verhungert."

Tex lachte. „Pass auf, dass du nicht bald so einen Bauch hast wie Sierra."

Verwirrt sah Caleb ihn an. „Bauch? Habe ich was verpasst?"

Red warf Tex einen genervten Blick zu. „Bei meinem Training

ist das eher unwahrscheinlich.“ Er wandte sich an Caleb. „Worauf Tex so unheimlich dezent anspielt, ist die Tatsache, dass wir ein Kind erwarten. Also Sierra und ich, nicht ich und Tex.“

Caleb grinste. „Das dachte ich mir fast. Herzlichen Glückwunsch, das freut mich für euch.“

Leichte Röte stieg in Reds Wangen. „Danke. Aber jetzt sollten wir uns darüber unterhalten, wer es auf euch abgesehen haben könnte. Das nur im Voraus zur Klarstellung: Wir werden auch weiterhin, genauso wie die Polizei sicherlich, jede andere Möglichkeit ausloten, ob vielleicht auch Caleb oder der Club das Ziel der Anschläge sein können. Dort haben wir bisher noch keine definitiven Anhaltspunkte gefunden. Relativ klar scheint aber zu sein, dass es mit einem von euch beiden zu tun hat, weil der zweite Angriff nicht am Club stattgefunden hat.“ Er wandte sich an Naomi. „Caleb hatte uns gebeten, einen Ewan Kaleppi zu überprüfen, und wir können bestätigen, dass er eindeutig ein Motiv hat, Naomi etwas anzutun. Seine Äußerungen sowohl einer ihrer Kolleginnen gegenüber als auch in den sozialen Medien sind eindeutig: Er macht sie für den Selbstmord seiner Tochter verantwortlich und will Gerechtigkeit. Das ist ein starkes Motiv. Und wenn vielleicht die psychische Erkrankung in seiner Familie liegt, hat er sich möglicherweise so in die ganze Sache hineingesteigert hat, dass er ihren Tod will.“

Naomi ließ die Gabel sinken. „Ich kann mir das immer noch nicht vorstellen. Das ist doch verrückt.“

„Wir wollen häufig nicht wahrhaben, dass jemand, den wir kennen – oder zu kennen glauben – so etwas tun könnte. Das ist ganz normal. Ewan Kaleppi muss auch nicht der Täter sein, aber es deutet genug auf ihn hin, um ihm einen Besuch abzustatten.“

Jerry räusperte sich. „Ich bin mir sicher, dass Gray wissen will, was mit *Besuch* gemeint ist. Wenn Kaleppi der Täter ist, sollte er nach Vorschrift von der Polizei verhaftet werden.“ Sein Mund verzog sich. „Verdammt, ich höre mich schon an wie Gray. Ich glaube, er färbt ab.“

Red nickte. „Das stimmt. Allerdings werden der Polizei unsere Überlegungen nicht reichen, um Kaleppi als verdächtig einzustufen. Und das bedeutet, er würde weiterhin auf freiem Fuß bleiben und damit möglicherweise eine Gefahr für Naomi und Caleb darstellen. Vielleicht auch für sich selbst. Nach dem Tod seiner Tochter hat er vermutlich nicht mehr viel zu verlieren.“

„Er hat sie sehr geliebt. Ewan hat alles dafür getan, um Sarah zu helfen. Jetzt, wo sie nicht mehr da ist, könnte es sein, dass er keinen Sinn mehr im Leben sieht.“

„Außer vielleicht, sich an derjenigen zu rächen, die er für schuldig hält.“

Reds Einwurf ließ Naomi zusammenzucken. „Ja.“

Red wandte sich wieder an Caleb. „Du hattest recht. Kaleppi war früher beim Militär und hat noch Zugang zu Waffen und Munition. Emily hat im Darknet Hinweise darauf gefunden, dass er auf der Suche nach einem Gewehr war. Das Modell würde zur Munition passen, die verwendet wurde, dasselbe gilt für die Pistole. Laut dem Bericht des Polizeilabors ist die Blendgranate von der Sorte, die unter anderem auch beim Militär benutzt wird. Natürlich sind das alles keine endgültigen Beweise für seine Schuld. Es gibt viele ehemalige Soldaten, für die das auch gilt.“

„Nur dass die keine Verbindung zu Naomi haben und vor allem keinen Grund, ihr etwas zu tun.“

„Exakt.“

„Ich werde Gray die Sache mit dem Polizeilabor wohl verschweigen.“ Jerry schob sich einen Bissen in den Mund.

Caleb nickte. „Das wäre nett. Was er nicht weiß …“

„Ich schätze die Polizeiarbeit. Aber in Fällen, wo es auf Geschwindigkeit ankommt, ist sie stark im Nachteil, weil die Detectives sich an Vorschriften halten müssen.“ Red wandte sich an Naomi. „RIOS ist den Kunden verpflichtet, den Opfern. Wenn wir die Möglichkeit haben, ihnen zu helfen, es aber unterlassen, um Regeln zu befolgen, entspricht das nicht meiner Vorstellung von guter Arbeit. Außerdem, wenn wir den Täter davon abhalten, ein noch schwereres Verbrechen zu begehen, wird die Strafe bedeutend geringer ausfallen." Red blickte Jerry an. „Ich nehme an, das ist auch in Grays Sinne, oder?"

Der nickte. „Ja, ich denke schon."

„Gut. Wenn wir Kaleppi festgesetzt haben, geben wir Gray sofort Bescheid, und er kann dann den Rest übernehmen."

„Vielleicht erzähle ich Gray das aber erst, wenn die Sache schon gelaufen ist, dann muss er sich nicht darüber aufregen."

„Das wäre hilfreich."

Zweifelnd sah Caleb ihn an. „Bist du sicher? Ich möchte nicht, dass du Ärger mit Gray bekommst, Jerry."

Jerry hob die Schultern. „Das halte ich schon aus. Am wichtigsten ist, dass niemand verletzt wird."

„Gut, danke."

Red legte seine Gabel beiseite. „Wir kennen Kaleppis Adresse. Ich würde sagen, wir greifen heute Abend zu. Morton, Tex, kundschaftet das Gebäude aus, in dem er wohnt. Sollte er dort sein, bewacht ihn. Wenn er es verlässt, folgt ihm unauffällig und sagt mir Bescheid. Und informiert mich, wenn er nach Hause kommt."

„Okay." Tex deutete auf das Essen. „Das ist verdammt gut. Darf ich erst noch aufessen?"

Red verdrehte die Augen. „Zehn Minuten, Tex."

„Alles klar." Tex häufte sich noch etwas auf seinen Teller. Als er die Blicke der anderen bemerkte, hob er die Augenbrauen. „Was ist? Ich hatte eine anstrengende Nacht und muss erst wieder auftanken."

Caleb schmunzelte. „So genau wollten wir das gar nicht wissen, Tex."

„Immer diese schmutzige Fantasie! Ich habe gearbeitet."

Morton stieß ihn an. „Aber nicht für Geld."

„Und so was nennt sich dann Freunde."

Naomis Lächeln zeigte Caleb, dass ihr das Geplänkel guttat. Am liebsten hätte er sie ganz aus der Sache herausgehalten, aber das war unmöglich.

Red sah ihn an. „Kommst du mit, Caleb?"

Er zögerte. Der Soldat in ihm schrie Ja, aber er wollte Naomi nicht allein lassen. Nach langem Zögern verneinte er. „Ich bleibe besser hier." Sein Blick glitt zu Naomi.

Naomi musterte ihn prüfend. „Glaubst du nicht, dass ich hier sicher genug bin mit Jerry und Dave? Vor allem, wenn ihr den wahrscheinlichen Täter im Visier habt."

„Schon, aber …"

Sie unterbrach ihn. „Ich kann dir ansehen, dass du gern mitfahren würdest. Wenn ich deine Ausbildung hätte, würde ich das sicher auch tun. Sag es, wenn ich völlig falsch liege."

Offenbar kannte sie ihn schon besser, als er gedacht hätte. Anstatt ihr zu antworten, wandte er sich an Red. „Benötigt ihr uns noch? Es wäre gut, wenn ich mich etwas ausruhe, bevor wir Kaleppi besuchen."

Red schüttelte den Kopf. „Nein, geht ruhig, ich sage dir dann Bescheid, wenn es losgeht."

Als er aufstand, legte Dave ihm die Hand auf den Arm. „Jerry und ich werden Naomi beschützen. Und Gray kommt sicher auch wieder vorbei. Ich denke, damit sollten wir gut gerüstet sein."

Erleichtert atmete Caleb auf. „Danke." Er blickte Naomi in die Augen. „Ich komme so schnell wieder, wie es geht."

Ihr Lächeln war zurückhaltend. „Ich weiß. Keine Angst, ich bin hier in guten Händen und werde mich nicht von der Stelle rühren."

Wenn er ihr nicht vorher schon verfallen wäre – jetzt hätte es ihn garantiert erwischt.

15

Nachdem sie noch einmal das Überwachungsvideo des Clubs hinsichtlich der geparkten Wagen durchgegangen waren und wirklich einen entdeckt hatten, der bezüglich Marke und vermutlich auch Farbe dem entsprach, den Kaleppi fuhr, war Caleb noch mehr davon überzeugt, den Schützen gefunden zu haben. Leider war das Kennzeichen nicht zu erkennen. Aber auch so war er mehr als bereit, dieses Arschloch hochgehen zu lassen. Die Vorstellung, was geschehen wäre, wenn dessen erste Kugel getroffen hätte, ließ heiße Wut in ihm aufsteigen. Naomi hätte direkt vor seinen Augen sterben können. Er hätte sie nie kennengelernt, nie herausgefunden, welch eine tolle Frau sie war. Jetzt, wo er es wusste, wäre ihr Tod für ihn noch tausendmal schlimmer.

Unauffällig legte er einen Arm um ihre Hüfte. Naomi sah ihn an und lächelte. Sofort versank er in ihren moosgrünen Augen.

Red räusperte sich. „Ich denke, wir sollten so schnell wie möglich zugreifen, wenn er nach Hause kommt." Tex und Morton hatten gemeldet, dass Kaleppi derzeit nicht in seiner Wohnung war. Hoffentlich kam er überhaupt wieder und war nicht untergetaucht, aus Angst, jemand würde seine Identität herausfinden. „Wir fahren in fünf Minuten los."

„Okay, wir treffen uns unten." Caleb nahm Naomis Hand und führte sie aus dem Büro. Sie nahmen die Treppe, dann schlug er die Richtung zu dem Lagerraum ein, in dem sie sich zum ersten Mal nähergekommen waren. War das tatsächlich erst zwei Tage her? Es kam ihm viel länger vor.

Naomi schwieg, bis Caleb die Tür hinter ihnen geschlossen hatte. „Ich glaube, dafür reicht die Zeit nicht."

Caleb lachte. „Doch, würde sie, aber deshalb sind wir nicht hier."

„Nicht? Warum dann?“

„Ich wollte kurz mit dir allein sein.“

Das brachte ihm ein Lächeln ein. „Ich auch mit dir.“

Caleb schlang seine Arme locker um ihre Taille und zog sie an sich. Es fühlte sich so gut an, einfach nur bei ihr zu sein. Ein kleiner Teil von ihm befürchtete immer noch, dass sie sich nicht wiedersehen würden, wenn die Gefahr vorüber war und Naomi ihr normales Leben wieder aufnehmen konnte. Warum sollte sie sich mit einem ausgemusterten Soldaten und Türsteher wie ihm abgeben? Aber dann sah er die Gefühle in ihren Augen und war fast sicher, dass sie das Gleiche für ihn empfand wie er für sie.

Caleb hielt sie fester, als er ihr Zittern spürte. „Es wird alles gut, ich verspreche es.“

„Hoffentlich. Wenn Kaleppi wirklich so gefährlich ist, dann wird er sich bestimmt nicht einfach in Gewahrsam nehmen lassen. Jemand könnte verletzt werden.“

„Reds Männer sind Profis. Und sie haben die richtige Ausrüstung dabei. Schusssichere Westen, Waffen, Munition. Es wird niemandem etwas passieren.“

„Das kannst du nicht wissen.“

Leider hatte sie damit recht. „Das kann man nie, aber wir werden sehr vorsichtig sein. Wenn wir Glück haben, ahnt Kaleppi nicht, dass wir ihm auf der Spur sind.“

Naomi legte ihre Hände an sein Gesicht. „Du darfst nicht verletzt werden.“

„Ich gebe mir alle Mühe. Außerdem habe ich ja einen Grund, so schnell wie möglich zurückzukommen.“

Mit den Daumen strich sie über seine Wangenknochen. „Welchen?“

„Es steht noch ein Date aus.“

Ihr Lachen klang brüchig. „Ich brauche kein Date. Nur dich.“

Sein Herz klopfte schneller. „Mich kannst du jederzeit haben.“

„Ich weiß.“ Sie zog seinen Kopf zu sich und küsste ihn mit

einem Hauch Verzweiflung.

Caleb erwiderte den Kuss ebenso leidenschaftlich. Ihm würde nichts passieren, aber wenn er nicht zurückkommen sollte, dann wollte er diese Erinnerung an sie haben. Nur widerwillig löste er sich von ihr und legte seine Stirn an ihre. „Wir sehen uns nachher."

„Ja. Meinst du, wenn Kaleppi gefasst ist, können wir in mein Haus?"

„Eigentlich sollte nichts dagegensprechen, aber warten wir es erst mal ab." Er küsste ihre Nasenspitze und trat zurück. „Ich muss los, sonst lässt Red mich hier."

„Ehrlich gesagt wäre mir das fast lieber, aber ich verstehe, warum du gehen musst."

Ja, Naomi war eindeutig die richtige Frau für ihn. „Danke. Ich melde mich, wenn alles vorbei ist."

„Pass auf dich auf."

„Natürlich." Ein letztes Mal küsste er sie, dann riss er sich los und verließ eilig den Raum.

An der Hintertür traf er Red. „Wo sind die anderen?"

„Schon beim Auto. Tex hat sich gerade gemeldet: Kaleppi ist aufgetaucht und befindet sich jetzt in seiner Wohnung. Wir müssen uns beeilen."

Calebs Anspannung verstärkte sich. „Okay."

Red blickte ihn prüfend an. „Du musst wirklich nicht mitkommen, Caleb. Ich kann das sehr gut verstehen, besser vermutlich als die meisten anderen."

Damit hatte er uneingeschränkt recht. Red war während eines Einsatzes entführt und sechs Monate lang von einer Terrorgruppe gefangen gehalten worden. Auch er hatte unter Flashbacks gelitten – und tat es manchmal immer noch, wie er Caleb anvertraut hatte. „Doch, ich muss das tun. Du weißt, ich vertraue euch hundertprozentig. Aber ich will selbst sehen, dass dieser Mistkerl Naomi nichts mehr antun kann. Und ja, ein wenig auch, um mir zu beweisen, dass ich noch funktioniere.“

„Ich schätze Ehrlichkeit. Dieser Einsatz ist aber kein Training. Wir haben keinen Platz für Fehler.“

„Das ist mir bewusst. Ich werde das Team nicht belasten und auch nichts tun, das es gefährden könnte.“

„Und du schießt auch nicht auf Kaleppi, außer er bedroht jemanden.“

Caleb schnitt eine Grimasse. „Das hatte ich nicht vor.“

„Gut. Ich wollte nur sichergehen. Und wenn ich dir einen Befehl gebe, dann befolgst du ihn, klar?“

„Yes, Sir!“

Ein Grinsen verzerrte die Narbe auf Reds Wange. „Das heißt *Aye, Sir*.“

„Wir sind hier nicht bei der Navy.“

Red seufzte tief. „Immer diese Marines.“ Er wurde wieder ernst. „Hast du dich von Naomi verabschiedet?“

„Ja. Sie ist auch nicht glücklich, dass ich mitfahre, aber sie versteht es.“

„Das sind die guten Frauen. Du solltest sie dir warmhalten.“

„Zuerst ist mir wichtig, dass sie außer Gefahr ist. Was dann passiert …“ Caleb zuckte mit den Schultern. „Wir kennen uns bisher kaum, aber ich hätte nichts dagegen, mehr über sie zu erfahren.“ Oder alles. Und wenn er dafür fünfzig Jahre brauchte, war das auch in Ordnung. Caleb widerstand dem Drang, mit den Augen zu rollen. Was war nur los mit ihm? „Hatten wir es nicht eilig?“

Als Antwort deutete Red auf die Tür. Schnell ging Caleb zu dem Van, mit dem das RIOS-Team angereist war. Er war schlicht weiß. Niemand würde ihn beachten, wenn er am Straßenrand stand. Die Schiebetür stand offen, und Caleb stieg direkt ein. Blake saß am Steuer. Sean, ein neuer Rekrut, der vorher Mitglied eines SWAT-Teams gewesen war, hielt ihm von der Rückbank aus eine schusssichere Weste entgegen. Red nahm auf dem Beifahrersitz Platz. Caleb schloss die Schiebetür und zog dann die Weste über, während sich der Van in Bewegung setzte. Sein Blick glitt zum Club zurück, und er hob die Hand, als er Dave in der Tür stehen sah.

Sean gab ihm weitere Munition und eine zweite Waffe, die Caleb schweigend einsteckte. Nach seinen Erfahrungen von heute Nacht konnte es nicht schaden, gut ausgerüstet zu sein.

Red reichte ihm eine Mappe nach hinten. „Hier sind alle Informationen, die Emily über Kaleppi beschaffen konnte."

Caleb nahm die Mappe entgegen und schlug sie auf. Ein Foto von Kaleppi war ausgedruckt worden, darunter standen seine Daten. Zuerst studierte er das Bild. Der Mann sah harmlos aus. Er hätte ihn nie für jemanden gehalten, der auf unschuldige Frauen schoss. Aber das war öfter so: Diejenigen, die am harmlosesten wirkten, waren am Ende die schlimmsten Verbrecher. Maße und Gewicht stimmten ungefähr mit seinem Eindruck des Mannes von letzter Nacht überein. Ein weiterer Punkt, der für die Täterschaft sprach. Ein kurzer Bericht behandelte Kaleppis familiäre Situation. Der Mann hatte viel Unglück erlebt, keine Frage. Unter anderen Umständen hätte Caleb Mitleid mit ihm gehabt.

Es folgten mehrere Ausdrucke der Dinge, die Kaleppi über Naomi gepostet hatte. Seine Wut wurde erneut geweckt. Wie konnte jemand so etwas über eine andere Person sagen? Kaleppi musste doch bewusst sein, dass er damit ihre berufliche Laufbahn hätte zerstören können. Vielleicht hatte er das sogar versucht, aber es war ihm nicht gelungen. War er darüber so wütend gewesen, dass er sich entschlossen hatte, die Sache auf andere Art zu anzugehen? Es sah fast so aus. Sich die Wut und den Schmerz von der Seele zu schreiben – oder auch zu schreien –, das konnte Caleb durchaus nachvollziehen. Aber jemanden zu verletzen oder gar ermorden zu wollen war eine völlig andere Sache und mit normalem Menschenverstand nicht zu begreifen.

Was hatte Kaleppi so über die Schwelle zur Irrationalität gestoßen? Der Tod seiner Tochter, ja. Aber auch andere Menschen verloren ihre Kinder, Partner, Freunde oder Eltern und wurden deshalb nicht zu Mördern. Noch war niemand verletzt worden, vielleicht konnte Kaleppi mit der richtigen Therapie wieder ein erfülltes Leben führen.

Den Rest der Fahrt bereitete sich das Team auf den Einsatz vor. Tex berichtete von den Verhältnissen vor Ort und wie sie am besten vorgehen sollten. Je näher sie dem Wohnblock kamen, in dem Kaleppi wohnte, desto angespannter wurde Caleb. Zwar hatte er seinen Freunden bereits einige Male geholfen, wenn sie in der Klemme steckten, aber es war noch einmal etwas anderes, wenn es ihn selbst betraf. Und er musste auch an Naomi denken. Sollte es ihnen nicht gelingen, Kaleppi in Gewahrsam zu nehmen, würde Naomis Leben weiterhin stark eingeschränkt und vor allem in Gefahr sein.

Schließlich hielt der Van in einer etwas heruntergekommenen Seitenstraße, nicht weit vom Haus entfernt. „Tex, wir sind jetzt vor Ort. Ihr nehmt die Hintertür, wir die Vordertür."

„Jemand sollte auch die Feuertreppe im Auge behalten, der Typ ist sehr wendig."

„Auf jeden Fall. Er wohnt in der dritten Etage, zumindest wird er nicht aus dem Fenster springen können."

Das würde Caleb zwar nicht unterschreiben, aber vielleicht brach er sich dabei wenigstens ein Bein, und sie konnten ihn schnappen. Noch einmal überprüfte er den Sitz der schusssicheren Weste und des Headsets, über das er mit den anderen in Verbindung blieb.

„Sind alle bereit?"

Durch den Kopfhörer drangen die Bestätigungen der Männer. Möglichst leise näherten sie sich dem viergeschossigen, verklinkerten Haus. An der Wand entlang bewegten sie sich auf die Haustür zu. Sofern Kaleppi sich nicht gerade weit aus dem Fenster lehnte, sollte er sie dank der vorspringenden Fensterbretter nicht sehen können. Normalerweise wäre der Zugriff im Dunkeln besser, aber sie wollten nicht riskieren, Kaleppi zu verlieren.

„Wir sind in Position." Tex' Stimme drang durch den Kopfhörer.

„Wartet noch einen Moment."

Eine seltsame Aufregung überkam Caleb, als er inmitten des Teams in das Wohngebäude eindrang. Fast, als wäre er wieder bei seiner Einheit. Der Gedanke verpasste ihm einen Stich, gleichzeitig war er aber dankbar, wieder mit einem Team arbeiten zu können. Es fühlte sich richtig an. Beinahe lautlos bewegten sie sich ins dritte Stockwerk und positionierten sich beidseits der Wohnungstür. Netterweise stand am Klingelschild der Name, sodass sie nicht raten mussten, welche der vier Türen zu Kaleppi führte. Vorsichtig drehte Red am Knauf, doch die Tür bewegte sich nicht. Er gab Blake ein Zeichen, der sein Werkzeug herausholte und sich an die Arbeit machte. Schließlich ertönte ein leises Klicken, und Blake trat zur Seite, um seinen Kollegen Vortritt zu lassen. Geduckt bewegten sie sich lautlos vorwärts durch den engen Flur. Sean blieb an der Wohnungstür stehen, um etwaige Neugierige fernzuhalten, während der Rest des Teams weiter in die Wohnung vordrang.

Red übernahm die erste Tür, hinter der sich ein Bad verbarg. Zur gleichen Zeit öffnete Caleb die nächste Tür: Es war ein Schlafzimmer. Caleb sah unter dem Bett und auch im Schrank nach, aber auch hier war niemand. Vermutlich hatte Kaleppi ihr Eindringen gehört und sich irgendwo versteckt. Caleb fasste seine Pistole fester. Auf keinen Fall würde er zulassen, dass jemand von diesem Arschloch verletzt wurde. Sekunden später trafen sie auf dem Flur wieder aufeinander. Auch die Küche war leer gewesen, ebenso wie das Wohnzimmer. Damit blieb nur noch eine Tür übrig. Ein buntes Schild kündigte an, dass sich Sarahs Reich dahinter befand. Calebs Herz zog sich zusammen. Da Kaleppi das Haus nicht verlassen hatte, musste er in diesem Zimmer sein. Auf beiden Seiten der Tür bauten sie sich auf, dann stieß Red sie mit einem Ruck auf und blickte vorsichtig um die Ecke.

Kaleppi saß auf dem Bett, ein Stofftier in der Hand. Seine Augen waren gerötet, und er wirkte gebrochen. Die massigen Schultern hingen herab. Die zu langen Haare waren zerzaust, ein Dreitagebart ließ ihn ungepflegt wirken. Einen Moment lang schien die Zeit stillzustehen, dann hob er langsam den Kopf. „Was wollt ihr von mir?" Er klang unendlich müde.

„Wir wollen mit Ihnen reden."

Er schnaubte. „So nennt man das heute? Ihr dringt mit schwerer Bewaffnung in meine Wohnung ein. Was wollt ihr Cops von mir? Ich habe nichts getan."

Caleb schaltete sich ein. „Sie haben Naomi Barnes bedroht."

Sein Gesicht verzerrte sich wutentbrannt. „Hat sie mich etwa angezeigt? Diese unfähige Hochstaplerin hat das nicht anders verdient! Sie hat meine Tochter umgebracht!"

„Ihre Tochter hat Selbstmord begangen, so bedauerlich das auch ist. Es ist nicht Dr. Barnes' Schuld."

„Natürlich ist sie schuld!" Speichel sprühte ihnen entgegen. „Sie hat Sarah Unsinn in den Kopf gesetzt und sie nicht richtig behandelt. Hätte sie das gemacht, würde mein kleines Mädchen jetzt noch leben." Ein harter Schluchzer entrang sich seiner Kehle.

Tex trat einen Schritt vor. „Kommen Sie, Ewan, lassen Sie uns gehen und in Ruhe darüber reden. Wir finden sicher eine Lösung."

„Lösung? Welche Lösung denn? Meine Tochter ist tot, nichts wird jemals wieder gut. Und diese Scheißtussi sitzt bequem in ihrem Büro und verkorkst das Leben anderer Kinder. Das muss aufhören. Ich werde dafür sorgen, dass sie keinem anderen Kind mehr schaden kann."

Calebs Magen verknotete sich, als er den Hass in Kaleppis Worten hörte. Der Mann war offenbar völlig in seinen Wahnvorstellungen abgetaucht und zu keinem vernünftigen Gespräch mehr in der Lage. „Es bringt Ihnen Sarah nicht zurück, wenn Sie Dr. Barnes töten."

Es wirkte fast, als würden Kaleppis Augen glühen, so intensiv starrte er Caleb an. „Aber es würde mir eine ungeheure Befriedigung verschaffen. Ein Leben für ein anderes, auch wenn meine Sarah viel mehr wert war."

„Bitte kommen Sie friedlich mit uns." Tex blieb höflich, etwas, das Caleb nie geschafft hätte, nachdem Kaleppi mehr oder weniger alles zugegeben hatte. „Wir werden Ihnen helfen. Bisher ist noch nichts Irreparables passiert."

Kaleppi bewegte sich so schnell, dass Caleb erst im letzten Moment die Waffe in seiner Hand sah. „Pistole!" Während er es schrie, warf er sich vorwärts. Er traf Kaleppis Arm. Der Knall ertönte so dicht neben ihm, dass seine sowieso schon geschundenen Trommelfelle aufjaulten. Caleb presste eine Hand auf sein Ohr, während er versuchte, wieder auf die Füße zu kommen. Aus den Augenwinkeln sah er, wie Kaleppi erneut die Pistole hob, diesmal in Richtung seines Kinns. *Verdammt noch mal, nein!* Caleb katapultierte sich vorwärts, eine Hand nach der Waffe ausgestreckt.

16

Die Ungewissheit machte Naomi fertig. Seit die Männer losgefahren waren, hatte sie nichts mehr von ihnen gehört, und das war nun schon zwei Stunden her. Was konnte so lange dauern? Unruhig ging sie in Daves Büro, das er ihr netterweise überlassen hatte, auf und ab. Gray war zwischendurch aufgetaucht, allerdings schnell wieder gegangen, nachdem er von Dave und Jerry gehört hatte, was das RIOS-Team plante. Er hatte nicht glücklich ausgesehen. Was sie durchaus verstehen konnte, aber sie war trotzdem froh, dass Caleb professionelle Hilfe hatte. Schließlich hielt sie es nicht mehr aus, verließ das Büro und ging die Metalltreppe hinunter in den Club. Jerry stand wie gewohnt an der Bar und unterhielt seine Gäste mit seiner unglaublich fröhlichen Art. Sie konnte sich nicht vorstellen, dass es jemanden gab, der ihn nicht mochte.

Shanna war nicht da und auch Grace war nirgends zu sehen. Aber sie hatten beide ein Leben, das sich abseits vom Club abspielte. Dave hatte wieder den Türsteherdienst übernommen und war deshalb auch nicht in Sicht. Es fühlte sich seltsam an, ohne Begleitung hier zu sein. Andererseits war sie aber auch froh, nicht gute Miene zum bösen Spiel machen zu müssen. Zum Feiern war sie nicht in Stimmung, solange sie nicht wusste, wie es Caleb ging. Wenn alles in Ordnung war, hätte er sich doch schon bei ihr gemeldet, oder? Diese Stille machte sie wahnsinnig und weckte die schlimmsten Befürchtungen in ihr.

Als einer der Barhocker frei wurde, setzte sie sich rasch darauf. Es dauerte nicht lange, bis Jerry sie bemerkte und sofort zu ihr herüberkam. „Ich hatte mich schon gefragt, wann es dir da oben zu langweilig wird." Sein Lächeln wirkte gedämpfter als sonst.

„Es ist weniger die Langeweile als vielmehr die Tatsache,

dass ich verrückt werde, wenn ich nicht langsam erfahre, wie der Einsatz gelaufen ist. Wo sind Caleb und die anderen? Warum meldet sich niemand?“

Jerry schnitt eine Grimasse. „Ausgehend von der Tatsache, dass Gray nicht begeistert von dem Alleingang war, würde ich darauf tippen, dass sie gerade dem NYPD erklären dürfen, was sie da eigentlich tun.“

Hoffnung kam in Naomi auf. „Glaubst du wirklich? Aber würde Gray ihnen nicht zumindest erlauben, hier anzurufen, damit wir uns keine Sorgen machen?“

„Kommt darauf an, wie wütend er ist. Oder in welchem Zustand er Kaleppi angetroffen hat.“

Naomi seufzte. „Einerseits kann ich es nachvollziehen, aber ich bin auch froh, wenn ich bald nicht mehr ständig über die Schulter sehen muss. Oder jemand anders meinetwegen in Gefahr gerät.“

„Logisch.“ Jerry beugte sich über die Theke und legte seine Hand auf ihre. „Mach dir keine Sorgen, das sind Profis. Und Caleb kann sich gut zur Wehr setzen. Sie wurden sicher nur aufgehalten.“ Trotz seiner Worte glaubte sie, Beunruhigung in seinen Augen zu sehen.

„Von Gray hast du auch nichts gehört?“

„Nein. Eigentlich wollte er bald zurückkommen. Ich habe bereits Shanna gefragt, aber die weiß auch nichts.“

„Kannst du ihn anrufen?“

Jerry verzog den Mund. „Ich störe ihn sehr ungern bei der Arbeit.“

„Das kann ich verstehen, wirklich. Aber Caleb mag ich nicht kontaktieren, weil ich nicht weiß, ob er gerade in einer gefährlichen Situation steckt. Vielleicht ist Gray ja auch gar nicht mit der Sache beschäftigt.“

„Dann sollte er hier sein, außer er hätte einen anderen Fall erhalten. Aber normalerweise würde er bei Shanna oder mir anrufen, dass er später nach Hause kommt. Sofern möglich." Jerry schüttelte den Kopf. „Ach, Scheiß drauf." Er zog sein Handy aus der Hosentasche und tippte aufs Display, bevor er es ans Ohr hielt. Unwillkürlich hielt Naomi den Atem an. „Ich bin's. Hast du kurz Zeit?" Jerry schwieg, während er Grays Antwort lauschte. Dabei verfinsterte sich seine Miene.

Sie kannte Jerry zwar noch nicht lange, aber das konnte kein gutes Zeichen sein. Inzwischen war sie fast bereit, über die Theke zu springen und Jerry das Handy aus der Hand zu reißen. Mit beiden Händen klammerte sie sich an der hölzernen Kante fest.

„Wo sind sie jetzt?" Wieder schwieg er. „Okay, das ist gut. Was wird nun passieren? Hm. Hmhm. Machst du Feierabend?" Bei der letzten Frage war seine Stimme deutlich sanfter. Ein Leuchten trat in seine Augen. „Gut, Shanna vermisst dich schon." Jerry drehte ihr den Rücken zu. „Ich kann es kaum erwarten, euch zu sehen." Er seufzte. „Ja, ich habe heute normalen Dienst." Ein tiefes Lachen entfuhr ihm, das eindeutig sexy klang. „Ich werde es nachholen, versprochen. Ja, bis später."

Jerry steckte das Handy weg und drehte sich wieder zu ihr um. Naomi wusste, dass sie ihn anstarrte, aber sie konnte es nicht ändern. Seine Augen glitzerten, Röte überzog seine Wangen. Als er ihren Blick bemerkte, hob er die Schultern. „Entschuldige. Der Mann weiß, wie er mich reizen kann."

Noami spitzte die Lippen. „Vermutlich steht ihr euch da in nichts nach."

Jerry grinste sie schelmisch an. „So ist es." Sofort wurde er wieder ernst. „Aber du willst sicher wissen, was mit den anderen ist. Gray ist zu spät gekommen, sie hatten die Aktion schon durchgezogen. Details hat er mir nicht genannt, aber er durfte wohl bis eben hinter ihnen aufräumen. Zum Dank hat er sie mit ins Department genommen, damit sie ihre Aussage machen. Sie sind jetzt auf dem Weg hierher."

Erleichtert atmete Naomi auf. „Dann geht es allen gut?"

„Das hat Gray nicht so direkt gesagt, aber ich schätze schon. Sie sollten jeden Moment eintreffen.“ Er goss Cola in ein Glas und schob es ihr hin. „Hier, trink etwas, du siehst aus, als würdest du mir gleich vom Hocker fallen.“ Einer der Gäste rief nach Jerry. „Entschuldige, ich muss mich wieder um die Leute kümmern. Kommst du zurecht?“

„Ja, ich gehe schon mal zum Hintereingang, da werden sie ja sicher ankommen."

„Mach das. Aber verlass nicht alleine den Club. Selbst wenn sie den Schützen gefasst haben, kann immer etwas passieren.“

Naomi berührte seine Hand. „Keine Angst.“ Sie trank die Cola aus und stellte das Glas auf die Theke. „Danke, für alles.“

Jerry nickte. „Wir kümmern uns um unsere Familie.“

„Ich gehöre aber nicht …“

Er ließ sie nicht ausreden. „Du willst mir sagen, dass ich eure heißen Blicke und vor allem das kleine Treffen im Lagerraum falsch gedeutet habe? Oder die Tatsache, dass Caleb dich mit in seine Wohnung genommen hat? Soweit ich weiß, hat er bisher noch nie eine Frau aus dem Club dorthin gebracht.“

„Das hat er nur getan, weil ich in Gefahr war. Andernfalls hätten wir uns vermutlich nie wiedergesehen.“

„Vielleicht. Ich glaube es aber nicht. Du wärst sicher wieder gekommen.“

Erwischt. Verlegen schob sich Naomi eine Haarsträhne aus dem Gesicht. „Ja, vermutlich. Caleb ist …“ Sie verstummte, weil ihr kein passendes Wort einfiel.

„Heiß?“

Sie lachte auf. „Ja, das auch. Aber ich wollte sagen: anders. Ich habe viele männliche Kollegen und kann mit ihnen wenig anfangen. Sie geben sich immer überlegen und als wären sie wahnsinnig intelligent. Und attraktiv und schick. Ich glaube, Caleb weiß noch nicht mal, dass er gut aussieht.“

„Davon gehe ich aus. Er macht sich einfach nichts daraus.“

„Er sagte, ich wäre ihm wegen meines Lachens aufgefallen."

Jerry schmunzelte. „Was ich mir gut vorstellen kann, es ist hinreißend."

Hitze stieg in Naomis Wangen. „Das habe ich nicht gesagt, um ein Kompliment einzuheimsen, aber danke. Es sollte nur verdeutlichen, dass er nicht wie andere Männer zuerst meine Brüste ausgecheckt hat oder ob ich schlank genug bin oder die richtige Kleidung trage. Er fand mein Lachen faszinierend. Und er war bereit, sein Leben für mich zu riskieren. Das würden nicht viele Menschen machen."

„Auch das stimmt. Ich bin natürlich nicht unparteiisch, aber Caleb ist wirklich ein guter Mensch. Er hätte es verdient, mal Glück zu haben."

Dem konnte sie nur zustimmen. „Es tut mir leid, jetzt habe ich dich aufgehalten, ich glaube, deine Gäste sind schon halb verdurstet."

Jerry warf einen Blick zu dem ungeduldig winkenden Mann und zuckte mit den Schultern. „Es gibt wichtigere Dinge. Bis später."

„Bis dann." Naomi rutschte vom Hocker und ging zum Hinterausgang.

Es schien unendlich lange zu dauern, bis sich endlich die Tür öffnete und die ersten Männer hereinkamen. Sie wirkten unverletzt, aber ihre Gesichter waren grimmig. Irgendetwas musste passiert sein, womit sie nicht gerechnet hatten. Erst als sie Caleb entdeckte, atmete sie auf. Rasch ging sie auf ihn zu und hielt abrupt inne, als sie die dunklen Flecken auf seiner Kleidung und an seinem Hals entdeckte. War das Blut?

„O Gott, bist du verletzt?"

Sie konnte den Ausdruck in seinen Augen nicht deuten. „Nein, alles in Ordnung."

„Aber das ist doch Blut, oder?"

Ein Muskel zuckte in seiner Wange. „Es ist nicht von mir."

„Von wem …“ Sie stockte, als sie sah, dass alle Männer von RIOS unverletzt schienen. „O nein, ich hatte gehofft, dass Ewan aufgeben würde, wenn ihr ihn konfrontiert.“

„Er hat aufgegeben, aber in dem Sinne, dass er nicht weiterleben wollte.“

Tränen stiegen in Naomis Augen. „Er ist tot?“

„Wir haben versucht, ihn zu überreden, sich zu stellen, damit er Hilfe bekommt, aber er war der Ansicht, dass ein Leben ohne seine Tochter für ihn keinen Wert mehr hat. Er hatte eine Pistole und wollte sich umbringen. Ich habe versucht, ihn daran zu hindern, aber …“ Caleb senkte den Kopf und atmete hart aus. „Wir wissen noch nicht, ob er überleben wird. Und wenn er es tut, ob er sich jemals wieder erholen wird. Die Kugel ist in seinen Hals eingedrungen. Wir haben alles getan, was möglich war, aber …“ Er hob die Schultern. „Er wurde ins Krankenhaus gebracht, und die Ärzte versuchen, sein Leben zu retten.“

Naomi berührte seinen Arm. „Es war nicht eure Schuld, sondern seine eigene Wahl. Genauso wie es seine Wahl war, auf mich zu schießen, anstatt mit mir zu reden.“

„Ich weiß. Trotzdem frage ich mich, ob er sich auch umgebracht hätte, wenn wir nicht in seine Wohnung eingedrungen wären.“

Red mischte sich ein. „Ich fürchte, das werden wir nie wissen. Aber Naomi hat recht, es war seine freie Entscheidung. Mit dem, was er getan hat, ist er immer weiter auf einen Abgrund zugelaufen. Irgendwann musste er hinunterstürzen.“

„Die Polizei hat das nicht ganz so gesehen.“ Caleb presste die Lippen zusammen. „Ich hoffe, ihr bekommt keinen Ärger deswegen.“

„Wir haben ihn nicht angerührt. Ja, wir haben die Tür aufgebrochen, aber das war notwendig, schließlich bestand die Gefahr, dass er auf uns oder andere schießen würde, wenn wir artig klingeln. Und wenn wir gewartet hätten, bis die Polizei vielleicht mal einen Durchsuchungsbefehl bekommt, hätte er jemanden töten können. Euch beide, zum Beispiel. Oder sich selbst. Ich habe eine Entscheidung getroffen, und ich stehe dazu."

Naomi verstand ihn gut. „Und ich bin euch wirklich sehr dankbar für die Hilfe. Wenn ich irgendetwas tun kann, um die Sache klarzustellen, werde ich das gern tun."

Red nickte ihr zu. „Danke. Ich denke, es wird nicht nötig sein. Detective Lyons' Männer durchsuchen jetzt die Wohnung und versuchen, weitere Beweise dafür zu finden, dass Kaleppi derjenige ist, der auf euch geschossen hat." Er grinste schief. „Ich bin ganz froh darüber, diese Aufgabe der Polizei zu überlassen. Die ist oft lästig."

Das konnte sie sich vorstellen. Und sie wusste auch, dass Gray gute Arbeit leisten würde. Die Anspannung fiel ein wenig von ihr ab. „Die Gefahr ist jetzt vorüber, oder?"

„Kaleppi wird zumindest nicht so schnell aus dem Krankenhaus entlassen werden. Und selbst wenn er wieder gesund wird, erwarten ihn eine Untersuchung und vermutlich eine Anklage. Du solltest sicher sein. Gray sagt euch bestimmt Bescheid, sollte Kaleppi freikommen."

Erleichtert atmete Naomi auf. „Das ist gut, danke. Ich würde gern mal wieder in meinem eigenen Bett schlafen." Sie lachte dumpf. „Oder überhaupt mal schlafen. Gefühlt habe ich das seit Ewigkeiten nicht mehr getan."

„Ich denke, das sollte kein Problem sein. Alles, was wir bei Kaleppi gesehen haben, bestärkt mich in der Vermutung, dass er der Schütze war. Gray sagte, sie hätten Waffen in der Wohnung gefunden, die zu der verwendeten Munition passen."

Es war gut zu wissen, dass die Gefahr jetzt vorüber war. Erst jetzt merkte Naomi, wie angespannt sie wirklich gewesen war. Es erschien ihr wie ein Traum, wieder in ihr altes Leben zurückkehren zu können. Nicht mehr befürchten zu müssen, dass ihr jemand hinter der nächsten Ecke auflauerte und auf sie schoss.

Sie richtete sich weiter auf. „Danke für alles, was ihr getan habt."

Reds Mundwinkel hoben sich. „Sehr gern. Solltest du noch einmal Hilfe benötigen, melde dich bei uns."

„Das mache ich." Naomi sah auf die Uhr. „Ich denke, ich werde dann mal nach Hause fahren."

Caleb ergriff ihren Arm, als hätte er Angst, sie könnte auf der Stelle verschwinden. „Warte noch einen Moment, ich bringe dich."

Ihr Herz schlug schneller. „Das wäre nett. Mein Auto ist auch gar nicht vor Ort."

„Ich ziehe mich schnell um und sage Dave Bescheid, dann können wir los."

„Okay, ich bleibe hier." Während sie auf Caleb wartete, unterhielt sie sich mit dem RIOS-Team. „Bleibt ihr noch oder fahrt ihr gleich wieder?"

„Wir müssen heute noch zurück, wir haben etliche dringende Fälle, die auf uns warten."

„Umso bemerkenswerter ist es, dass ihr hergekommen seid."

Red hob die Schultern. „Wir lassen keinen Freund im Stich."

Naomi lächelte. „Ich bin sehr froh, dass Caleb solche Freunde hat."

„Er würde das auch jederzeit für einen von uns tun. Das macht ein gutes Team aus."

Sie unterhielten sich noch über belanglose Dinge, bevor Caleb zurückkam. Offenbar bewahrte er im Club einen Ersatzpullover auf und hatte sich notdürftig gewaschen; seine Haare waren nass. „Wir können los."

Schnell verabschiedeten sie sich vom RIOS-Team, das sich vor der Rückfahrt nach Washington erst noch eine Erfrischung an der Bar gönnen wollte, und verließen das Gebäude. Caleb ging dicht neben ihr und hielt in alle Richtungen Ausschau nach möglichen Bedrohungen.

„Sagtest du nicht, dass keine Gefahr mehr besteht?"

Caleb schnitt eine Grimasse. „Ja, aber ich kann es nicht abstellen, es ist antrainiert. Entschuldige.“

„Deine Aufmerksamkeit hat mein Leben gerettet, ganz sicher werde ich mich nicht darüber beschweren. Es war kein Vorwurf, nur eine Feststellung.“

Er nahm ihre Hand und drückte sie. „Es gibt Frauen, die das nicht verstehen.“

„Dazu gehöre ich nicht. Es ist doch klar, dass du deine militärische Ausbildung nicht einfach vergessen kannst, erst recht nicht nach dem, was geschehen ist.“ Sie verschränkte ihre Finger mit seinen. „Es wird dir nachher bestimmt gelingen, dich ein wenig zu entspannen und gut zu schlafen.“

„Wahrscheinlich schlafe ich schon im Stehen ein, das sollte kein Problem sein.“

Naomi lachte. „Das hoffentlich nicht.“ Sie wurde ernst. „Aber ich kann mir auch ein Taxi nehmen.“

„Auf gar keinen Fall!“ Caleb blieb stehen und legte seine Hände auf ihre Schultern. „Ich muss sicherstellen, dass es dir gut geht.“

Naomi lehnte sich an ihn. „Das kannst du, wenn du bei mir bleibst.“ Automatisch hielt sie den Atem an, während sie auf seine Reaktion wartete. Noch nie hatte sie einem Mann ein so direktes Angebot gemacht.

„Heute Nacht?“

Sie befeuchtete nervös ihre Lippen. „Meinetwegen auch länger.“

Ein langsames Lächeln breitete sich auf Calebs Gesicht aus. „Unheimlich gern.“

17

Caleb betrachtete das kleine Haus, als sie die Auffahrt hinaufgingen. Mit dem weißen Putz und den grauen Dekorstreifen wirkte es modern und elegant. Seiner Meinung nach passte es perfekt zu Naomi. Sie schloss die Haustür auf und trat ein. Da sie leicht nervös schien, blieb er obersten Stufe stehen. „Bist du sicher?"

„Gott, ja!" Röte stieg in ihre Wangen. „Tut mir leid, ich wollte nicht schreien. Ich stehe irgendwie ein wenig neben mir."

„Das ist verständlich. Es ist unheimlich viel passiert in den letzten zwei Tagen. Kein Wunder, dass du etwas durcheinander bist."

Naomi streckte ihre Hand aus und ergriff den Aufschlag seiner Jacke. Wortlos zog sie ihn über die Schwelle in ihr Haus. Erleichtert folgte er ihr. Nachdem der Einsatz so gründlich schiefgegangen war, wollte er nicht allein sein. Er brauchte dringend eine Ablenkung, um nicht permanent Kaleppis Gesicht zu sehen, als er abgedrückt hatte. Zwar hatte Caleb keine Tochter verloren, aber es gab durchaus schwarze Tage, Wochen und Monate. Doch nie hätte er daran gedacht, jemand anderen oder gar sich selbst zu töten.

„Leg ab." Naomi deutete zur Garderobe. „Was möchtest du trinken? Ich kann uns auch Snacks zubereiten."

„Ein Bier wäre nett, wenn du so etwas hast." Er hängte seine Jacke auf einen Bügel. „Ist es okay, wenn ich kurz dusche?"

„Aber natürlich. Das Bad ist dort hinten, zwei Türen weiter. Ich hole dir frische Handtücher." Sie legte eine Hand auf seine Brust. „Fühl dich hier ganz wie zu Hause, Caleb. Du kannst das Bad so lange und so oft benutzen, wie du möchtest."

„Danke." Er beugte sich vor und küsste sie sanft. „Ich bin gleich wieder da."

Naomi lächelte. „Gut.“

Bevor er in Versuchung geriet, ließ er sie schnell los und betrat das Bad. Es war ebenso modern eingerichtet wie der Flur. Durch die Grünpflanzen, die Naomi an verschiedenen Stellen drapiert hatte, wirkte der Raum trotzdem gemütlich. Neben einer großen, ebenerdigen Dusche gab es auch eine Badewanne. Früher hatte er hin und wieder ganz gern gebadet, besonders wenn seine Muskeln vom Training geschmerzt hatten. Heute würde das aber zu lange dauern, deshalb zog er rasch seine Kleidung aus und trat in die Dusche. Er schloss die Glastür und schaltete das Wasser an. Als die Temperatur richtig eingestellt war, stellte Caleb sich unter den Strahl und schloss die Augen. Das warme Wasser prasselte auf ihn und lief über sein Gesicht. Mit den Händen stützte er sich an der Wand ab und senkte den Kopf.

Eine Berührung am Rücken ließ ihn zusammenzucken. Er wollte sich umdrehen, aber ein Körper presste sich von hinten an ihn. Hände glitten über seine Seiten und dann an seinem Brustkorb hinauf. Ein Zittern durchlief ihn, sein Schaft regte sich. Er wollte sich bewegen, doch Naomi knabberte an seinem Rücken.

„Nicht.“

Also rührte er sich nicht und fragte sich, was Naomi als nächstes vorhatte. Seine Handflächen kribbelten, doch er drückte sie weiter gegen die Wand. Naomis Fingerspitzen berührten seine Brustwarzen, und Caleb unterdrückte ein Stöhnen. Er spürte die weiche Fülle ihrer Brüste an seinem Rücken, ihre Lippen, die sanfte Küsse über seine Schulterblätter regnen ließen. Unvermittelt schlossen sich ihre Finger um seine Nippel und drückten zu. Pfeile heißer Lust schossen durch seinen Körper bis in seinen Penis. O Gott, wenn sie so weitermachte, würde er innerhalb kürzester Zeit zum Orgasmus kommen. Das schien sie auch zu spüren, denn eine Hand glitt wieder nach unten und legte sich um seine Erektion. Gleichzeitig schob sie ihre Hüfte vor.

Caleb hatte Mühe, aufrecht stehenzubleiben, aber es erhöhte

den Reiz um ein Vielfaches. Naomis Finger streiften bei jeder Bewegung seine Hoden. Wasser lief an seinem Körper hinunter und erleichterte Naomis Hand, an seinem Schaft auf und ab zu gleiten. Ohne Vorwarnung schloss sich ihre zweite Hand um seine Hoden. Diesmal entkam ihm ein Stöhnen. Unwillkürlich stellte er sich breitbeiniger hin, um ihr den Zugang zu erleichtern. Das nutzte Naomi sofort aus. Sie bewegte sich an seinem Rücken nach unten – eine Spur aus Küssen und neckenden Bissen. Caleb zuckte zusammen, als ein besonders scharfer Biss seine Pobacke traf. Gleichzeitig bewegte er seine Hüfte nach vorne und stieß dabei seinen Penis fester in Naomis Hände.

Seine Beine wurden weich, als Naomi über die Innenseite seines Oberschenkels leckte. Ein weiterer Kuss, dann glitt etwas an seinem Bein entlang. Mühsam öffnete er seine Augen und sah nach unten. Sein Blick traf Naomis, die vor ihm kniete. Wasser perlte über ihre Haut, tropfte vom Kinn und den Brüsten. Ihre Augen wirkten dunkel vor Erregung, und ihr Anblick ließ ihn noch härter werden. Ihre Augen waren wegen des Wassers geschlossen, als sie mit der Zunge über seinen Sack fuhr. Caleb presste seine Hände fester an die Wand, um nicht den Stand zu verlieren. Naomis blonde Locken klebten nass an ihrer Haut, ihre Wangen und Lippen waren gerötet. Sie öffnete den Mund und legte die Lippen um seinen Schaft. Hitze umhüllte seine Erektion, als Naomi zu saugen begann. Ein Kribbeln lief über sein Rückgrat.

Ihre Hand massierte seine Hoden, während sie gleichzeitig mit den Lippen an ihm auf- und abfuhr. Caleb wünschte sich, dass sie nie aufhörte, gleichzeitig aber konnte er es kaum abwarten, endlich dem Druck nachzugeben, der sich in ihm aufgebaut hatte. Schließlich hielt er es nicht mehr aus. Er trat einen Schritt zurück und zog Naomi sanft zu sich hoch. Sie gab einen protestierenden Laut von sich, der ihm durch Mark und Bein ging. Als sie endlich stand, stürzte er sich auf ihren Mund. Hungrig küsste er sie, während er sie gleichzeitig an sich zog. Ihr Körper passte sich seinem an, als wäre er dafür gemacht. Naomi schlang ihre Arme um seinen Nacken und erwiderte den Kuss mit so viel Leidenschaft, dass ihm schwindlig wurde. Er musste sie haben, jetzt sofort.

Naomi schien das auch so zu sehen, denn sie wand ihre Beine um seine Hüfte. Sein Schaft drängte sich gegen ihren Eingang. Es kostete ihn sämtliche Selbstbeherrschung, nicht sofort in sie zu dringen. Dann spürte er ihre Hand wieder an seinem Penis und blickte nach unten. Geschickt schob Naomi ein Kondom über seine Erektion. Wo zum Teufel hatte sie das her? Aber es war völlig egal, jetzt zählte nur, sich endlich mit ihr zu vereinigen. Caleb legte seine Hände an ihre Hüfte und drang mit einem harten Stoß in sie. Naomi stöhnte laut und warf den Kopf in den Nacken. Caleb trat nach vorn, bis er sie gegen die Wand drückte. Langsam zog er sich zurück, nur um dann wieder in sie einzudringen.

Noch einmal, noch härter, noch tiefer. Naomi kam jedem Stoß entgegen und feuerte ihn mit ihren verlangenden Lauten an. Mit beiden Händen hielt er ihre Hüfte fest und spürte, wie die Muskeln unter der glatten Haut arbeiteten. Er wollte sie überall berühren und küssen, aber das musste warten, bis sie aus der verdammten Dusche raus waren. Es war unglaublich erregend, jemanden unter prasselndem Wasser zu lieben. Mit den Daumen hielt er ihre Schamlippen zur Seite, damit ihrc Klitoris bei jeder Bewegung gereizt wurde. Naomis Stöhnen wurde lauter, je heftiger er in sie stieß. Ihre Fingernägel gruben sich in seinen Nacken. Caleb hatte Mühe, sich noch auf den Beinen zu halten.

Er senkte den Kopf und flüsterte in ihr Ohr: „Komm für mich." Ein langgezogenes Stöhnen war die Antwort, ihre Muskeln schlossen sich um ihn. „Jetzt!"

Mit einem lauten Schrei erreichte Naomi den Höhepunkt. Mit Beinen und Armen klammerte sie sich an ihn. Caleb stieß so tief in sie, wie es möglich war, und ließ sich dann gehen. Die Explosion war so heftig, dass er kaum noch etwas sah oder hörte. Er war so in dem Orgasmus gefangen, dass er sich gegen die Wand lehnen musste. Immer wieder tauchte er in Naomi und genoss das Kribbeln, das seinen gesamten Körper erfasste. Es dauerte Minuten – oder auch Stunden – bis er sich erholt hatte. Vorsichtig zog er sich aus Naomi zurück und ließ sie zu Boden gleiten.

Ihr Blick war benommen. „Das war …"

„Heiß und feucht?"

Sie lachte, etwas Leben kehrte in sie zurück. „Das auch. Eigentlich wollte ich so etwas Banales sagen wie *fantastisch* oder *unglaublich*. Aber ich glaube, dein Vorschlag gefällt mir besser."

„Übrigens hatte ich mit duschen tatsächlich genau das gemeint."

Naomi wirkte ein wenig schuldbewusst. „Ich weiß. Aber als ich dir das Handtuch gebracht und dich in der Dusche gesehen habe, so heiß und nackt, konnte ich einfach nicht widerstehen. Bist du mir böse?"

Caleb zog sie an sich und legte seine Wange auf ihren Kopf. „Überhaupt nicht. Ich denke, das hast du auch bemerkt."

Sie grinste spitzbübisch. „Vielleicht ein wenig."

Langsam kehrte die Erinnerung an die Ereignisse des Tages zurück. „Danke."

Naomi hob den Kopf und blickte in seine Augen. „Wofür?"

„Dass du mich abgelenkt hast."

„Du wirktest ein wenig verloren in der Dusche, deshalb dachte ich, dass dir ein wenig Nähe guttun würde."

Caleb ließ seine Hand über ihren Rücken gleiten. „Und damit hattest du völlig recht. Besonders mit der Nähe."

Wärme leuchtete in ihren Augen. „Gern jederzeit wieder."

„Vielleicht nehme ich dich beim Wort."

Ihr Lächeln kehrte zurück. „Oh, unbedingt. So oft wie du mich brauchst."

Da sein Schaft sich bereits wieder regte, ließ er Naomi widerstrebend los. „Ich sollte jetzt ..."

„Ich kann auch …"

Schnell legte er einen Finger auf ihren Mund. „Führ mich nicht in Versuchung. Mit dir nackt neben mir würde ich nie fertig werden."

Naomi seufzte tief. „Also gut. Wir sehen uns draußen."

Caleb blickte ihr nach, als sie ein großes Handtuch um sich wickelte. Es war eine Schande, ihren Körper zu verdecken, aber es half ihm dabei, sich umzudrehen. Als er sich noch einmal umblickte, war Naomi verschwunden. Seltsam enttäuscht konzentrierte er sich darauf, das Duschgel auf seinem Körper zu verteilen. So schnell wie möglich beendete Caleb die Dusche und trocknete sich mit dem Handtuch ab, das Naomi ihm hingelegt hatte. Es roch nach demselben Waschmittel wie ihre Kleidung. Tief atmete Caleb ein und verdrehte dann die Augen. Verdammt, es hatte ihn wirklich erwischt, wenn er schon auf solche Dinge wie ihren Duft achtete. Es machte ihn nervös, dass er so wenig Kontrolle über seine Gefühle hatte. Früher hätte er das nicht für möglich gehalten.

Da er seine Kleidung nicht noch einmal anziehen wollte, band er das Handtuch um seine Hüfte, nahm sein Zeug und verließ das Bad. Er fand Naomi in der Küche, wo sie zwei Sandwiches vorbereitete.

Als sie ihn hörte, blickte sie auf und lächelte. „An den Anblick könnte ich mich gewöhnen."

„Ich mich auch." Sie trug nur ein langes T-Shirt, das beinahe ihre gesamten Beine freiließ. „Wobei noch weniger vermutlich dazu führen würde, dass ich zu gar nichts mehr komme."

„Dann ist es ja gut, dass wir Feierabend haben." Sie deutete auf die Sandwiches. „Ich hoffe, das ist okay für dich? Mehr schaffe ich heute Abend nicht."

„Das ist mehr als okay. Wir haben ja vorhin gegessen. Eigentlich möchte ich nur noch die Beine hochlegen und die Zeit mit dir genießen."

„Geht mir genauso. Wenn du dir was anziehst, können wir es uns gleich gemütlich machen." Sie hob eine Augenbraue. „Oder möchtest du so bleiben? Für mich ist das auch in Ordnung."

„Ich wollte frische Klamotten anziehen, allerdings habe ich meine Tasche im Auto vergessen. Es würde vermutlich nicht so gut wirken, wenn ich nur mit einem Handtuch bekleidet aus dem Haus gehe, oder?"

Naomi lachte. „Ach, so heiß, wie du aussiehst, würden einige Nachbarn bestimmt neidisch werden." Sie seufzte. „Aber nein, ich will dich ganz für mich haben. Wenn du mir den Schlüssel gibst, hole ich dir deine Tasche."

„Wenn du dir vorher noch was anziehst …"

Sie verdrehte die Augen. „Ich hatte nicht vor, halbnackt rauszulaufen. Und barfuß schon mal gar nicht."

Ihre rot lackierten Fußnägel bildeten einen faszinierenden Gegensatz zu ihren naturfarbenen Fingernägeln. Frau Doktor hatte offenbar eine wilde Seite, die sie bei der Arbeit unter ihrer unauffälligen Kleidung verbarg. Diese Seite war ihm nun schon einige Male begegnet und reizte ihn unheimlich.

„Wenn du noch länger auf meine Füße starrst, könnte ich annehmen, dass du ein Fußfetischist bist."

Caleb schnitt eine Grimasse. „Nein, bin ich nicht. Tut mir leid, ich war in Gedanken." Rasch suchte er in seiner Hosentasche nach dem Autoschlüssel und reichte ihn Naomi. „Danke."

„Kein Problem." Sie verschwand in ihrem Schlafzimmer und kam kurz darauf in Jeans zurück. Vor der Haustür schlüpfte sie in Schuhe. „Ist die Tasche im Kofferraum?"

„Ja."

„Warum gießt du uns nicht schon mal was zu trinken ein? Ich bin gleich wieder da." Sie stellte sich auf die Zehenspitzen und küsste ihn. Rasch öffnete sie die Haustür und lief den Plattenweg entlang.

Einen Moment lang sah Caleb ihr nach, dann lehnte er die Tür an und ging zurück in die Küche. Er sicherte das Handtuch um seine Hüfte, das wieder zu rutschen begann, und holte zwei Gläser aus dem Oberschrank. Im Kühlschrank fand er Bier und Limonade und nahm beides heraus. Es war seltsam, so früh am Abend bereits zu Hause zu sein – oder zumindest nicht bei der Arbeit. Normalerweise hätte er noch einige Stunden Dienst. Seine ungewöhnlichen Arbeitszeiten waren unter anderem der Grund dafür, warum er schon länger keine Beziehung gehabt hatte. Wer wollte einen Freund, der immer dann arbeitete, wenn man selbst frei hatte? Aber, noch entscheidender, wann sollte er jemanden kennenlernen? Die meisten Frauen arbeiteten, wenn er frei hatte und hatten frei, wenn er arbeitete.

Jerry hatte hin und wieder versucht, ihm eine Besucherin des Clubs aufzuschwatzen, aber sie hatten ihn nie gereizt. Bis Naomi in sein Leben getreten war. Caleb runzelte die Stirn, als ihm bewusst wurde, dass sie immer noch nicht zurückgekehrt war. Oder hatte er sie nicht gehört? Er stellte die Getränke auf den Tisch und ging zur Haustür. Als er sah, dass die immer noch angelehnt war, verstärkte sich seine Sorge. Was konnte so lange daran dauern, seine Tasche aus dem Kofferraum zu holen? Vielleicht hatte sie einen Nachbarn getroffen und unterhielt sich kurz. Erleichterung setzte ein. Genau, so musste es sein.

Trotzdem brachte er es nicht fertig, einfach tatenlos zu warten. Deshalb stieg er in seine Jeans, zog das T-Shirt über und schlüpfte barfuß in seine Schuhe. Er nahm den Hausschlüssel von der Kommode im Flur und trat nach draußen. Rasch ging er den Weg hinab. Durch die hohen Büsche zum anderen Grundstück und zur Straße sah er sein Auto nicht. Je näher er der Straße kam, desto unruhiger wurde er. Endlich angekommen, fand er den Kofferraumdeckel offen vor, Naomi war nirgends in Sicht. Wo konnte sie sein?

„Naomi?“ Ihr Name hallte über die Straße, aber sie antwortete nicht.

Caleb ging um den Wagen herum, doch vergeblich. Dass sie mal eben einen Nachbarn besuchte, schloss er nun aus. Es dauerte einen Moment, bis er den Zettel entdeckte, der unter dem Scheibenwischer klemmte. Im ersten Moment hatte er in der Dunkelheit wie ein welkes Blatt ausgesehen. Caleb zog ihn heraus und faltete ihn mit zitternden Händen auseinander. Schlagartig wurde ihm schwindelig und er lehnte sich an den Kotflügel.

Caleb, wenn du sie lebend wiedersehen willst, komm allein. Ich rufe an.

18

Calebs Herz raste, er wischte seine feuchten Hände an der Hose ab. Wie konnte es sein, dass jemand Naomi entführt hatte, direkt vor ihrem Haus? Kaleppi war es nicht gewesen, der lag immer noch schwer verletzt im Krankenhaus. Hatten sie sich so geirrt? Es schien so. Seine Hände zitterten, als er seine Tasche aus dem Kofferraum nahm und die Klappe mit einem lauten Knall schloss. Einen Moment stand er unschlüssig da, dann eilte er ins Haus zurück. Sein Handy war drinnen – wenn der Entführer ihn anrufen wollte, musste er in der Nähe sein. Was würde mit Naomi geschehen, wenn Caleb sich nicht an die Forderung hielt und Hilfe holte? Es könnte sein, dass er damit ihr Todesurteil unterschrieb. Wenn sie nicht schon tot war. Blinde Panik drohte ihn zu erfassen, mühsam drängte er sie zurück.

Er verriegelte die Haustür, obwohl es jetzt zu spät dafür war, und suchte sein Handy. In der Jackentasche fand er es endlich. Es hatte niemand angerufen. Erleichterung kämpfte mit steigender Unruhe. War das alles nur ein Trick, um ihn an der Verfolgung zu hindern? Ein verzweifeltes Lachen brach aus ihm hervor, das ihn selbst erschreckte. Wie sollte er Naomi folgen, wenn er nicht wusste, wo sie sich gerade befand? Caleb brauchte dringend Verstärkung. Eilig kehrte er in die Küche zurück und fand neben den halb fertigen Sandwiches Naomis Handy. Verdammt! Wenn sie es bei sich hätte, könnte ihr Standort über GPS ermittelt werden. Vielleicht hatte er Glück und das RIOS-Team war noch nicht losgefahren und könnte ihm helfen. Es musste ihm einfach gelingen, Naomi zu finden!

Caleb wühlte in seiner Tasche und holte seine Pistole samt der Ersatzmunition heraus. Nachdem er sie geladen und überprüft hatte, suchte er rasch auf seinem Handy Reds Nummer und wählte sie. Dabei lief er unruhig durch das Wohnzimmer. Sekunden später blickte er erneut aus dem Fenster, als könnte Naomi wie durch ein Wunder wieder auftauchen.

„Ja, Red hier."

„Hier ist Caleb." Seine Kehle zog sich zusammen und verhinderte, dass er weitersprach.

Red lachte. „Ich hätte gedacht, dass du entweder schon schläfst oder etwas anderes zu tun hast. Was ist los?"

„Naomi ist entführt worden." Caleb presste die Worte durch seine Kehle. „Sie wollte nur etwas aus meinem Auto holen und kam nicht zurück. Der Kofferraum stand offen und es gibt keine Spur von ihr. An der Windschutzscheibe war ein Zettel, der besagt, wenn ich sie lebend wiedersehen will, soll ich allein kommen." Mühsam hielt er seine Stimme unter Kontrolle.

„Kommen? Wohin?"

Die Verzweiflung brach aus Caleb hervor. „Das weiß ich nicht! Sie ist einfach verschwunden, ohne jeglichen Hinweis." Seine Stimme brach. „Was ist, wenn er ihr etwas tut? Wenn sie bereits tot ist?"

„Ganz ruhig. Anscheinend hat der Täter es auch auf dich abgesehen. Ich nehme an, dass er ihr so lange nichts tun wird, bis er dich auch in seiner Hand hat."

Caleb schluckte hart. „Spricht da die Erfahrung oder versuchst du nur, mich zu beruhigen?"

„Beides. Bleib cool, okay? Nur so kannst du ihr helfen."

„Ich weiß. Ich versuche es. Was ist schiefgelaufen? Ich dachte, mit Kaleppi hätten wir den Täter. Wer könnte es sonst noch auf sie abgesehen haben?"

Red räusperte sich. „Es bestand immer die Möglichkeit, dass du das Ziel bist und nicht Naomi, das wusstest du. Da wir bei der Überprüfung nichts gefunden haben, das auf dich als Zielperson hindeutete, bei Naomi dagegen schon, sind wir davon ausgegangen, dass Kaleppi der Täter war. Das war offensichtlich ein Fehler."

„Ich dachte wirklich, Kaleppi wäre der Schütze, es passte alles zusammen. Ich wüsste immer noch nicht, wer es auf mich abgesehen haben könnte. Und selbst wenn es so ist, warum sollte er genau dann zuschlagen, wenn Naomi in meiner Nähe ist? Das muss doch irgendwie zusammenhängen."

„Es könnte auch Zufall sein. Vielleicht wurde aber irgendetwas in dem Täter ausgelöst, als er euch zusammen gesehen hat."

„Ich kannte Naomi damals am Club noch gar nicht!"

„Das ist auch nur Spekulation. Wichtiger ist jetzt, dass wir Naomi finden und befreien."

Damit hatte er vollkommen recht. Über die Gründe konnte er auch später noch nachdenken, wenn sie in Sicherheit war. „Seid ihr noch im *Riverside*?"

„Nein, wir sind schon auf dem Rückweg nach DC. Wir drehen gleich um und kommen zurück. Wir geben aber Gray und Dave Bescheid, dass sie dir helfen, bis wir da sind. Vielleicht können sie in Erfahrung bringen, ob einer der Nachbarn was gesehen oder gehört hat. Naomi wird ja sicher nicht freiwillig mit dem Entführer gegangen sein."

„Das wäre gut. Es kann jedenfalls nicht laut gewesen sein, ich war im Haus und habe nichts mitbekommen. Die Tür war nur angelehnt. Wäre ein Auto vorbeigefahren, hätte ich das mitbekommen." Warum zum Teufel war er nicht selbst rausgegangen oder hatte einfach die alte Kleidung angezogen? Dann wäre Naomi jetzt vermutlich in Sicherheit. Oder zumindest hätte er mit seiner militärischen Ausbildung bessere Chancen gehabt.

„Okay. Hatte Naomi etwas bei sich, das uns eventuell ermöglicht, sie zu finden?"

„Ich glaube nicht. Sie hatte nur ein T-Shirt und eine Jeans an. Und Schuhe. Sie kam gerade aus der Dusche und hatte nichts bei sich. Ihr Handy lag in der Küche."

„Mist. Okay, wir können versuchen herauszufinden, ob der

Täter ein Mobilgerät bei sich hat, dessen Signal wir orten können. Aber das wird einige Zeit in Anspruch nehmen. In Wohngebieten gibt es so viele Signale auf engem Raum. Da erst mal alle anderen auszuschließen dauert."

Calebs Verzweiflung wuchs. Es musste doch noch eine andere Möglichkeit geben! Noch einmal ging er Naomis letzte Schritte durch. Sie hatten sich in der Küche unterhalten, sie hatte sich über ihn lustig gemacht, weil er von ihren Füßen fasziniert gewesen war, dann war sie ins Schlafzimmer … Nein, halt! Er hatte ihr seinen Autoschlüssel gegeben, um den Kofferraum zu öffnen. „Naomi hat meinen Autoschlüssel dabei."

„Normalerweise kann man das Funksignal von Autoschlüsseln nur dann erfassen, wenn er gedrückt wird und du dich dann in einem Umkreis von etwa fünfzig Metern befindest. Das wird vermutlich eher nicht der Fall sein und ist damit keine Option. Aber ich werde Emily fragen, ob ihr noch Ideen kommen. Gibt es vielleicht Überwachungskameras in der Nähe?"

„Ich habe ehrlich keine Ahnung, ich bin heute zum ersten Mal hier. Dazu müsste ich sämtliche Nachbarn befragen." Und dafür fehlte ihm schlichtweg die Zeit. Gott, hoffentlich rief der Entführer endlich an!

„Das sollte Gray machen. Tex hat ihm schon Bescheid gesagt, er ist bereits auf dem Weg zu dir."

Ein Hauch von Erleichterung stellte sich ein. „Gut. Danke, Red. Ich hatte wirklich gehofft, dass wir mit Kaleppi den Richtigen erwischt haben. Warum zum Teufel wollte er sich umbringen, wenn er nichts mit den Schüssen auf Naomi zu tun hat?"

„Ich fürchte, das weiß nur er selbst. Mach dir keine Vorwürfe, wir haben auch gedacht, dass er der Täter ist. Es passte alles."

Ja, es passte, und doch hatten sie sich geirrt. Es war seine Schuld, er war viel zu einseitig an die Sache herangegangen, weil er davon ausgegangen war, dass niemand ihn persönlich so hasste, um ihn tot sehen zu wollen. Vielmehr dass ihn hier niemand genug kannte, um solch einen Hass zu entwickeln. Anscheinend hatte er sich geirrt. Er hatte keine Verbindungen mehr zu seiner Vergangenheit. Als er nach New York gezogen war, hatte er ein neues Leben begonnen. „Ich habe keine Ahnung, wer es sonst sein könnte.“

„Ist die Nachricht handschriftlich? Erkennst du vielleicht die Schrift?“

Caleb blickte noch einmal auf das Papier. „Nein.“

Red seufzte. „Schade. Aber gut, das würde uns in der Kürze der Zeit jetzt auch nicht viel bringen. Der Täter wäre dumm, einen so offensichtlichen Hinweis zu hinterlassen und das ist er leider nicht. Aber vielleicht können wir sie analysieren lassen. Mach am besten ein Foto davon und schick es Emily. Wir brauchen etwa eine Dreiviertelstunde, bis wir bei dir sind. Halte uns immer auf dem Laufenden, okay? Wir versuchen, dich von hier aus zu unterstützen, so gut es geht. Wenn der Täter dich kontaktiert und dir einen Treffpunkt nennt, gib ihn sofort an uns weiter.“

„Alles klar. Danke, Red.“ Caleb war wirklich froh, nicht allein dazustehen.

„Du wirst Naomi wiedersehen, garantiert.“

Gott, hoffentlich! Caleb legte auf und blickte auf das Display. Der Akku war noch beinahe voll, sodass er sich keine Sorgen machen musste. Unruhig tigerte er durch das Haus und blickte immer wieder auf die Uhr. Warum meldete sich dieser Typ nicht? Das Läuten der Klingel ließ ihn heftig zusammenzucken. Innerhalb von Sekunden war er bei der Tür und blickte durch den Spion. Erleichtert atmete er auf, als er Gray und Dave sah. Rasch öffnete er. So froh er auch war, beide zu sehen, brannte ihm eine Frage unter den Nägeln. „Wer bewacht den Club?“

Dave blickte finster drein. „Grace hat für mich übernommen. Sollen wir draußen bleiben, oder können wir reinkommen?“

„Natürlich, tut mir leid. Ich stehe etwas neben mir.“

Gray legte eine Hand auf Calebs Arm. „Verständlich. Wir dachten alle, die Gefahr wäre aus der Welt. Hat er sich schon gemeldet?“

„Nein, bisher noch nicht.“ Caleb schloss die Tür hinter ihnen. „Hoffentlich beobachtet der Typ nicht das Haus.“

Dave schüttelte den Kopf. „Das denke ich nicht, es wäre zu gefährlich für ihn, hier in der Gegend zu bleiben. Außerdem sollst du ja zu ihm kommen, wenn ich das richtig verstanden habe. Was ist der Plan? Willst du allein gegen diesen Arsch vorgehen?“

„Zur Not ja, aber lieber ist es mir, wenn mir jemand den Rücken deckt, damit unsere Chancen steigen. Deshalb habe ich Red angerufen.“

„Das war die richtige Entscheidung.“ Gray sah sich aufmerksam im Wohnzimmer um. „Gibt es schon neue Erkenntnisse?“

„Nein, noch nicht. Red sagte, wir sollten Nachbarn befragen, ob sie etwas gesehen haben. Vielleicht hat jemand eine Sicherheitskamera, die uns weiterhelfen könnte.“

Dave nickte nachdenklich. „Es ist eine nette Gegend hier, das mit den Kameras kann ich mir vorstellen. Wie wäre es, wenn du das übernimmst, Gray? Als Detective werden sie eher mit dir sprechen als mit einem Stripclubbesitzer.“

Gray hob die Augenbrauen. „Meinst du wirklich?“ Der Sarkasmus war nicht zu überhören.

„Leute, so gern ich normalerweise eure Sticheleien mag, können wir uns jetzt bitte einfach konzentrieren, um Naomi zu finden?“

„Natürlich, entschuldige.“ Gray wirkte ungewohnt kleinlaut. „Ich bin dann mal in der Nachbarschaft unterwegs. Tut nichts, ohne mir Bescheid zu sagen, okay?“

Caleb nickte stumm.

Gray sah ihn noch einmal scharf an, dann verließ er das Haus. Caleb blickte ihm nach und wandte sich dann wieder Dave zu.

Der beobachtete ihn besorgt. „Wie hältst du dich?“

„Ich mache mir große Sorgen um Naomi, und auch Vorwürfe, dass ich sie nicht ausreichend beschützt habe. Wie soll es mir schon gehen?"

„Du weißt, dass ich dich lange genug kenne, Caleb. Die letzten Tage waren aufreibend. Erst der Schuss samt Flashback, dann nachts der Überfall und vorhin der Einsatz gegen Kaleppi. Das ist mehr, als du seit deinem Abschied vom Militär ausgesetzt warst. Es wäre normal, wenn es belastend für dich ist."

Caleb horchte in sich hinein. „Es geht wirklich. Ich bin stinkwütend auf den Täter und auf mich selbst. Und ich habe Angst um Naomi. Das ist stärker als die Erinnerungen." Hoffte er zumindest. Endlich hatte er eine Frau gefunden, die wie für ihn geschaffen war. Er konnte sie nicht wieder verlieren.

„Gut. Wir werden Naomi zurückholen."

Daves Zuversicht stärkte seine eigene. „Ja, das werden wir."

Calebs Handy klingelte und riss ihn aus seinen Gedanken. Er stürzte sich darauf. Das Display zeigte eine unterdrückte Nummer an. Er hielt es Dave entgegen und nahm dann das Gespräch an. „Ja?"

„Caleb?" Sein Herz zog sich zusammen, als er Naomis zitternde Stimme hörte.

Erleichterung erfasste ihn so stark, dass er sich an der Tür festhalten musste. „Ja. Geht es dir gut? Wo bist du?"

Ein heftiger Atemzug. „Er sagt, ich soll dir etwas ausrichten."

„Ich höre." Es bereitete ihm Mühe, nicht durch das Telefon zu springen und diesen Mistkerl zu erwürgen, der Naomi Angst bereitete. Aber immerhin wusste er jetzt, dass es ihr so weit gut ging. Sie lebte und konnte mit ihm reden, das war alles, was er wissen musste.

„Komm zum Penhorn Creek westlich des Lincoln Tunnels, da ist unbebautes Land neben den Containern in der Nähe der Tomelle Avenue. Sofort. Allein. Sag niemandem, wohin du fährst. Folge dem Pfad neben den Gleisen. Warte dort auf weitere Anweisungen. Caleb, ich …" Naomi verstummte.

„Naomi?“ Aber die Verbindung war getrennt. „Verdammt!“ Caleb rieb über seinen Brustkorb, doch es gelang ihm nicht, den Schmerz daraus zu vertreiben.

„War das Naomi?“

Daves Frage erinnerte ihn daran, dass er nicht allein war. „Ja. Sie klang, als hätte sie Angst, aber sie schien unverletzt.“

„Das ist gut. Was hat sie gesagt?“

„Ich soll zu einem Treffpunkt kommen und dort auf neue Instruktionen warten. Allein. Und ich soll niemandem erzählen, wohin ich fahre.“

Daves Lippen wurden schmaler. „Aber daran wirst du dich nicht halten, oder?“

„Doch.“ Er hob die Hand, als Dave protestieren wollte. „Aber ich werde dir den Ort nennen, damit du die Kavallerie dorthin beordern kannst. Penhorn Creek, in der Nähe der Tomelle Avenue.“

„Vielleicht sollte ich …“

„Nein, Dave. Er ist ein Schütze, vermutlich sogar ein guter. Wenn er dich dort sieht, wird er dich umbringen. Und das werde ich um jeden Preis verhindern.“

„Auch wenn es Naomi das Leben kostet?“

Caleb zuckte zusammen. „Das war ein Tiefschlag.“

„Ich weiß. Hat er gewirkt?“

„Nein, darüber werde ich nicht verhandeln, Dave. Ich werde weder dein Leben noch Naomis opfern. Vielleicht tötet er sie, wenn ich mich nicht an die Anweisungen halte. Ihr könnt mir folgen, okay? In sicherem Abstand. RIOS kann mein Handysignal orten.“

„Es gefällt mir zwar nicht, aber okay. Ich sage dem Team Bescheid und auch Gray. Und jetzt fahr los.“

„Danke.“ Caleb verzog den Mund. „Scheiße!“

„Was ist?“

„Sie hat meinen Autoschlüssel und ihr Auto ist nicht hier.“

Verzweifelt fuhr er mit den Händen durch seine Haare.

Dave hielt ihm einen Schlüssel hin. „Nimm meinen Wagen."

„Aber wie kommt ihr dann …?"

„Lass das meine Sorge sein. Und jetzt beeil dich!"

Das ließ Caleb sich nicht zweimal sagen. Er kontrollierte, ob seine Pistole geladen war, dann griff er nach seiner Tasche und Jacke und rannte aus dem Haus.

Ich komme, Naomi. Halt durch.

19

„Nun komm schon!“ Der Entführer zerrte sie weiter durch unwegsames Gelände. Alle paar Schritte blieb sie an Büschen hängen, die sie in der Dunkelheit nicht sehen konnte, oder stolperte über Steine und andere Hindernisse. In der Ferne waren Lichter zu sehen, aber sie reichten nicht bis zu dem schmalen Pfad. Wolken waren aufgezogen und verdeckten den Mond.

Naomi hatte keine Ahnung, wer er war oder was er hier wollte. Oder warum er sie entführt hatte. Am Wagen hatte sie noch nichts gemerkt. Sie hatte den Kofferraum geöffnet und sich hinunter gebeugt, um die Tasche herauszunehmen, als ihr ohne jegliche Vorwarnung eine Hand auf den Mund gepresst wurde. Ein Arm hatte sich um ihre Taille geschlungen, und sie war vom Grundstück gezerrt worden. Naomi hatte versucht, sich zu wehren, aber der Entführer war deutlich kräftiger als sie. Die Gegenwehr hatte sie erst aufgeben, als er eine Pistole gegen ihre Rippen gepresst hatte. Sie hatte nicht verhindern können, dass er sie in den Kofferraum seines Wagens sperrte. Nur kurz hatte sie im Schein einer Straßenlaterne einen Blick auf sein Gesicht erhascht, aber sie hatte ihn nicht erkannt.

Hier draußen war es zu dunkel, um mehr von ihm zu sehen, erst recht nicht, da er eine Kapuze tief ins Gesicht gezogen trug. Er redete nicht mit ihr, außer um sie anzuherrschen, weil sie zu langsam war oder nicht das machte, was er wollte. Offensichtlich hatte er es auf Caleb abgesehen und versuchte, ihn herzulocken. Warum hatte er sie nicht einfach im Haus überfallen? War ihm das in der Wohngegend zu riskant erschienen? Naomi stolperte über eine Wurzel und stürzte zu Boden. Ein scharfer Schmerz schoss durch die Kniescheibe, und Naomi biss auf ihre Lippe, um nicht aufzuschreien.

Sofort griff der Entführer nach ihrem Ellbogen und zog sie hoch. „Glaub nicht, dass es dir hilft, wenn du uns verzögerst. Es ist alles vorbereitet, diesmal werdet ihr nicht wieder davonkommen.“

Über der Schulter trug er eine Tasche, die offenbar randvoll mit Waffen und Munition war. Die Selbstverständlichkeit, mit der er seine Pistole auf sie richtete, deutete lange Übung an. Zusammen mit seinem Befehlston schien Calebs Vermutung mit dem militärischen Hintergrund ihres Entführers richtig zu sein. Wie sollte sie ihm entkommen? Er war ihr haushoch überlegen und kannte die Gegend anscheinend sehr gut.

„Was wollen Sie überhaupt von mir? Ich kenne Sie nicht mal!“

„Das musst du auch nicht.“

Mehr sagte er nicht. Naomi befreite ihren Arm mit einem Ruck aus seinem Griff. Es war eine Tortur gewesen, bei dem Telefonat vorhin Calebs Stimme zu hören und auch die Besorgnis darin. Sie konnte sich vorstellen, wie es ihm ging und dass er sich völlig unbegründete Vorwürfe machte. Sie hatte ihm sagen wollen, dass es nicht seine Schuld war und er sich nicht in Gefahr begeben sollte, aber ihr Entführer hatte ihr das Handy sofort abgenommen, nachdem sie die Botschaft losgeworden war. Woher hätte Caleb wissen sollen, dass Kaleppi nicht der Täter war? Sie hatten beide angenommen, dass sie jetzt in Sicherheit waren. Doch sie hatten sich geirrt. Ein Zittern lief durch ihren Körper, als sie sich fragte, was ihr Entführer mit ihr vorhatte. Ganz sicher würde er sie nicht einfach freilassen, damit sie ihn nicht beschreiben konnte. Gott, hoffentlich konnte Caleb Hilfe organisieren und versuchte nicht, sie allein zu befreien.

Sie würde bis zum letzten Atemzug kämpfen, wenn es sein musste. Lieber wäre ihr aber, Caleb würde mit seinen Kollegen von RIOS oder ihretwegen auch der gesamten Polizei von New York auftauchen und sie retten. Sie konnte mit Worten umgehen, mit der Psyche eines Menschen, aber dafür musste sie die Möglichkeit erhalten, demjenigen näher zu kommen. Über ihren Entführer hatte sie jedoch keinerlei Informationen. Keinen Punkt, an dem sie den Hebel ansetzen konnte. Durch die Dunkelheit konnte sie ihn nicht in allen Details sehen, aber sie glaubte, Narben in seinem Gesicht zu erkennen. Außerdem hielt er seinen linken Arm seltsam angewinkelt, als könnte er ihn nicht voll bewegen.

Was auch zu Calebs These passte, dass es sich um einen ehemaligen Soldaten handelte. „Warum haben Sie auf mich geschossen?"

„Ich habe nicht auf dich geschossen."

„Nein? Und wo kam dann die Kugel in der Wand her?"

„Die war für *ihn* bestimmt."

„Für Caleb? Warum sollten Sie ihn töten wollen? Er hat noch nie jemandem etwas getan."

Er schnaubte. „Und das weißt du nach zwei Tagen? Sehr sportlich. Du hast überhaupt keine Ahnung."

Vermutlich hatte er damit sogar recht. „Caleb ist ein guter Mensch."

„Das dachte ich auch mal. Bis ich schmerzhaft feststellen musste, wie sehr ich mich geirrt habe." Grob stieß er sie in den Rücken „Und jetzt vorwärts, ich habe nicht die ganze Nacht Zeit. Ab sofort Schnauze halten!"

Naomi stolperte vorwärts und wünschte sich zum wiederholten Male, dass sie festeres Schuhwerk angezogen hätte. Aber woher hätte sie wissen sollen, dass sie nicht nur die paar Meter zum Auto zurücklegen würde.

Eine gewaltige Betonröhre tauchte vor ihnen auf, die in den Hügel hineinführte, der Eingang sicher drei Meter im Durchmesser groß. Ein eisernes Tor hing schief in den Angeln, ein Schild besagte ‚Zutritt verboten. Lebensgefahr'. Automatisch wurde Naomi langsamer und blieb dann ganz stehen. „Da gehe ich nicht rein."

„Ich würde sagen, dir bleibt nichts anderes übrig. Außer du möchtest hier draußen sterben?“ Nein, das wollte sie nicht. Aber sie wollte auch nicht diesen Tunnel betreten. Der Entführer leuchtete mit seiner Taschenlampe hinein. „Los jetzt! Ich kann dich auch niederschlagen und anders reinschaffen.“

Auf keinen Fall wollte sie bewusstlos sein und nichts um sich herum mitbekommen. Das war seit jeher ihr Alptraum. Sie musste ständig und überall die Kontrolle behalten oder zumindest den Anschein davon. Deshalb hatten die letzten Tage sie so unglaublich aus der Bahn geworfen. Nur die gestohlenen Momente mit Caleb waren von ihr gesteuert gewesen. Vielleicht hatte sie sich deshalb so gehen lassen können? Das war etwas, mit dem sie sich genauer befassen musste, wenn sie jemals lebend hier rauskam. Ob Caleb schon auf dem Weg war?

Naomi holte noch einmal tief Luft, dann zog sie automatisch den Kopf ein und trat in die Röhre. Der Boden war leicht matschig, sie wollte lieber nicht wissen, was dort alles herumlag. Am Schein der Taschenlampe konnte sie erkennen, dass der Entführer ihr folgte. Hier herrschte noch eine tiefere Finsternis als draußen, abgesehen vom Strahl der Taschenlampe, der an den runden Betonwänden hin und her flackerte. Ihre Schritte und harschen Atemzüge hallten dumpf von den Wänden wider. Es kam ihr vor, als würde die Außenwelt nicht mehr existieren. Als wäre sie allein mit einem Monster. Um sich nicht so allein zu fühlen, packte sie den Autoschlüssel in ihrer Hosentasche fester. Er war ihre einzige Verbindung zu Caleb und dem normalen Leben.

So schnell er konnte, fuhr Caleb nach The Heights, wie Naomi es beschrieben hatte. Nahe der Bahnstrecke stellte er seinen Wagen ab und folgte einem nicht ausgeschilderten Trampelpfad. Büsche rissen an seiner Kleidung und kratzten über seine Handrücken, doch Caleb bekam es nur am Rande mit. Die ganze Zeit fragte er sich, wie es Naomi ging. Hatte der Entführer sie hierhergebracht? Oder hatte er sie bereits umgebracht, weil er sie nicht mehr benötigte? Nein, es musste ihr einfach gut gehen. Caleb konnte sich nicht vorstellen, sie nie wieder zu sehen. Mit jedem Schritt wuchs seine Verzweiflung, aber auch die Wut auf den Täter. Wieso hatte er sich gerade Naomi ausgesucht? Wenn er es eigentlich auf Caleb abgesehen hatte, hätte er Naomi nicht in die Sache hineinziehen müssen.

Jeden Abend hatte es Gelegenheit gegeben, ihn vor dem Club zu töten. Oder in seiner Wohnung. Oder einfach irgendwo auf der Straße. Aus irgendeinem Grund hatte der Schütze gerade jetzt zugeschlagen, aber Caleb fand keinen. Im Grunde war es auch egal, die Sache würde nur auf eine Art enden. Entweder würde er den Entführer hinter Gitter bringen und Naomi befreien, oder er würde bei dem Versuch sterben. Die erste Möglichkeit gefiel ihm deutlich besser, aber er wäre auch für die Alternative bereit. Jahrelang hatte er als Soldat mit dem Wissen gelebt, dass jeder Moment sein letzter sein konnte. Der Gedanke hatte längst seinen Schrecken verloren.

Er folgte dem Pfad bis zu einer Abzweigung und hielt sich dann links, wie Naomi es beschrieben hatte. Hier war er noch nie gewesen, das war ein Nachteil. Die Dunkelheit störte ihn weniger, das kannte er von seinen Einsätzen bei den Marines, er wünschte nur, er hätte seine Nachtsichtbrille dabei.

Sein Handy vibrierte und er zog es rasch aus der Tasche. „Ja."

„Bist du schon am Ziel?"

Wieder war es Naomis Stimme. „Da ich nicht weiß, wo das Ziel ist, kann ich das nicht sagen."

„Folge dem Pfad bis zu einer Röhre, geh dort hinein. Folge ihr, dann nimm die markierte Treppe nach unten."

„Okay, und dann?"

„Dann findest du dort weitere Anweisungen." Sie klang anders als sonst. Weniger lebendig und kräftig. Sein Herz zog sich zusammen.

„Geht es dir gut?“

Anstelle einer Antwort ertönte ein Klicken, die Verbindung war getrennt. Am liebsten hätte er vor Wut etwas zerstört, aber Caleb riss sich mühsam zusammen und wählte Reds Nummer. Zwar wusste er nicht, ob der Täter nicht vielleicht in der Nähe war und mitbekam, dass er telefonierte, aber er musste es riskieren.

„Red hier.“

„Hier ist Caleb.“ Er hielt die Stimme so leise wie möglich. „Ich bin jetzt an den Bahngleisen und folge dem Pfad entlang zu irgendeiner Röhre.“ Er berichtete von Naomis Anruf. „Ich habe keine Ahnung, wo es hingeht, aber es klingt nach irgendwelchen Wartungstunneln oder etwas Ähnlichem, sonst wäre da keine Treppe. Wahrscheinlich wird dort unten der Handyempfang schlechter oder ganz fort sein. Wenn ihr meinem GPS-Signal folgt, wird das vermutlich durch die Betonwände auch nicht mehr funktionieren. Ich werde versuchen, euch Markierungen zu hinterlassen.“

„Es wäre besser, wenn du wartest, bis wir da sind.“

„Ich weiß, aber ihr seid noch zu weit weg. Oder?“

„Ja, vermutlich noch zwanzig Minuten.“

„Ich muss jetzt reingehen, wenn ich nicht will, dass er Naomi etwas antut. Sollte ich umkommen, kümmert euch um Naomi, okay?“

Ein leiser Fluch drang durch die Leitung. „Natürlich. Aber ich wäre echt sauer, wenn du dort draufgehst. Also sieh zu, dass du gefälligst am Leben bleibst.“

Caleb lachte schwach. „Ich werde mir auf jeden Fall alle Mühe geben.“

„Gut.“

„Haben Gray und Dave noch etwas herausgefunden?“

„Nein, keiner der Nachbarn hat was gesehen. Emily konnte ein Handysignal isolieren, das sowohl vor Naomis Haus gewesen ist, als auch jetzt bei dir in der Pampa. Es scheint sich dabei um das Handy des Entführers zu handeln. Die Nummer gehört allerdings zu einem Prepaidhandy, wir haben keine Infos zu dem Besitzer. Darüber werden wir ihn also nicht finden können. Aber Emily gräbt weiter."

„Okay, danke." Es wäre ihm lieber, sie hätten mehr herausgefunden, aber auch RIOS konnte nichts machen, wenn der Täter keine verwertbaren Spuren hinterließ.

So blieb ihm nur die Möglichkeit, mitzuspielen und zu hoffen, dass es ihm irgendwie gelang, den Entführer zu überwältigen. Wie er das ganz allein tun sollte, ohne Ortskenntnis und Rückendeckung, wusste er nicht. Aber es würde ihm gelingen.

Es dauerte nicht lange, bis er bei der Röhre ankam. Sie war halb zugewuchert, anscheinend wurde sie inzwischen nicht mehr genutzt. Unter New York gab es ein gewaltiges Netz an Tunneln, die meist für die U-Bahn, aber auch für Züge und anderes gebaut worden waren. Caleb würde alles dafür geben, einen Plan zu haben, um sich orientieren zu können. Aber dafür blieb keine Zeit mehr. Also betrat er den Tunneleingang und folgte dessen Verlauf. Schon nach wenigen Metern war es so stockdunkel, dass er die Hand nicht mehr vor Augen sah. Caleb blieb stehen und holte sein Handy heraus. Noch hatte er Empfang, aber er war bereits deutlich schlechter als vorher. Kein Wunder, schließlich befand er sich in einer dicken Betonröhre unter der Erde.

Caleb schaltete die Taschenlampe im Handy an und atmete auf. Natürlich bot er so ein hervorragendes Ziel, aber es war nicht zu ändern. Ohne Licht würde er die Markierungen nicht sehen, die ihn zu Naomi führten. Scheinbar endlos führte der Gang leicht bergab; es roch feucht und modrig. Außer seinen Atemzügen war nichts zu hören, aber wenigstens gab es hier auch keine Möglichkeiten, sich zu verstecken. Ein weiterer Blick aufs Display zeigte, dass er keine Verbindung mehr zur Außenwelt hatte. Ab sofort war er auf sich allein gestellt.

Seine Finger schlossen sich fester um die Waffe. Er würde es schaffen. Irgendwie. Der Lichtstrahl erfasste ein metallenes Geländer, und Caleb blieb stehen. Wie Naomi es gesagt hatte, gehörte es zu einer Treppe, die in noch tiefere Dunkelheit hinabführte, wenn das überhaupt möglich war. Eine frische Markierung in Form des Marine Corps-Emblems mit Globus, Anker und Adler war oberhalb der Treppe auf den Beton gemalt. Der Anblick ließ ihn für einen Moment innehalten, doch die Sorge um Naomi trieb ihn vorwärts. Trotz seines Bemühens, möglichst leise zu sein, klangen seine Schritte auf den Metallstufen scheppernd. Vielleicht hatte sein Gegner sich genau deshalb diesen Zugang ausgesucht. Unwillkürlich zog Caleb den Kopf ein, während er die Treppe hinunterstieg. Die Geländerstreben gaben keine Deckung, er war völlig schutzlos.

Deshalb atmete er erleichtert auf, als er unbeschadet unten ankam. Mit dem Lichtstrahl verschaffte er sich als erstes einen Überblick. Er befand sich in einer Art Vorraum, von dem mehrere Türen abgingen. Gerümpel bedeckte den wenigen Platz. Es schien, als hätten sich in diesem Tunnel vor einiger Zeit Obdachlose niedergelassen. Das war gar nicht unüblich, von der Polizei waren bereits mehrfach in diversen Tunneln und Schlupflöchern teilweise ganze Untergrundgemeinschaften aufgegriffen worden. Zumindest im Moment schien hier niemand zu leben.

An der Wand neben einer der Türen fand er wieder die Markierung und folgte ihr. Er wünschte, er könnte Red und seinen Männern ein Zeichen hinterlassen, hatte aber nichts dafür bei sich. Schließlich machte er ein Foto und schickte es per SMS an Red, in der Hoffnung, dass es vielleicht doch durchgehen würde. Mehr konnte er im Moment nicht tun. Vorsichtig ging er durch die Tür mit der Markierung. Dahinter war ein großer Raum, dessen Wände er mit seiner schwachen Lampe nicht sehen konnte. Versorgungrohre liefen an der Wand entlang, und auf dem Boden standen riesige Gerätschaften, deren Funktion Caleb nur erahnen konnte. Vielleicht war es eine Wartungs- und Rangierhalle für die U-Bahn gewesen. Alles sah aus, als wäre es schon vor vielen Jahren stillgelegt worden, wenn nicht vor noch längerer Zeit.

Caleb ging weiter in den Raum, der eher einer Halle glich, die Decke schien weit über ihm zu sein. Es knirschte unter seinen Schuhen. Zerbrochene Flaschen und anderer Unrat lagen herum. Es roch nicht sonderlich gut, modrig und verfault, vermutlich war hier auch das ein oder andere Tier verendet, das sich in den Tunneln verlaufen und den Weg nach oben nicht wiedergefunden hatte. Wie hatte der Entführer diesen Ort entdeckt? Und vor allem, was hatte das mit ihm und Naomi zu tun? Je weiter er in dieses Labyrinth vordrang, desto weniger konnte Caleb sich alles erklären. Die Pistole hielt er schussbereit weiter in der Hand. Caleb spürte die Präsenz einer anderen Person. Langsam atmete er aus und bereitete sich darauf vor, zu reagieren, wenn er angegriffen wurde.

„Caleb, pass auf!“ Naomis Ruf hallte durch den Raum.

Sofort schaltete er das Licht aus und ließ sich zu Boden fallen. Ein Schuss ertönte fast zeitgleich, ein metallischer Aufschlag erfolgte ganz in seiner Nähe. Verdammt!

20

Der Knall hallte immer noch in ihren Ohren nach, als Naomi aufsprang und loslief. Sie wollte weg von diesem Verrückten und nachsehen, ob Caleb getroffen worden war. Seine Taschenlampe war erloschen, und sie hörte nichts mehr aus der Richtung, in der sie ihn zuletzt gesehen hatte. Gerade mal zwei Meter weit kam sie, bevor eine Hand in ihre Haare griff und sie brutal zurückriss. Mit einem Aufschrei stolperte sie und verlor das Gleichgewicht. Es schepperte, als sie in dem Schrott landete, hinter denen sie sich versteckt hatten. Schmerz schoss durch ihren Körper; etwas Feuchtes lief über ihr Handgelenk. Der Entführer ließ ihre Haare nicht los. Es fühlte sich an, als würde er ihr jede Wurzel einzeln ausreißen. Naomi verringerte den Abstand zu ihm, um dem Ziehen an ihrer Kopfhaut zu entgehen.

Grob packte er ihren Arm und zerrte sie auf die Füße. Sie spürte seinen Körper in ihrem Rücken. Übelkeit stieg in ihr auf. Sie wollte nur noch weg von ihm, hin zu Caleb. Tränen traten in ihre Augen, aber sie biss sich hart auf die Lippe und zwinkerte sie weg. Sie musste stark bleiben und kämpfen. Für sich, aber auch für Caleb, der gerade sein Leben für sie riskierte. Oder es vielleicht sogar schon verloren hatte.

„Komm raus, Caleb. Oder ich töte deine Freundin.“ Der Lauf der Pistole presste sich hart gegen ihren Hals. „Sofort. Und mach das Licht wieder an, damit ich dich sehen kann.“

Erst passierte nichts, und Naomi schwankte zwischen Furcht, dass Caleb tot sein könnte, und Erleichterung, dass er schlau genug war, sich nicht darauf einzulassen. Wenn er das tat, würden sie beide sterben.

„Ach ja, und lass die Waffe fallen.“

Ein Scheppern erklang, dann flammte das Licht auf. Caleb

hielt beide Hände in die Höhe zum Beweis, dass er unbewaffnet war.

„Gut so, jetzt komm näher."

Das Licht schwankte, als Caleb langsam auf sie zuging. Gott, hoffentlich hatte er Verstärkung mitgebracht und versuchte nicht, sie völlig allein zu retten. Ihre Chancen standen schlecht.

„Wer sind Sie? Warum haben Sie auf uns geschossen und Naomi jetzt entführt?"

„Komm näher, dann sage ich es dir."

Die Pistole verschwand von ihrem Hals. Aus dem Augenwinkel konnte sie sehen, dass sie nun auf Caleb gerichtet war. „Rette dich, Caleb!"

Ein harter Schlag traf sie seitlich am Kopf. Stöhnend schwankte sie, hielt sich aber auf den Beinen.

„Lassen Sie sie in Ruhe!" Calebs Stimme donnerte durch den Raum.

„Dann komm endlich her und zeig mir dein Gesicht."

Langsam kam Caleb näher. Naomi wünschte, sie könnte zu ihm laufen, aber das würde ihr Entführer nicht zulassen.

Einige Meter entfernt blieb Caleb stehen. „Ich will sehen, dass es Naomi gut geht."

Ohne Vorwarnung leuchtete ihr die Taschenlampe voll ins Gesicht. „Sie lebt noch. Können wir dann jetzt zur Sache kommen?"

„Was zum Teufel soll der Scheiß? Warum tun Sie das alles?"

„Ich hatte mich schon gefragt, ob du meine Stimme erkennen würdest. Aber dem ist offenbar nicht so. Hat es dir so wenig bedeutet?"

Wovon redete dieser Typ? Es klang fast so, als müsste Caleb ihn näher kennen.

„Woher sollte ich Sie …" Caleb brach ab, als das Licht von ihrem Gesicht zu seinem wanderte. „Shell. O mein Gott, wie …?" Calebs Stimme klang brüchig.

„Interessant, oder? Berichte über meinen Tod sind nur ein klein wenig übertrieben gewesen. Dank dir war ich nämlich mehr tot als lebendig."

Caleb kam noch einige Schritte näher. Naomi wollte ihm zurufen, wegzubleiben, doch offensichtlich hatte er keine Angst, dass dieser Shell ihn töten würde.

„Mir wurde gesagt, das ganze Team wäre bei dem Angriff gestorben. Dass ich der Einzige wäre, der …" Caleb schluckte hörbar. „Wie bist du rausgekommen?"

„Gar nicht. Die Taliban haben mich mitgenommen und zusammengeflickt. Und dann haben sie einige Zeit damit verbracht, alles aus mir rauszubekommen, was ich wusste. Während du hier gesessen und in Ruhe dein Bier geschlürft hast."

Das Licht leuchtete nun wieder Caleb an, wodurch Naomi sehen konnte, dass er die Stirn runzelte. „Wieso hat damals niemand gesagt, dass du noch vermisst wurdest?"

„Sie haben mich abgeschrieben und dachten, die Taliban hätten mich getötet. Und du hast dich einfach aus dem Staub gemacht."

„Das stimmt nicht! Ich habe versucht, dir zu helfen. Aber die anderen waren auch verletzt. Ich bin auf dem Weg zu ihnen angeschossen worden und habe den Halt verloren. Ich bin den Hang hinunter und in eine Felsspalte gestürzt. Das Rettungsteam hat mich durch Zufall gefunden, sonst wäre ich jetzt auch schon lange tot."

„Dem kann ich schnell abhelfen." Die Wut kochte deutlich hörbar unter Shells scheinbar ruhiger Oberfläche. „Kannst du dir vorstellen, wie es war, zu hören, dass keiner es geschafft hat? Um euch zu trauern, während ich gefoltert wurde, und mir zu wünschen, ich wäre auch tot? Und dann doch noch nach Hause zu kommen, nur um zu erfahren, dass du überlebt hast und es dich einen Scheiß interessiert, was aus mir geworden ist?"

„Ich sagte doch schon, dass ich es nicht wusste! Es hieß, dass das gesamte Team gestorben wäre. Ich lag während der Beerdigung im Krankenhaus, aber ich war später an deinem Grab. Ich habe um euch getrauert. Hätte ich gewusst, dass du noch dort bist und lebst, hätte ich Himmel und Hölle in Bewegung gesetzt, um dich zu finden."

Shell schnaubte. „Das sagst du nur, um deine Freundin zu retten."

„Warum lässt du Naomi nicht gehen, dann können wir uns in Ruhe unterhalten. Ich verspreche, nicht abzuhauen oder dich anzugreifen. Naomi hat mit der ganzen Sache nichts zu tun."

„Ich dachte mir schon, dass du alles sagen oder tun würdest, um sie zu retten. Dein Gesichtsausdruck, als du sie vor dem Club gesehen hast, hat mir verraten, was ich wissen musste. Ich habe dich schon länger beobachtet. Du glaubst nicht, wie befriedigend es für mich war, dass du keine Beziehung hattest."

„Warum?"

„Weil ich auch allein war, die ganze Zeit."

„Was ist mit Keira? Sie war doch bestimmt unheimlich glücklich, dass du noch lebst."

Das ätzende Lachen trieb einen Schauder über Naomis Rücken. „Nein, sie hat nur einen Blick auf mich geworfen und mir dann ins Gesicht gesagt, dass sie mit so einem Wrack nichts zu tun haben will. Sie ekelte sich davor, mich anzufassen." Ein Laut drang aus seiner Kehle. Er klang wie ein Schluchzen. „Sie hatte sich schon an einen neuen Soldaten rangemacht."

„Das tut mir sehr leid, wirklich. Leg die Waffe weg, dann können wir uns in Ruhe unterhalten. Es gibt sicher eine Lösung."

Shell schnaubte geringschätzig. „Ja, für dich vielleicht. Du kannst ja auch ein ganz normales Leben führen und jetzt hast du dir sogar eine Freundin angelacht. Es läuft für dich, oder? Du hast keine Ahnung, wie es ist, wenn man vor dem Nichts steht. Wenn man sich selbst nicht mehr ansehen mag. Wenn niemand für einen da ist."

Naomis Herz zog sich vor Mitleid zusammen. Dieser Mann hatte ernsthafte psychische Probleme, und das Militär hatte ihn offenbar im Stich gelassen und ihm nicht die Hilfe besorgt, die er benötigt hätte. Von dieser Keira ganz zu schweigen. Es konnte eine Herausforderung sein, mit einem verletzten Soldaten zu leben, erst recht, wenn er so furchtbare Dinge erlebt hatte. Aber ihn so zu behandeln, wenn er von den Toten zurückkehrte, war schrecklich. Kein Wunder, dass Shell verbittert war. Trotzdem verstand sie nicht, warum er unbedingt Caleb die Schuld geben wollte. Er hatte weder das Team angegriffen noch hatte er jemanden im Stich gelassen oder ihm die Freundin genommen.

„Ich bin für dich da. Jetzt weiß ich, dass du noch lebst, und ich bin sicher, wir können eine Lösung finden. Zusammen schaffen wir das.“ Es lag so viel Gefühl in Calebs Stimme, dass sie am liebsten zu ihm gelaufen wäre und ihn umarmt hätte.

Shell schwieg einen Moment. „Nein, es ist zu spät. Ich kann die Uhr nicht zurückdrehen und mein altes Leben zurückbekommen.“

Caleb trat noch näher. „Nein, das kannst du nicht. Aber du kannst dir ein neues schaffen. Eines, das dich glücklich macht. Lass mich dir dabei helfen. Bitte.“

„Das sagst du nur, damit ich deine Freundin freilasse und dich nicht erschieße.“

„Natürlich sage ich es auch deswegen. Ich wäre dumm, wenn ich nicht versuchen würde, dich zum Aufgeben zu bewegen. Aber ich sage es auch, weil ich dir wirklich helfen will. Ich bin so froh, dass du noch lebst, Shell. Kannst du dir vorstellen, wie es war, aufzuwachen und gesagt zu bekommen, dass mein gesamtes Team tot ist? Dass ich nichts tun konnte, um das zu ändern?“

Shell atmete hart aus. „Sicher besser als gesagt zu bekommen, dass man wochenlang gefoltert wurde, deshalb ein Krüppel ist, mit einem feuchten Händedruck aus dem Dienst entlassen wird und dann auch noch erfährt, dass jemand aus dem Team überlebt hat, der sich einen Dreck darum gekümmert hat, mich aus den Händen der Terroristen zu befreien."

„Ich schwöre dir, dass sie mich angelogen haben. Vielleicht dachten sie auch, dass du tot wärst, weil sie dich nicht gefunden haben. Lass uns hier rausgehen und ich zeige dir Unterlagen, die das belegen. Wenn ich lüge, kannst du mich immer noch töten."

Vor Schreck hielt Naomi den Atem an. Was sagte Caleb denn da?

„Glaubst du, ich wüsste nicht, dass ich verhaftet werde, sobald ich mich da draußen blicken lasse? Ich bin nicht so dumm zu glauben, dass du keine Hilfe gerufen hättest, sobald ich Goldlöckchen hier in meiner Gewalt hatte."

„Es sind meine Freunde. Sie werden auf mich hören, wenn ich sage, dass es nur ein Missverständnis war, das aufgeklärt werden konnte. Es ist noch niemandem etwas geschehen, Shell, es muss nicht böse enden."

Hoffentlich drang das, was Caleb sagte, zu seinem ehemaligen Freund durch. Zwar wusste sie nicht, ob er wirklich straffrei davonkommen würde, aber zumindest musste niemand sterben und die Strafe würde bedeutend niedriger ausfallen, wenn er sich ergab und niemanden verletzte. „Ich werde die Entführung nicht zur Anzeige bringen, wenn Sie uns jetzt gehen lassen."

Die Taschenlampe ging aus, der Griff an ihrer Schulter wurde härter. „Wenn du tot bist, kannst du mich auch nicht verpfeifen."

„Es wissen genug Menschen, dass ich entführt wurde."

„Ja, aber sie kennen nicht meinen Namen. Ich bin nämlich tot."

„Die Army …"

Shell unterbrach Caleb. „Ich habe jeden Kontakt abgebrochen und bin untergetaucht. Niemand weiß, dass ich in New York bin. Ich könnte einfach verschwinden und mich irgendwo niederlassen."

„Du bist kein Mörder, Shell. Das warst du nie. Ein Soldat, ein *Marine*, tötet nur im Notfall, um das Leben seiner Kameraden oder Landsleute zu schützen.“

Shell lachte dumpf. „Aber ich bin kein Marine oder Soldat mehr. Diese Tiere haben das aus mir gemacht, was du jetzt vor dir siehst: einen Killer. Jemanden, dem alles egal ist außer seiner Rache.“

„Dann räch dich an denen, die an allem schuld sind: den Taliban! Sie haben unser Team in einen Hinterhalt gelockt und alle ermordet.“

Shell schüttelte den Kopf. „Sie haben nur ihr Land verteidigt; wir waren die Eindringlinge. Es war ihr Recht, sich zu verteidigen.“

„Das sagst du trotz allem, was sie dir angetan haben? Wie kannst du das rechtfertigen?“

„Ich rechtfertige gar nichts. Es bringt nur nichts, wenn ich mich an den Taliban räche.“ Er hob die Waffe wieder und zielte direkt auf Calebs Brust. „Und jetzt reicht es mir mit dem Gelaber. Ich weiß, dass du nur Zeit schinden willst, bis deine Freunde in Position sind. Aber das wird dir nichts nützen. Es war nie geplant, dass einer von uns hier wieder rauskommt.“

„Shell …“

„Nein! Hör auf, mich so anzureden, das ist nicht mehr mein Name! Sprich am besten gar nicht mehr mit mir. Du versuchst nur, mich zu verwirren, damit du deinen Willen bekommst. Aber das wird nicht passieren. Und jetzt leb wohl.“

Naomi sah, wie Caleb eine zweite Pistole hinter dem Rücken hervorholte, aber er war zu langsam. Shells Finger krümmte sich am Abzug und Naomi handelte, ohne weiter darüber nachzudenken. Sie schlug seinen Arm nach oben, sodass der Schuss ins Leere ging, und warf sich auf ihn, damit er nicht erneut abdrücken konnte. Mit einem Fluch versuchte er sie abzuschütteln, aber Naomi klammerte sich an ihn. Es war gefährlich, aber sie hoffte, dass er vielleicht doch davor zurückschreckte, eine unbewaffnete Frau zu erschießen. Wieder griff er in ihre Haare und riss brutal daran. Naomi schrie auf und versuchte, sich loszumachen, doch vergeblich. Mit einem Schrei rammte sie ihm ihr Knie in die Weichteile. Oder zumindest versuchte sie es, denn er blockte gerade noch rechtzeitig mit dem Oberschenkel ab. Jetzt war er noch wütender, packte ihre Kehle und drückte zu.

Verzweifelt versuchte Naomi sich loszureißen, doch es gelang ihr nicht. Sie schnappte nach Luft, doch es kam kein Atemzug durch ihre Kehle. Mit den Fäusten schlug sie wild um sich und traf seine Nase. Er stieß sie von sich, und Naomi verlor das Gleichgewicht. Mit einem Aufschrei stürzte sie zu Boden. Etwas grub sich schmerzhaft in ihre Seite. Naomi wollte sich aufsetzen, schaffte es aber nicht. Etwas stimmte nicht …

21

Caleb sah Naomi in der Dunkelheit mit Shell ringen, nachdem sie verhindert hatte, dass er auf ihn schoss. Durch die Handy-Taschenlampe sah er sie nur schemenhaft. Der Knall hatte ihm fast einen Herzinfarkt beschert, aber niemand war getroffen worden. Caleb rannte auf sie zu, um ihr zu helfen. Erst im letzten Moment bemerkte er, dass der Boden vor ihm abrupt endete und sich ein Abgrund vor ihm auftat. Ein Fuß geriet über die Kante, alter Beton bröckelte ab und fiel in die Tiefe. Caleb kämpfte um sein Gleichgewicht und konnte sich gerade noch festhalten, bevor er hinunterstürzte. Schwer atmend blickte er nach unten, doch er konnte keinen Boden erkennen. Das Herz polterte in seiner Brust, während er sich hektisch umblickte. Der Schacht war eindeutig zu breit, um darüber zu springen.

Er hob seine Waffe, doch in der Dunkelheit auf Shell zu schießen, könnte bedeuten, dass er Naomi traf. Hinunterzuklettern kam auch nicht infrage, deshalb lief er am Rand entlang, um eine geeignete Stelle für eine Überquerung zu suchen. Gerade, als er eine gefunden hatte, schrie Naomi auf. Der Laut ging ihm durch Mark und Bein. So schnell er konnte, legte er die letzten Meter zurück und warf sich dann gegen Shell, der sich über Naomi beugte. Caleb schleuderte ihn zur Seite und hockte sich dann neben Naomi. Sie lag auf dem Rücken und rührte sich nicht. *Nein, Gott, bitte!* Mit zitternden Fingern tastete er nach ihrem Puls und atmete erleichtert auf, als er einen fand. „Naomi, kannst du mich hören?"

Ein Stöhnen drang über ihre Lippen. „Ca … leb."

„Ja, ich bin hier. Kannst du aufstehen?"

„Glaube … nicht. Meine … Seite."

Caleb legte eine Hand auf ihre Schulter, um sie zu beruhigen, und tastete mit der anderen nach ihrer Seite. Die linke war unverletzt, deshalb überprüfte er die andere Seite. Er ließ die Finger daran hinuntergleiten, bis er zu einer Stelle am T-Shirt kam, die seltsam feucht war. Gott, hoffentlich war sie nicht doch von der Kugel erwischt worden! Dann ertastete er etwas Hartes. Oh, verdammt! Mit Mühe holte er sein Handy hervor und schaltete die Lampe an. Im Lichtschein sah er ein längliches Stück Metall, das aus dem Boden ragte. Sie war darauf gestürzt, und es war tief in ihre Seite eingedrungen. Die Verletzung blutete massiv. Furcht floss wie Eiswasser durch seine Adern. Caleb zog rasch sein T-Shirt aus und presste es gegen die Wunde. Er musste sie sofort hier rausbringen, wenn sie noch eine Chance haben sollte.

Er beugte sich dicht über sie. „Es ist alles gut, das wird wieder." Eine totale Lüge, wenn er noch nicht mal einen Krankenwagen kontaktieren konnte.

Etwas Hartes presste sich in seinen Nacken. „Geh weg von ihr." Shells Zischen war dicht an seinem Ohr.

„Sie ist schwer verletzt, ich muss die Blutung stillen." Caleb hob seine blutverschmierte Hand.

„Das ist mir völlig egal. Geh weg von ihr, sonst erschieße ich euch beide."

„Shell, bitte, Naomi trägt an all dem keine Schuld. Lass mich ihr helfen, danach kannst du mit mir machen, was du möchtest." Wenn er sie jetzt unversorgt ließ, würde sie sterben. Und es wäre seine Schuld, weil er Shell in ihr Leben gebracht hatte.

Der Druck an seinem Nacken wurde stärker. „Ich sage es nicht noch einmal. Weg von ihr."

Caleb musste eine Entscheidung treffen. Er wollte nicht gegen seinen alten Freund kämpfen, aber wenn es um Naomis Leben ging, blieb ihm keine Wahl. Unauffällig presste er Naomis Finger gegen den Stoff und spürte das Zucken ihrer Hand. Dann löschte er das Licht und warf sich zur Seite. Der Knall war ohrenbetäubend. Fast meinte Caleb, Hitze an seinem Hals zu spüren. Er rollte sich ab und stürzte sich auf Shell. Seine Hand schloss sich wie ein Schraubstock um dessen Handgelenk, dann machte er eine schnelle Bewegung, und meinte, Knochen brechen zu hören. Shell schrie auf und versuchte, sich aus Calebs Griff zu winden.

„Gib auf, bitte."

„Du … kannst mich mal!" Shell trat wütend in seine Richtung.

Im letzten Moment wich Caleb zur Seite aus, sodass er nur gestreift wurde. Im Gegenangriff schaffte er es, Shells Arm auf den Rücken zu drehen. Sein Freund keuchte auf, wehrte sich aber immer noch. Es tat Caleb selber weh, aber er zog den Arm nach oben und kugelte ihn damit aus. Shell schrie seinen Schmerz und seine Wut heraus. Ein Stöhnen erklang hinter ihnen. *Naomi!* Unwillkürlich drehte er sich zu ihr um. Ein Fehler. Shell drehte sich blitzschnell zur Seite und trat zu. Er traf Calebs Brustkorb seitlich. Für einen Moment fühlte es sich an, als wäre sein Herz stehengeblieben, doch dann pochte es wieder los. Und mit ihm kam der Schmerz. Vermutlich hatte er sich eine oder mehrere Rippen gebrochen. Aber darauf konnte er keine Rücksicht nehmen. Er packte Shell und schleuderte ihn zu Boden. Über ihn gebeugt, drückte er Shell den Unterarm gegen den Nacken, um ihn zu fixieren.

„Gib endlich auf, verdammt noch mal! Ich werde nicht zulassen, dass Naomi deinetwegen stirbt."

„Und wieder … lässt du mich im Stich."

Caleb beugte sich dichter zu ihm hinunter. „Wenn ich das täte, wärst du jetzt schon tot. Begreifst du nicht, dass ich dir helfen will?"

„Indem du mir das Handgelenk brichst? Vielen Dank auch."

„Ich habe keine Zeit mehr." Ohne Vorwarnung schlug er Shell gegen die Schläfe. Sein Freund sackte unter ihm zusammen. Hoffentlich hatte er ihn nicht zu hart getroffen. Eilig fühlte er den Puls an Shells Hals, dann stieg er vorsichtig von ihm hinunter.

Seine Rippen schmerzten höllisch, aber darauf konnte er jetzt keine Rücksicht nehmen. Er hockte sich wieder neben Naomi und suchte das Handy auf dem Boden. Erleichtert atmete er auf, als er es fand und das Licht aufflammte. Naomi hatte die Augen geschlossen, ihr Gesicht war erschreckend blass. Nach einem kurzen Check ihrer Atmung beugte er sich tiefer und beleuchtete die Verletzung. Das Metallstück ragte unter ihren Rippen zu beiden Seiten aus ihrem Körper heraus, er würde es nicht einfach entfernen können. Also würde er sie mit dem Fremdkörper in der Seite transportieren müssen. Caleb überprüfte das Metallstück und stellte fest, dass es offenbar am Boden befestigt war. So sehr er es auch versuchte, er bekam es nicht los. Ohne schweres Werkzeug würde er Naomi nicht rausbringen können. Verdammt!

Ein Blick aufs Handy erinnerte ihn daran, dass er hier keinen Empfang hatte. Er konnte keine Hilfe herbeirufen. Verzweiflung drohte ihn zu überwältigen. Er beugte sich über Naomi und strich ihr mit zitternden Fingern die Haare aus dem Gesicht. „Ich werde dich retten. Irgendwie."

Ihre Augen öffneten sich einen Spaltbreit. „Caleb."

„Ja, ich bin hier. Wir gehen jetzt nach Hause."

„Ist er …?"

„Shell ist keine Gefahr mehr. Mach dir keine Sorgen." Das entsprach zwar nicht ganz der Wahrheit, aber sie sollte darüber nicht nachdenken, wenn das hier vielleicht die letzten Minuten ihres Lebens waren. *Gott, nein!* Er spürte die Feuchtigkeit ihres Blutes, als es warm zwischen seinen Fingern hervorquoll.

Naomi hob die Hand und legte sie an seine Brust. „Ich bin … froh, dass du … bei mir bist."

„Ich werde immer bei dir sein."

Ein schwaches Lächeln erschien auf ihrem Gesicht. „Gut." Langsam schlossen sich ihre Augen wieder, ihre Hand fiel herab.

„Naomi!" Voller Angst fühlte er ihren Puls und fand ihn. Schwach zwar, aber noch lebte sie.

Was sollte er nur tun? Wenn er sie verließ, um Hilfe zu holen, würde sie verbluten. Wenn er blieb, um die Wunde zu versorgen und keine Hilfe kam, würde sie ebenso sterben. Aber es blieb nur eine Möglichkeit, er musste Hilfe holen, sonst hätte sie keine Chance. Es zerriss ihm das Herz, sie allein lassen zu müssen. Wenn sie dabei starb …

Ein metallisches Geräusch in der Ferne ließ ihn aufschrecken. Angestrengt lauschte er, bis es erneut erklang. Jemand kam die Treppe herab. Hoffnung sprudelte in ihm hoch. „Red? Ich bin hier in dem großen Raum mit der Markierung über der Tür! Ich brauche Hilfe!", rief er, so laut er konnte. Mit angehaltenem Atem wartete er. Die Antwort kam in Form von lauten, eiligen Schritten auf der Treppe. Er beugte sich wieder zu Naomi. „Hörst du das? Hilfe ist schon auf dem Weg. Gleich haben wir es geschafft." Auf jeden Fall waren ihre Chancen gerade deutlich gestiegen.

„Caleb?" Daves Stimme hallte durch den Raum.

„Hier hinten!" Caleb hielt das Handy hoch, damit seine Freunde den Lichtschein sahen.

„Alles klar, wir kommen."

Es schien unendlich lange zu dauern, bis sich Dave und Gray zu ihm vorgearbeitet hatten. Sie waren nur noch wenige Meter entfernt, als Caleb plötzlich ein Geräusch hinter sich hörte. Bevor er sich umdrehen konnte, ertönte ein Schuss. Er erwartete, den Einschlag zu spüren, aber stattdessen ertönte einige Meter entfernt ein Schrei. Jemand stürzte zu Boden.

Innerhalb von Sekunden waren Gray und Dave neben ihm. „Alles in Ordnung?"

„Mit mir ja. Naomi ist in ein Metallstück gefallen. Es ist im Boden verankert. Ihr habt nicht zufällig irgendetwas dabei, mit dem wir es abtrennen können?" Er schluckte hart. „Und kann bitte jemand nach Shell sehen? Er war in meinem Team bei den Marines und …"

„Ich verstehe." Dave berührte seine Schulter und ging dann

zu Shell hinüber.

Gray hockte sich neben Naomi. „Shit, das sieht nicht gut aus. Wir haben nichts dabei, aber Red sicher. Er müsste in ein paar Minuten hier ankommen.“

„Ich weiß nicht, ob Naomi so viel Zeit hat.“

„Wir werden alles tun, was in unserer Macht steht. Ich habe ein Erste-Hilfe-Set dabei. Du warst Sanitäter, oder? Dann kannst du das sicher besser als ich.“ Gray drückte es ihm in die Hand. „Ich gehe noch mal zurück und mache dem Team Beine. Außerdem rufe ich einen Krankenwagen. Oder noch besser: einen Hubschrauber.“

Caleb wollte sagen, dass er seit dem Hinterhalt im Hindukusch keinen lebensgefährlich Verletzten mehr verarztet hatte und er damals niemanden hatte retten können, aber Gray hatte völlig recht. Er war dafür ausgebildet, und Naomi brauchte seine Hilfe. „Ja, geh. Und danke.“

Gray nickte ihm zu und verschwand in der Dunkelheit, während Caleb sich an die Arbeit machte. In dieser Umgebung war nichts steril, aber er legte so gut es ging einen Druckverband an, damit Naomi nicht noch mehr Blut verlor. Lange würde es ihr jedoch nicht helfen. Caleb befestigte den Verband mit Klebeband sowohl an Naomis Körper als auch am Metall. Schweiß lief ihm über die Stirn und brannte in den Augen. Immer wieder überprüfte er Naomis Puls. „Halte durch für mich. Ich weiß, du bist stark.“ Er wusste nicht, wann er angefangen hatte, mit ihr zu reden, aber er hoffte, dass sie seine Stimme hören und sich daran festhalten konnte.

Eine Bewegung neben ihm weckte seine Aufmerksamkeit. Dave näherte sich. „Wie geht es Shell?“

Stumm schüttelte Dave den Kopf. Trauer übermannte Caleb. Für die langen Jahre, die sie befreundet gewesen waren, für das, was Shell geschehen war. Aber auch dafür, dass es ihm nicht gelungen war, seinen Freund zum Aufgeben zu bewegen. Bestimmt hätte er ihm helfen können, wenn Shell es zugelassen hätte. Hart stieß er seinen Atem aus. „Danke fürs Nachsehen."

Dave hockte sich neben ihn. „Wie geht es Naomi?"

„Sie hat viel Blut verloren. Wenn wir sie nicht innerhalb der nächsten Viertelstunde an lebenserhaltende Geräte bekommen …" Calebs Stimme versagte.

„Shit. Aber wenn jemand einen Hubschrauber ASAP besorgen kann, dann ist es Gray. Kann ich irgendetwas tun?"

„Momentan nicht, danke."

„Bist du verletzt?"

Calebs Rippen schmerzten höllisch bei jedem Atemzug, aber das war nichts im Vergleich zu Naomis Verletzung. „Unbedeutend."

„Mir bedeutet es was. Also?"

Caleb blickte ihn kurz an. Sein Freund meinte es offensichtlich ernst. „Ich meinte damit, dass die Wunden nicht so schlimm sind. Ich werde es überleben."

„Das ist gut, trotzdem will ich wissen, was du hast, falls du plötzlich umkippst."

„Ein paar gebrochene Rippen. Außer dass jeder Atemzug verdammt wehtut, ist es wirklich nicht dramatisch."

Dave nickte. „Okay. Aber wenn es dir schlechter geht, sagst du sofort Bescheid."

Das entlockte Caleb ein schwaches Lächeln. „Ja, Dad."

Dave blickte finster. „Ich bin noch lange nicht alt genug, um dein Vater zu sein, also vergiss das ganz schnell wieder."

Dave versuchte ihn abzulenken, und Caleb wusste das wirklich zu schätzen. Aber seine Gedanken drehten sich die ganze Zeit nur um eine Sache. „Ich kann Naomi nicht verlieren, Dave. Noch einen Verlust verkrafte ich nicht."

„Ich würde dir gern sagen, dass du das nicht wirst, aber ich würde dich nie anlügen. Wir werden alles tun, um sie zu retten, das verspreche ich dir. Und wir werden dich nie im Stich lassen.

Du bist nicht allein, Caleb.“

Caleb blickte wieder zu Naomi, damit Dave die Feuchtigkeit in seinen Augen nicht sah. „Danke.“

22

Die Minuten fühlten sich an wie Stunden, während Caleb auf die Ankunft des SEAL-Teams wartete. Als befände er sich in einer endlosen Zeitlupenschleife, während Naomis Lebenszeichen immer schwächer wurden. Dann endlich hörte er Stimmen und das Donnern schwerer Stiefel auf den Treppenstufen. Dave stand auf und winkte sie mit dem Licht seiner Taschenlampe zu sich. Red tauchte so schnell neben Caleb auf, dass es ihm vorkam, als hätte er sich neben ihm materialisiert.

„Tut mir leid, dass es so lange gedauert hat. Ich habe einen hydraulischen Bolzenschneider, probieren wir aus, ob das geht. Sonst nehmen wir die Flex."

Caleb rückte etwas zur Seite, sodass Red mehr Platz hatte. Während der Ex-SEAL den Bolzenschneider ansetzte, hielt Caleb die Metallstange dicht vor Naomis Körper fest, um zu verhindern, dass sich mögliche Erschütterungen auf die Wunde übertrugen. Viel mehr konnte er nicht tun, es war die einzige Möglichkeit, Naomi von hier wegzubringen und ihr ärztliche Versorgung zu verschaffen. „Okay, fang an."

Langsam drückte Red die Hebel zusammen. Erst dachte Caleb, es würde nicht funktionieren, doch dann brach das Metall in zwei Teile. Ein Ruck ging dabei durch seine Hand, und er konnte nicht verhindern, dass Naomis Körper leicht erschüttert wurde. Ein schwaches Stöhnen war die Reaktion. Rasch wickelte Caleb weitere Mullbinden um Wunde und Metall, dann nickte er. „Okay, bringen wir sie so schnell wie möglich raus." Langsam stand er auf und presste eine Hand auf seine verletzten Rippen. „Ich würde sie selbst tragen, schaffe das aber nicht. Vor allem nicht in dem nötigen Tempo. Könnt ihr …?"

Bevor er ausgeredet hatte, schob Red ihn beiseite und hob

Naomi auf seine Arme. „Gehen wir."

„Was passiert mit Shell?"

Dave legte die Hand auf seine Schulter. „Ich kümmere mich drum, mach dir keine Sorgen."

„Danke. Für alles." Eilig folgte Caleb dem Ex-SEAL. Für einen Mann seiner Größe bewegte er sich unheimlich schnell und leise.

An der Treppe angekommen übergab Red Naomi an Tex – durch eine alte Beinverletzung würde er nicht so schnell vorankommen wie sein Teamkollege. Einige hundert Meter vom Ausgang entfernt kamen ihnen Sanitäter mit einer Trage entgegen. Gray hatte es offensichtlich geschafft, innerhalb kürzester Zeit einen Hubschrauber zu organisieren. Erleichterung überkam Caleb.

Einen Arm gegen seine Brust gepresst, um bei dem schnellen Tempo mithalten zu können, berührte er ihre Hand. „Gleich hast du es geschafft, Naomi." Natürlich reagierte sie nicht, aber sie hatte ihn hoffentlich trotzdem gehört. Sie waren so weit gekommen, sie musste einfach überleben.

Naomi wurde sanft auf die Trage gebettet und ein Zugang für die Bluttransfusion gelegt. Tex und Morton nahmen die Trage, während die Sanitäter damit begannen, Naomi medizinisch zu betreuen. Sie alle verloren keine weitere Zeit. Kurz darauf traten sie ins Freie, und Caleb atmete tief ein … um gleich darauf schmerzhaft an seine gebrochenen Rippen erinnert zu werden. Er krümmte sich und versuchte, wieder Luft zu bekommen. Dabei hielt er weiter Naomis Hand, die über den Rand der Trage hing. Wenn er sie losließ, würde sie sterben. Der Gedanke war nicht rational, aber Caleb konnte ihn nicht abschütteln.

Ein Hubschrauber mit laufenden Rotoren wartete am Rand des Weges auf sie. Naomi wurde hinein verfrachtet, die Sanitäter kletterten hinterher. Red stand neben ihm und gab den Sanitätern ein Zeichen. „Du fliegst mit."

„Es hätte mich niemand davon abhalten können.“ So schnell seine Rippen das erlaubten, schwang Caleb sich in den Hubschrauber. „Wir telefonieren später.“

Red hielt den Daumen hoch und trat dann zurück, während sich die Rotoren immer schneller drehten.

Einer der Sanitäter zog die Tür zu, dann gab er Caleb einen Kopfhörer. „Setzen Sie sich ans Kopfende, damit Sie nicht im Weg sind. Schnallen Sie sich an.“

Caleb folgte der Anweisung sofort. Angespannt sah er zu, wie die Sanitäter seine Verbände und das Metallteil begutachteten und dann entschieden, sie während des Fluges nicht anzurühren. Stattdessen schlossen sie ein EKG an, um Naomis Herzschlag zu überprüfen. Beinahe wie in Trance starrte Caleb auf die gleichmäßigen Ausschläge, die langsam schwächer wurden.

„Fünf Minuten.“ Die Stimme des Piloten drang durch den Kopfhörer.

Noch nie waren ihm fünf Minuten so lang vorgekommen und doch so schnell vergangen. Wie gebannt lag sein Blick auf Naomis Gesicht, in der Hoffnung, eine Regung zu sehen, irgendetwas, das ihm zeigte, dass alles gut werden würde. Doch sie rührte sich nicht, die Beatmungsmaske bedeckte Mund und Nase. Liebevoll strich Caleb eine Haarsträhne aus ihrer Stirn. Eine Blutkonserve war neben ihrem Kopf an einem Haken befestigt worden. Stumm feuerte er sie an, weiterzukämpfen, durchzuhalten, bis sich die Ärzte um sie kümmern konnten. Er hoffte nur, dass das Metallteil keine Organe getroffen hatte, denn dann war es mit einem einfachen Blutausgleich nicht getan.

Schmutz bedeckte ihr Gesicht und ihre Arme, und auch das T-Shirt war in einem jämmerlichen Zustand. Ihre sonst so leuchtenden blonden Locken wirkten matt und zerzaust. Sein Herz zog sich zusammen, als er darüber nachdachte, was ohne die Hilfe seiner Freunde geschehen wäre. Sicher wären sie dann beide tot. So wie Shell. Wie hatte er nur denken können, dass Caleb an seiner

Tortur die Schuld trug? Ja, er hatte selbst gedacht, dass er sein Team im Stich gelassen hatte. Aber mit den Jahren hatte er verstanden, dass es nur an seinem schlechten Gewissen lag, als Einziger überlebt zu haben. Damals und auch heute noch fragte er sich, wer ihren Einsatz an die Taliban verraten hatte, aber das würde er sicher niemals erfahren. Genauso wie ihm niemand erzählen würde, was Shell widerfahren war, um ihn so zu zerstören. Hoffentlich fand sein Freund jetzt endlich seine Ruhe.

Das Geräusch der Rotoren veränderte sich und der Hubschrauber ging in den Sinkflug. „Achtung, Landung vorbereiten."

Die Sanitäter verstauten alles und legten die Sicherheitsgurte an. Caleb hielt seine Finger an Naomis Hals. Ihr Puls war kaum noch zu spüren. Kein Wunder, vermutlich verlor sie genauso viel Blut, wie durch die Konserve wieder zugeführt wurde. Kurzzeitig reichte das, aber solange die Wunde nicht verschlossen war, schwebte sie in höchster Lebensgefahr. *Bitte, Naomi muss überleben.*

Calebs Herz hämmerte im Takt der Rotoren, als sie auf dem Dach des Krankenhauses landeten. Krankenpfleger rollten eine andere Trage zum Hubschrauber, auf die Naomi gelegt wurde. Im Laufschritt wurde sie ins Gebäude gebracht. Einer der Sanitäter lief daneben her und berichtete, welche Maßnahmen sie eingeleitet hatten.

Der andere winkte Caleb zu sich. „Kommen Sie."

Mühsam schwang Caleb sich mit seiner Hilfe aus dem Hubschrauber. „Danke."

„Die Rippen?"

„Ja, mehrere vermutlich."

„Lassen Sie sich untersuchen und verbinden. Im Moment können Sie nichts für Ihre Frau tun."

Caleb berichtigte ihn nicht. „Ich weiß. Danke noch mal. Ohne Sie …"

„Gern geschehen. Ich hoffe, sie schafft es."

Der Kloß in seinem Hals hinderte Caleb an einer Antwort, deshalb nickte er nur und ging so schnell wie möglich auf den Eingang zu. Er trat ins Gebäude und versuchte, sich zu orientieren.

Eine Krankenschwester blickte ihn mitleidig an. „Wo wollen Sie hin?"

„Das weiß ich noch nicht. Wir wurden gerade mit dem Hubschrauber gebracht. Meine Freundin ist sehr schwer verletzt. Können Sie mir sagen, wo sie hingebracht wurde?"

„Das wird der OP-Trakt in der Intensivstation sein." Sie deutete auf den Fahrstuhl. „Erster Stock und dann nach rechts. Das Pflegepersonal dort wird Ihnen weiterhelfen."

Caleb bedankte sich und fuhr eilig nach unten. Dort wurde er von einem Krankenpfleger darüber informiert, dass Naomi sich bereits im OP befand und er in einem Wartezimmer Platz nehmen sollte. So gern er auch auf seine medizinische Ausbildung pochen wollte, um bei ihr sein zu können, hatte er dort in einem zivilen Krankenhaus nichts zu suchen. Er musste darauf vertrauen, dass die Ärzte alles taten, um Naomi zu retten. Unruhig ging er im Wartezimmer auf und ab.

Er fuhr herum, als sich die Tür öffnete, doch es war nur Gray. Obwohl er sich freute, seinen Freund zu sehen, wäre es ihm lieber gewesen, endlich etwas von den Ärzten zu hören.

„Wie sieht es aus?"

Calebs Lachen klang verzweifelt. „Ich habe keine Ahnung. Ihr Puls war nur noch schwach, als wir ankamen. Vielleicht schaffen sie es nicht, die Blutung zu stoppen und sie …"

Gray legte ihm eine Hand auf den Arm. „Setz dich erst mal. Hast du einem Arzt deine Rippen gezeigt?"

„Nein, erst will ich wissen, dass Naomi überlebt."

„Das verstehe ich, aber es bringt Naomi nichts, wenn du dir hinterher eine Lunge perforierst oder etwas ähnliches."

„Das werde ich schon nicht." Mühsam unterdrückte Caleb

ein Husten.

Gray reichte ihm seine Jacke. „Hier, zieh die an." Vorsichtig half er Caleb hinein und blickte ihn dann besorgt an. „Hast du überhaupt schon was getrunken?"

Stumm schüttelte Caleb den Kopf. Er war am Ende seiner Kräfte, deshalb setzte er sich auf einen der harten Plastikstühle und stützte den Kopf in die Hände. „Ich kann nicht weg, ich muss hier sein, wenn es Neuigkeiten gibt."

„Warte, ich komme gleich wieder." Gray war so schnell verschwunden, dass Caleb ihn nicht mehr fragen konnte, wohin er wollte. Aber es war ihm auch egal. Nur Naomi zählte, alles andere war nebensächlich.

Nach einigen Minuten, die sich anfühlten wie Stunden, öffnete sich die Tür erneut, und eine junge Frau in weißem Kittel trat in das Wartezimmer. Caleb wollte aufspringen, sackte aber mit einem Stöhnen zurück.

„Hallo, ich bin Dr. Kelling. Detective Lyons hat mich gebeten, mir mal Ihre Rippen anzusehen."

„Wissen Sie etwas über Naomi – Ms. Barnes?"

Die Ärztin trat näher. „Nein, tut mir leid. Aber der Detective ist bereits auf der Suche nach jemandem, der etwas darüber sagen kann. Kommen Sie mit in den Behandlungsraum. Er ist nicht weit entfernt, ich habe der OP-Schwester Bescheid gesagt, wo Sie sein werden."

Caleb schluckte den Protest hinunter und folgte ihr in den kleinen Raum ein Stück den Gang hinunter. Vermutlich wurde er genutzt, falls einer der Angehörigen während der Wartezeit medizinische Hilfe benötigte.

Dr. Kelling half ihm, seine Jacke auszuziehen. „Oh, das sieht schmerzhaft aus."

Leidenschaftslos blickte Caleb nach unten und schnitt eine Grimasse, als er seinen mit blau-lilafarbenen Blutergüssen übersäten Oberkörper sah. „Das ist es auch. Es ist mindestens eine Rippe gebrochen, vermutlich mehrere."

Interessiert sah Dr. Kelling ihn an. „Sind Sie Arzt?"

„Ich war Sanitäter beim Militär. Aber ich glaube, das wüsste ich andernfalls auch, es fühlt sich nämlich genau so an."

Vorsichtig tastete Dr. Kelling seinen Brustkorb ab und nickte schließlich. „Zwei Rippen sind vermutlich gebrochen, eine weitere angebrochen. Wir sollten nachher noch den Thorax röntgen, um sicherzustellen, dass es auch keine Begleitverletzungen gibt, vielleicht auch ein CT und einen Ultraschall." Sie klopfte auf seinen Rücken und hörte die Lunge ab. „Es scheint sich keine Flüssigkeit gebildet zu haben, aber gehen wir lieber sicher." Sie legte ihm einen stützenden Verband an und half ihm dann wieder in die Jacke, bevor sie seinen Arm an der verletzten Seite in eine Schlinge legte.

Caleb atmete flach durch, als er die Tortur überstanden hatte. „Danke, Doktor."

„Hier sind noch Schmerztabletten, das sollte Ihnen die nächste Zeit etwas erleichtern. Ich sehe Sie dann nachher beim Röntgen."

Caleb schluckte mit etwas Wasser drei Tabletten. „Noch einmal danke."

Caleb kehrte zum Wartezimmer zurück, und kurz darauf betrat Gray den Raum. Er reichte Caleb eine Flasche Wasser.

„Anscheinend hast du gute Kontakte."

Gray hob die Schultern. „Hin und wieder bringen meine Fälle mich hierher."

„Konntest du etwas zu Naomi herausfinden?"

„Die Schwester hat versprochen, den Arzt zu bitten, mich zu informieren, sobald es geht. Naomi ist übrigens deine Verlobte, gewöhn dich besser dran."

Es war erschreckend, wie sehr Caleb sich wünschte, dass es der Wahrheit entspräche. „Kein Problem." Er beugte sich vor. „Lebt sie noch?"

„Ja, sonst hätten wir schon Bescheid bekommen. Sie operieren noch. Du weißt, wie lange es dauert, wenn ein Fremdkörper entfernt werden muss."

Caleb schnitt eine Grimasse. „Ja." Ähnliches hatte er schon mehr als einmal unter nicht gerade idealen Bedingungen vornehmen müssen oder den Feldärzten dabei assistiert.

Stumm saßen sie nebeneinander, während sie auf Nachricht warteten, und Caleb war wirklich froh, nicht mehr allein zu sein. Es fühlte sich deutlich besser an. Trotzdem war er bereit, die Wände hochzugehen, als sich endlich die Tür öffnete und ein Arzt in das Wartezimmer trat. Er trug grüne OP-Kleidung, im Gesicht konnte man noch die Spuren der Maske sehen. „Sind Sie der Verlobte von Ms. Barnes?"

Caleb sprang auf, bevor er sich an seine Rippen erinnerte, doch er ignorierte den Schmerz. „Ja. Wie geht es ihr?" Der Arzt wirkte erschöpft und nicht gerade euphorisch. Das war ein schlechtes Zeichen. „Sie lebt doch noch?"

„Ja, sie lebt. Wir haben den Fremdkörper entfernt und die Blutung gestillt. Sie hatte Glück, dass keine wichtigen Organe getroffen wurden. Sie hatte wirklich Glück, dass genau die eine Stelle im Körper getroffen wurde, durch die man sich etwas rammen kann, ohne schwerwiegendere innere Verletzungen hervorzurufen."

„Dann wird sie wieder gesund?"

„Das wird die Zeit zeigen. Wir mussten unzählige Gefäße und anderes wieder zusammennähen, und dann ist da natürlich noch der hohe Blutverlust. Ms. Barnes liegt jetzt für ein paar Tage im künstlichen Koma, und dann werden wir ganz langsam versuchen, sie zurückzuholen. Ob es uns gelingt, kann ich leider nicht sagen. Aber wir sind vorsichtig optimistisch. Ms. Barnes ist jung und ansonsten kerngesund."

Das war nicht ganz so positiv, wie Caleb gehofft hatte, aber immerhin lebte sie noch und konnte wieder gesund werden. Daran musste er glauben. „Wann kann ich zu ihr?"

„Sie wird jetzt auf ein Zimmer in der Intensivstation verlegt. Eine Schwester wird Sie holen, dann können Sie für kurze Zeit zu ihr. Ms. Barnes braucht jetzt viel Ruhe und Erholung."

Caleb hatte auch nicht vorgehabt, mit ihr Tango zu tanzen, aber er nickte nur. „Ich verstehe, danke."

„Sind Sie derjenige, der ihr den ersten Verband angelegt hat?"

„Ja."

„Das war gute Arbeit. Ohne ihn hätte sie nicht überlebt."

„Danke. Ich bin froh, dass wir es noch rechtzeitig geschafft haben."

„Beim nächsten Mal nehmen Sie Ihre Verlobte vielleicht besser an einen etwas ungefährlicheren Ort mit. Ein Restaurant, Kino oder etwas in der Art."

Caleb widerstand dem Drang, die Augen zu verdrehen. „Das hatte ich vor."

„Gut." Der Arzt verließ eilig den Raum.

Caleb blickte Gray an. „Denkt der echt, wir wären freiwillig in einen alten Bahntunnel gegangen?"

Gray grinste. „Scheint so. Aber egal, Hauptsache, Naomi hat die Operation gut überstanden und wacht bald wieder auf."

Über etwas anderes mochte Caleb nicht nachdenken. Es fühlte sich an, als bestände sein Gehirn aus Watte. Wie ein alter Mann ließ er sich wieder auf den Stuhl sinken.

„Und keine Angst wegen deines Jobs, Dave ruft deine Vertretung an, sobald es hell wird. Ich schätze mal, in dem Zustand bist du vermutlich einige Wochen außer Gefecht." Er nickte zur Armschlinge hin.

„Vier bis sechs Wochen vermutlich. Aber ich heile relativ schnell, vielleicht geht es auch schon etwas früher."

„Willst du meinen Rat? Nimm dir die Zeit. Es war eine traumatische Erfahrung, und abgesehen davon hast du so auch Gelegenheit, dich um Naomi zu kümmern. Sie wird sicher mindestens genauso lange nicht arbeiten können."

Das stimmte allerdings. „Klingt vernünftig. Trotzdem lasse ich Dave nicht gern im Stich."

„Ich habe mit ihm telefoniert, mach dir darüber keine Gedanken."

Und zum ersten Mal in seinem Leben würde er das auch nicht. Nachdem er Naomi beinahe verloren hätte, war ihm bewusst geworden, dass Arbeit nicht alles war.

23

Naomis Bewusstsein schwamm langsam an die Oberfläche. Den Raum mit den blinkenden Bildschirmen und den hellgrünen Wänden kannte sie schon. In die Deckenplatten waren unzählige kleine Löcher eingelassen, die sie wahnsinnig machten. Wer auch immer dieses Design zu verantworten hatte, war sicher froh gewesen, hier nie selbst liegen zu müssen. Es war total nervig. Genau wie das Piepsen und die Geräusche, die vom Flur hereindrangen. Immerhin war ihr der Schlauch aus der Nase entfernt worden, und sie konnte wieder selbständig atmen. *Das* war ein weiteres Highlight gewesen. Sie war schon mehrmals für kurze Zeit aufgewacht, aber heute war etwas anders. Ihr Geist war klarer und sie hatte nicht das Bedürfnis, die Augen gleich wieder zu schließen. Stattdessen ließ sie den Blick durch den Raum wandern. Irgendwann hatte ein weiteres Bett ihrem gegenübergestanden, doch jetzt war der Platz leer. War der Patient entlassen worden oder gerade im OP?

Vermutlich sollte sie froh sein, noch zu leben, aber im Moment tat ihr alles nur weh. Selbst die Seite, auf der sie lag, um die dick verbundene Wunde zu schonen. Ihr Herz begann zu rasen, als sie sich daran erinnerte, wie sie auf das Metallstück gestürzt war. Der Schmerz, die plötzliche Schwäche. Und dann war da Caleb gewesen, der mit ihr geredet hatte, der sie berührt und ihr gesagt hatte, dass alles wieder gut werden würde. Wo war er jetzt? Hatte dieser Shell ihm etwas angetan? Vielleicht lag er irgendwo schwer verletzt, so wie sie. Oder er war tot. Nein, das durfte nicht sein! Es musste ihm einfach gut gehen. Aber wo war er dann? War es falsch von ihr zu erwarten, dass er sie besuchen kam?

Das Piepsen wurde lauter und schneller und trug zu Naomis Angst bei. Caleb hatte gesagt, dass er bei ihr bleiben würde. Sie hatte für ihn gekämpft, als ihr Körper sie in den Abgrund hatte ziehen wollen.

Die Tür wurde aufgerissen und ein Pfleger stürzte herein. Nachdem er ihr ins Gesicht gesehen hatte, bremste er ab. „Hallo, Sie sind ja wach." Er drückte auf eine Taste am Monitor, und wohltuende Stille setzte ein. „Regen Sie sich nicht auf, es ist alles in Ordnung. Der Arzt wird gleich kommen und Sie sich ansehen."

„Wo … Caleb?" Ihre Stimme klang rostig, als hätte sie sie lange nicht genutzt.

„Ihr Verlobter sitzt draußen im Wartezimmer. Und das, seit Sie hier sind."

Verlobter? Hatte sie irgendetwas verpasst, während sie geschlafen hatte? Caleb würde ihr einiges erklären müssen. „Warum … nicht hier?" Der Hustenreiz war kaum zu unterdrücken.

„Sie sind noch auf der Intensivstation, es darf immer nur für kurze Zeit Besuch hierher. Aber jetzt, da Sie richtig wach sind, wird sich das bestimmt bald ändern." Er lächelte sie an. „Willkommen zurück."

Naomi war sich noch nicht sicher, ob diese Welt aus Schmerz wirklich der Ort war, an dem sie sein wollte. Aber wenn Caleb hier war, dann würde sie es aushalten. „Danke. Kann ich … Caleb sehen?"

„Ich schicke ihn kurz zu Ihnen rein, bevor der Arzt kommt."

Naomi nickte vorsichtig. Schon diese kleine Bewegung kostete sie unglaublich viel Kraft. Wie lange lag sie hier schon? Sie drehte den Kopf und beobachtete, wie der Pfleger den Raum verließ. Die Tür schloss er hinter sich, sie war wieder gefangen. Ihr Job spielte sich überwiegend in einem Büro ab, aber noch nie war sie sich so eingesperrt vorgekommen. Hilflos ausgeliefert. Sie hasste dieses Gefühl. Aber das war Jammern auf hohem Niveau, sie sollte froh sein, dass sie noch lebte. Und vor allem, dass es Caleb gut zu gehen schien. Was war passiert, nachdem sie verletzt wurde? Hatte er Shell überzeugen können, von seinem Plan abzulassen? Sie hoffte es. Für Caleb.

Die Tür öffnete sich wieder und Naomi hielt unwillkürlich den Atem an, als Caleb in den Raum trat. Sein Arm befand sich in einer Schlinge. Unverwandt lag sein Blick auf ihr. Sein Gesicht wirkte schmaler als sonst, Schatten umgaben seine Augen. Als er sie wach vorfand, breitete sich Erleichterung auf seinen Zügen aus.

Rasch trat er an das Bett. „Hallo."

Seltsamerweise trieb ihr dieses simple Wort Tränen in die Augen.

Alarmiert beugte sich Caleb über sie. „Was hast du? Brauchst du etwas?"

Sie versuchte, den Arm zu heben, aber er schien kiloschwer. „Dich."

Vorsichtig nahm er ihre Hand in seine. „Ich bin hier. Ich war die ganze Zeit bei dir, ich durfte nur nicht so oft ins Zimmer."

„Was ist passiert, nachdem ich ohnmächtig war? Geht es dir gut?"

Calebs Gesicht verdüsterte sich. „Gray, Dave und das RIOS-Team sind gerade noch rechtzeitig gekommen. Sie haben dich befreit, und du wurdest ins Krankenhaus geflogen und operiert." Caleb legte seine Wange an ihren Handrücken. „Ich hatte solche Angst, dass du es nicht schaffst, aber glücklicherweise ist alles gut gegangen. Ich bin okay, seitdem ich weiß, dass du dich erholen wirst."

„Was ist mit ... Shell?"

Seine Miene wurde ausdruckslos. „Er ist tot."

„O nein! Hast du …?"

„Nein, ich habe mich um dich gekümmert, und er wollte mich immer noch umbringen. Glücklicherweise waren Gray und Dave rechtzeitig zur Stelle. Wer von ihnen geschossen hat, weiß ich nicht, und es ist auch egal. Der Shell, den ich kannte und mochte, ist vor langer Zeit gestorben. Ich versuche, mir einzureden, dass derjenige, der uns umbringen wollte, ein anderer war. Ich könnte ihm nie verzeihen, was er dir angetan hat.“

„Er war krank … innerlich. Ihn trifft keine … Schuld.“

Caleb lächelte bitter. „Ich wünschte, ich könnte es auch so sehen. Du wärst meinetwegen beinahe getötet worden.“

„Du trägst … erst recht keine Verantwortung. Lass Shell los, Caleb. Wir leben beide noch, das ist die Hauptsache.“ Sie drückte schwach seine Hand. „Du hast … mir das Leben gerettet.“

Einen Moment lang schwieg er. „Ich denke nicht, dass ich ohne dich hätte weitermachen können. Die Schuld hätte mich aufgefressen, und der Kummer, dich verloren zu haben.“

Ihr Herz zog sich schmerzhaft zusammen, als sie die Düsternis in ihm wahrnahm. „Dann ist es ja gut … dass ich noch lebe.“ Der Hustenreiz wurde wieder stärker. „Wasser … bitte.“

„Oh, entschuldige, du sollst doch gar nicht so viel reden.“ Er hielt ihr einen Becher mit Strohhalm hin. „Nur ein bisschen, damit der Mund nicht mehr so trocken ist. Der Arzt wird entscheiden, wie es weitergeht.“

Naomi saugte am Halm und spülte mit dem Wasser ihren Mund, bevor sie es vorsichtig schluckte. Sofort fühlte sich ihre Kehle besser an. Erleichtert trank sie noch etwas und nickte Caleb schließlich zu.

Erschöpfung setzte ein, und sie hatte Mühe, die Augen offen zu halten. Aber sie weigerte sich, die kurze Zeit mit Caleb mit Schlaf zu verschwenden. „Wie schwer … bist du verletzt?“

„Zwei Rippen gebrochen und eine angeknackst. Sonst ist glücklicherweise nichts geschädigt. Ich muss mich lediglich ein paar Wochen möglichst wenig bewegen, um den Rippen Zeit zum Heilen zu geben.“

„Das klingt … schmerzhaft.“

„Nur wenn ich lache.“

Naomis Mundwinkel hoben sich. „Ich werde … versuchen,

dich nicht zum … Lachen zu bringen." Vor allem hatte sie ein ähnliches Problem. Immer wenn sie etwas tiefer einatmete oder sich falsch bewegte, zerrte es an der Wunde. Sie mochte sich gar nicht vorstellen, wie es sich anfühlen würde, wenn sie lachte oder hustete.

Caleb lächelte sie an. „Danke."

„Was ist mit deiner Arbeit?"

„Ich bin krankgeschrieben, Dave hat einen Ersatz besorgt. Ich habe also gerade viel Zeit, mich um dich zu kümmern."

„Das ist gut." Ihre Augenlider wurden immer schwerer.

„Ich lasse jetzt den Arzt zu dir, damit er dich durchchecken kann. Ich komme zurück, wenn du wieder aufgewacht bist, okay?"

Reflexartig schloss sich ihre Hand um seine. „Geh nicht."

„Leider muss ich. Aber ich bin immer in der Nähe, ich verspreche es. Du bist nicht allein. Sie werden dich sicher bald in ein normales Zimmer verlegen. Ich habe schon mit der Verwaltung gesprochen, dass du ein Einzelzimmer bekommst. Du brauchst jetzt Ruhe, und vor allem kann ich dann öfter bei dir sein, ohne andere Patienten zu stören." Er stockte. „Das heißt, natürlich nur, wenn du das möchtest. Sonst kann ich …"

„Natürlich möchte ich das!" Der Ausbruch schmerzte an ihrer Wunde und ließ sie atemlos zurück. Etwas ruhiger fuhr sie fort. „Ich freue mich, wenn du bei mir bist, Caleb. Und auch, dass ich dann meine Ruhe habe. Danke, dass du dich darum gekümmert hast."

Caleb beugte sich vor und küsste sanft ihre Stirn. „Ich gebe zu, es war zum Teil Eigennutz. Ich möchte dich ganz für mich allein haben."

Naomi musste lächeln. „Ich erkenne daran nichts Falsches." Ihre Sicht verschwamm. „Caleb?"

Sein Gesicht war ihrem so nah, dass sie seinen Atem auf ihrer Haut spürte. „Ja?"

„Ich glaube, ich habe mich in dich verliebt." Dann sank sie in einen tiefen Schlaf.

Mit wild klopfendem Herzen stand Caleb neben dem Bett und starrte auf Naomi herab. Ihre Augen waren geschlossen, sie schien fest zu schlafen. Er hätte etwas antworten sollen, aber im ersten Moment war er sprachlos gewesen, und dann hatte er gesehen, dass sie ihn nicht mehr hören konnte. Es war unglaublich, wie sehr diese einfachen Worte ihn in einen Strudel von Gefühlen rissen. Natürlich hatte ihm die eine oder andere Frau schon gesagt, dass sie ihn liebte. Aber niemals hatte es ihm so viel bedeutet wie jetzt bei Naomi. Sein Puls raste, Wärme stieg in ihm auf. Naomi liebte ihn! Es war lächerlich, wie glücklich ihn das machte. Wie sehr er sich genau das gewünscht hatte, obwohl er ihr erst vor wenigen Tagen begegnet war. Und doch kam es ihm so vor, als würde er sie schon ewig kennen.

Schließlich gab er sich einen Ruck und küsste sie sanft auf die Lippen. „Ich liebe dich auch. Schlaf gut." Nach einem letzten Blick in ihr geschundenes Gesicht wandte er sich ab und verließ den Raum. Als er die Tür hinter sich schloss, schwor er, so schnell wie möglich zurückzukommen. Und Naomi so glücklich zu machen, dass sie nie bereute, sich mit ihm eingelassen zu haben.

Auf dem Gang kam ihm der behandelnde Arzt entgegen. „Ist sie wach?"

„Sie ist gerade wieder eingeschlafen. Aber sie hat mit mir geredet und schien alles um sich herum mitzubekommen."

Der Arzt verzog den Mund. „Mist, ich habe es nicht schneller geschafft. Hat sie gesagt, wie es ihr geht?"

„Nein, aber ich nehme an, dass sie Schmerzen im Bereich der Wunde hat. Wann kann sie in ein normales Zimmer verlegt werden?"

„Wenn ich mit ihr gesprochen habe und überzeugt bin, dass es ihr gut genug dafür geht. Auf jeden Fall zeigen ihre Werte, dass eine Verschlechterung ihres Zustands unwahrscheinlich ist."

„Ich verstehe."

Der Arzt seufzte. „Ich werde sehen, was ich tun kann, um sie bald verlegen zu lassen. Wie ich hörte, haben Sie schon Arrangements getroffen. Ms. Barnes braucht jetzt viel Ruhe, nicht nur körperlich, sondern sie muss auch alles verarbeiten, was sie erlebt hat. Viele Menschen brauchen eine gewisse Zeit dafür wenn sie fast gestorben wären."

„Ich weiß. Ich werde dafür sorgen, dass sie sich ausruht und erholt." Er deutete auf seine Armschlinge. „Ich habe viel Zeit, mich um sie zu kümmern."

„Das ist gut. Sobald ich sie noch einmal untersucht und mit ihr gesprochen habe, kann ich mehr dazu sagen. Bisher sah aber alles zufriedenstellend aus, auch die Wundheilung geht voran."

Erleichterung setzte ein. „Ich bin sehr froh darüber."

„Wie wäre es, wenn sie jetzt ein wenig nach Hause fahren und sich um sich selbst kümmern? Es ist ein Wunder, dass Ms. Barnes sich nicht erschreckt hat, als sie Sie gesehen hat."

Caleb fuhr mit der Hand über sein Gesicht. „Ist es so schlimm?"

„Schauen Sie einfach mal in einen Spiegel und überlegen Sie sich, welchen Eindruck Sie auf Ihre Verlobte machen wollen."

„Sie haben vermutlich recht. In Ordnung, ich fahre nach Hause. Aber Sie lassen mich sofort informieren, wenn sich irgendetwas verändern sollte, ja?"

„Natürlich. Bei der Gelegenheit können Sie auch noch ein paar Dinge für Ms. Barnes mitbringen. Bisher war das ja nicht nötig, aber wenn man den ganzen Tag in einem Zimmer liegen muss, freut man sich, wenn es ein wenig Abwechslung gibt."

Zugegebenermaßen hatte Caleb nur daran denken können, für Naomi da zu sein, nicht aber daran, wie er ihr den Aufenthalt erleichtern konnte. „Danke für den Hinweis, ich werde mich darum kümmern."

Der Arzt lächelte ihn an. „Ich musste das damals auch lernen, als ich meine Frau traf."

Caleb hatte ein schlechtes Gewissen, dass er wegen der Verlobung log, aber es zählte nur, dass er in Naomis Nähe sein konnte. „Danke noch mal, ich mache mich auf den Weg, damit ich so schnell wie möglich wieder hier bin.“ Er eilte den Gang entlang und stellte im Kopf schon eine Liste mit Dingen zusammen, die er Naomi mitbringen konnte.

Epilog

Es war seltsam, nach so langer Zeit wieder vor dem Riverside Club zu stehen, wo alles begonnen hatte. Mehrere Wochen hatte Naomi im Krankenhaus gelegen und war dann in eine Reha-Einrichtung gekommen, um ihre verletzten Muskeln zu trainieren. Hin und wieder stach es noch in der Seite, aber sonst ging es ihr erstaunlich gut. Das war vor allem auch Calebs liebevoller Fürsorge zu verdanken. Er war jeden Schritt mit ihr gemeinsam gegangen, hatte ihre Hand gehalten, wenn die Schmerzen übermächtig wurden, hatte mit ihr gelacht oder sie umarmt, wenn sie Trost brauchte. Seit dem ersten Tag hatte er ihr jeden Wunsch von den Augen abgelesen oder ihr Dinge gebracht, auf die sie nicht einmal gekommen wäre. Die Krönung war ein seltsames Gerät gewesen, das sich als Sockenanziehhilfe entpuppte. Sie wäre fast in Tränen ausgebrochen, als sie endlich nicht mehr auf Unterstützung in dem Bereich angewiesen war. Außerdem hatte er sie auch auf dem Laufenden gehalten, wie es Kaleppi ging, der sich nur langsam von seiner schweren selbst zugefügten Verletzung erholte. Noch immer war nicht klar, ob er dauerhafte Schäden zurückbehalten würde, sie hoffte sehr, dass er sich vollständig erholen würde.

Die Zeit mit Caleb war wunderschön gewesen, auch wenn sie sich mehr als einmal gewünscht hatte, dass er sie wieder so leidenschaftlich berühren würde wie vor der Verletzung. Er nahm Rücksicht auf sie, das war ihr bewusst, und dafür liebte sie ihn noch mehr. Der Vorteil war, dass sie sich in diesen Wochen unglaublich gut kennengelernt hatten. Caleb hatte ihr von seiner Zeit bei den Marines erzählt, von seinem Team, und sie konnte nachvollziehen, wie schlimm es für ihn gewesen war, seine Freunde im Einsatz zu verlieren. Selbst über Shell hatte er gesprochen, und sie hatte gemerkt, wie weh ihm dessen Vorwürfe und auch der Verlust getan hatten. Auch Shanna, Jerry und Gray hatten sie im Krankenhaus besucht, so wie Grace und Dave. Die Unterstützung seiner Freunde tat Caleb unglaublich gut, und Naomi freute sich immer, sie zu sehen. Inzwischen waren sie auch zu ihren Freunden geworden. Es war faszinierend zu sehen, wie perfekt diese so verschiedenen Charaktere zusammenpassten. Wie eine Familie.

Deshalb freute sie sich darauf, sie wiederzusehen, auch wenn sie ein wenig nervös war, weil es ihr erster Abend in Freiheit war. Ihre Ärzte hatten ihr offiziell die Erlaubnis erteilt, ab sofort wieder ohne körperliche Einschränkungen zu leben. Sie wusste auch schon genau, wie sie das feiern wollte …

Sanft drückte Caleb ihre Hand. „Du bist so still. Alles in Ordnung?“

Sie blickte zu ihm hoch. „Ja, natürlich. Ich habe nur gerade darüber nachgedacht, wie sich alles entwickelt hat.“

„Alles?“

Sie hob die Hände. „Wir.“

Caleb blieb einige Meter vor dem Eingang stehen und wandte sich ihr zu. „Und was ist dabei herausgekommen?“

„Dass ich ziemliches Glück hatte, dir zu begegnen.“

Seine Miene wurde weicher. „Wir hatten beide Glück.“

Naomi stellte sich auf die Zehenspitzen und küsste ihn aufs Kinn. „Ich bin froh, endlich wieder machen zu können, was ich will.“

Caleb blickte zum Club hin. „Wenn du den Abend lieber woanders verbringen möchtest …“

Rasch unterbrach sie ihn. „So meinte ich das nicht. Ich freue mich, die anderen wiederzusehen. Und außerdem ist der Abend ja noch lang.“

Ein Funke des alten Feuers trat in seine Augen. „Das stimmt.“ Er beugte sich zu ihr hinab und küsste sie. Erst sanft, dann drängender. Seine Arme schlangen sich um sie, und er zog sie vorsichtig näher. Als sie beide außer Atem waren, legte er seine Stirn an ihre. „Mist, jetzt wäre ich gerade gern woanders."

Naomi lachte. „Gern geschehen."

Caleb hielt sie weiter locker in den Armen, während er sie lange ansah. „Habe ich schon gesagt, dass ich dein Lachen liebe? Vom ersten Augenblick an."

Ihr Herz schlug einen Purzelbaum. „Das ein oder andere Mal, aber ich höre es immer wieder gern."

„Gut." Zögernd löste sich Caleb von ihr. „Wir sollten jetzt reingehen, bevor ich es mir doch noch anders überlege."

Naomi sah sich auf dem Parkplatz um. „Was ist denn heute los? Es sind ja noch gar keine Autos da."

„Der Publikumsbetrieb beginnt etwas später." Caleb nahm wieder ihre Hand und zog sie mit sich zur Tür.

„Aber ist denn dann …" Sie verstummte, als Caleb die Tür öffnete und ihr Musik entgegenscholl. „Anscheinend ist doch schon was los."

Sie betrat hinter Caleb den Club und blieb mit offenem Mund stehen. Es hatten sich nicht nur ihre Freunde aus New York versammelt, sondern auch das RIOS-Team samt Anhang, wenn sie das richtig deutete. Und jeder von ihnen lächelte sie an, als wäre sie ein langverlorenes Familienmitglied. Sie verschränkte ihre Finger mit Calebs. „Du hast eindeutig mehr Talent als ich, wenn es darum geht, gute Freunde zu finden."

Caleb lächelte sie an. „Sie haben mich gefunden. Und es sind jetzt unsere Freunde, nicht nur meine."

Naomi blinzelte eilig die Glückstränen weg, die sich in ihren Augen bildeten. „Danke."

Ein wenig unsicher ging sie auf die Leute zu, doch innerhalb kürzester Zeit wurde sie vom einen zum anderen gereicht und mehr als einmal umarmt. Sie war mittendrin und stand nicht nur am Rand und beobachtete wie sonst. So fühlte sich also Leben an. Es war grandios.

Jerry stand hinter der Bar und grinste sie an. „Und, was darf es heute sein?“

„Da ich keine Medikamente mehr nehmen muss … einen Ipanema bitte.“

„Perfekte Wahl.“ Während er mit dem Shaker hantierte, musterte er sie von oben bis unten. „Du siehst strahlend aus. Anscheinend hat sich Caleb gut um dich gekümmert.“

Hitze stieg in ihre Wangen. „Das hat er.“

„Tatsächlich habe ich ihn noch nie so oft lächeln sehen, wie seitdem er dich kennengelernt hat.“

„Das freut mich.“

Jerry beugte sich über die Theke. „Hat er denn …?“

Shanna trat zu ihnen und lachte. „Willst du etwa schon wieder jemanden verkuppeln? Ich glaube nicht, dass die beiden dabei Hilfe brauchen.“

Jerrys Grinsen wurde breiter. „Das ist mein Job. Aber ja, ich denke auch, sie kriegen das schon hin.“ Sein Blick wanderte vielsagend in Richtung des Lagerraums. „Hat ja schon mal geklappt.“

Naomi lachte verlegen, während ihr Gesicht sicher die Farbe einer Tomate annahm. „Ich weiß nicht, wovon du redest.“

„Dann sollte vermutlich jemand deinem Gedächtnis auf die Sprünge helfen.“

Gray stieß zu ihnen und schlang seinen Arm um Shannas Taille. „Wer?“

„Caleb.“ Jerry sah sich um. „Wo ist er überhaupt?“

„Unterhält sich mit Dave. Ich glaube, es geht darum, wann er seinen Dienst wieder aufnimmt.“

Naomis gute Laune erhielt einen kleinen Dämpfer.

Jerry schüttelte den Kopf. „Gray, du warst schon immer eine echte Stimmungskanone.“

Verwirrt sah Gray ihn an. „Wieso? Ich habe doch nur …“ Er brach ab, als er Naomis Gesichtsausdruck sah. Sofort ergriff er ihre Hände. „Keine Sorge, Caleb wird langsam beginnen, um sich noch zu schonen."

Sie lächelte ihn dankbar an. „Davon bin ich ausgegangen. Ich habe mich nur so daran gewöhnt, ihn immer um mich zu haben. Aber es war natürlich klar, dass wir irgendwann wieder ein normales Leben führen müssen. Ich werde sicher auch bald wieder Patienten behandeln." Zwar waren sie an Kollegen verwiesen worden, aber Naomi hatte ein schlechtes Gewissen dabei, sie im Stich gelassen zu haben.

Gray nickte. „Die erste Zeit kann manchmal eine Herausforderung sein, aber irgendwann pendelt sich alles ein. Selbst wenn man Jobs mit verschiedenen Arbeitszeiten hat." Sein Blick glitt zu Jerry.

Der hob eine Augenbraue. „Hey, manchmal bist du abends oder nachts häufiger weg als ich. Und bei meinem Job muss niemand befürchten, dass mir etwas passiert."

Shanna mischte sich ein. „Das stimmt allerdings. Obwohl wir bei dir immer befürchten müssen, dass dich irgendein Gast anbaggert, Jerry."

Jerry grinste breit. „Keine Chance. Ich weiß, was ich habe. Nichts könnte besser sein."

Grays Miene wurde weicher. „Alter Charmeur."

„Nur für euch."

Shanna lachte. „Das halte ich für ein Gerücht."

Jerry wurde schlagartig ernst. „Ihr beiden seid mein Leben, andere nehme ich gar nicht mehr wahr – jedenfalls im sexuellen Sinne."

Gray legte die Hand um seinen Nacken und zog ihn zu sich. „Das wissen wir." Federleicht küsste er ihn auf den Mund. „Und du bist unser Leben."

Shanna nickte bekräftigend. „Absolut." Sie stützte sich auf der Theke ab und küsste Jerry ebenfalls. „Und wir wissen auch, dass du mit niemandem flirtest. Aber du bist so … heiß mit deinen Tattoos und offen in deiner ganzen Art, dass jeder, der an die Bar kommt, von dir angezogen wird." Sie blickte Naomi an. „Das stimmt doch, oder?"

„Ähm. Ohne dich verletzen zu wollen … nachdem ich Caleb getroffen hatte, warst du für mich fast unsichtbar."

Jerry lachte laut los. „Danke."

Shanna verdrehte die Augen. „Für Leute, die bereits ernsthaft an anderen interessiert sind, gilt das natürlich nicht."

Naomi nahm ihren Cocktail und stand auf. „Ich glaube, ich werde mir für einen Moment ein ruhiges Plätzchen suchen. Ich bin solchen Rummel gar nicht mehr gewöhnt."

Sofort sah Gray sie besorgt an. „Daran hätten wir denken sollen. Ich hoffe, wir haben dich nicht überrumpelt."

Naomi legte ihre Hand auf Grays. „Überhaupt nicht, ganz im Gegenteil. Ich genieße es, Menschen zu treffen, die sich so offensichtlich lieben. Im Job werde ich mit so viel Leid und Schmerz konfrontiert, dass es eine Wohltat ist, einfach nur angenehme Gefühle zu erleben." Sie lächelte den Dreien zu. „Wir sehen uns später."

Auf der Suche nach einem ruhigeren Ort wählte sie schließlich einen der Tische, die rund um die Bühne angeordnet waren. Der Club war noch nicht geöffnet, aber die Tänzerinnen wärmten sich bereits auf. Es war großartig, ihren geschmeidigen Bewegungen zuzusehen, besonders als sie an der Polestange übten. Naomi war nicht unsportlich, aber was die Tänzerinnen dort vollführten, war Poledance in Vollendung. Doch auch die unterschwellig erotische Ausstrahlung beherrschten sie in Perfektion. Fasziniert sah Naomi zu, wie Joel sich zu ihnen gesellte. Seine Bewegungen waren kraftvoll, aber trotzdem elegant. Trotz des muskulösen Körpers tanzte er mit einer Leichtigkeit, die Naomi überraschte. Er zwinkerte ihr zu, als er bemerkte, dass sie ihn beobachtete, und Naomi lächelte ihn an. Sie genoss es, ihm zuzusehen, fühlte sich aber in keiner Weise verführt.

Der Stuhl neben ihr wurde zurückgezogen, und Caleb setzte sich. Er stellte sein Bierglas auf den Tisch und lehnte sich zurück. Er wirkte entspannt. Ganz offenbar fühlte er sich wohl.

Naomi trank einen Schluck ihres köstlichen Cocktails. „Ich denke, ich werde jetzt öfter in den Club kommen."

Caleb blickte sie interessiert an. „Um Joel und den Tänzerinnen zuzusehen?"

Das brachte sie zum Lachen. „Das auch. Aber eigentlich eher, um den heißen Türsteher sehen zu können."

Caleb lehnte sich dichter zu ihr. „Ist das so?" Seine Lippen streiften ihr Ohr.

Naomis Mund wurde trocken, ihr Herz klopfte schneller. „Ich fürchte, ja."

„Was würdest du denn mit ihm machen, wenn du ihn triffst?"

Das Prickeln in ihrem Bauch verstärkte sich. „Ich denke, ich würde ihn am T-Shirt packen und ihn in eine dunkle Ecke zerren, um mich mit ihm zu vergnügen."

Calebs Augen verdunkelten sich. „Das klingt aber sehr nach Belästigung am Arbeitsplatz."

Sie lachte. „Nur, wenn der Türsteher etwas dagegen hat." Ihre Hand glitt über seinen Oberschenkel. „Hat er das?"

Kurz bevor sie bei seinem Schritt ankam, fing er ihre Hand ein. „Ganz und gar nicht!" Rasch stand er auf, ließ ihre Hand dabei aber nicht los. „Komm mit."

Naomi stand zögernd auf. „Aber deine Freunde …"

Sein Griff wurde fester. „Die können sich auch ein paar Minuten allein beschäftigen."

Es gefiel ihr, wenn Caleb so zielstrebig seinen – und ihren – Bedürfnissen folgte. Besonders, nachdem er in den vergangenen Wochen immer so umsichtig gewesen war und sie wie eine kostbare Puppe behandelt hatte. Sie war eine Frau, und sie wollte begehrt werden. Sie liebte es, wie er sie umsorgt hatte, aber diese Zeit war nun vorbei, und sie wollte heiße Leidenschaft. Aus den

Augenwinkeln sah sie, wie einige der anderen wissend lächelten, aber es war ihr schlicht egal. Sie brauchte Caleb jetzt sofort, und zwar so hart und schnell wie möglich. Glücklicherweise schien er das auch so zu sehen, denn er zog sie mit sich in den Lagerraum und schloss die Tür hinter ihnen ab.

Mit dem Rücken lehnte er sich dagegen und starrte sie an. „Zieh dich aus."

Ein erregter Schauer rann durch ihren Körper. „Ganz?"

„Ja."

Seine tiefe Stimme vibrierte in ihrem Inneren. Ihre Brustspitzen stellten sich auf. Mit vor Erregung zitternden Fingern knöpfte Naomi ihre Bluse auf und schob sie von ihren Schultern. Unbeachtet flatterte der Stoff zu Boden. Sie hakte ihren BH auf und schob die Träger nach unten. Calebs heißer Blick saugte sich an ihren Brüsten fest. Das Kribbeln verstärkte sich. Naomi öffnete ihren Rock, schob ihn über die Hüfte und ließ ihn ebenfalls zu Boden fallen. Nur in einen winzigen Slip und ihre halterlosen Seidenstrümpfe gekleidet stand sie vor ihm. Sie hakte ihre Daumen in das Bündchen des Slips.

„Darf ich?" Calebs Bitte klang rau.

Anstelle einer Antwort hielt sie ihm die Hand hin. Caleb ergriff sie und hockte sich vor Naomi. Sein Atem strich über ihren Bauch, als er ihren Slip langsam nach unten zog. Zu ihrer Überraschung ließ er die Strümpfe dort, wo sie waren. Stattdessen küsste er die Haut darüber und setzte dann eine Spur von Küssen und Bissen bis zu ihrer Scham. Mit dem Finger strich er durch ihre kurzen Haare und schob ihn dann zwischen ihre Beine. Naomi zuckte heftig zusammen und unterdrückte ein Stöhnen. Der Finger fand ihren Eingang und drang in sie ein. *O Gott!* Es war so lange her, dass es schon fast reichte, um sie zum Höhepunkt zu bringen. Erst recht, als Caleb mit seiner Zunge über ihre Klitoris strich. Sie packte seine Schultern, damit sie nicht zu Boden ging.

„Bitte."

Caleb hob den Kopf. „Bitte was?"

„Ich halte es nicht ... mehr ... aus." Ihr Atem stockte, als sich sein Finger in ihr bewegte. „Ich brauche ... dich. Sofort."

Der Hauch eines Lächelns umspielte seinen Mund. Leidenschaft stand deutlich in seinen Augen. „Ich könnte dir nie eine Bitte abschlagen."

Naomi stöhnte, als sein Finger sich aus ihr zurückzog und Caleb sich erhob. Schneller als ihr lustumnebeltes Gehirn es registrieren konnte, hatte er seine Hose geöffnet und seinen Schaft hervorgeholt. Er wollte in seine Hosentasche greifen, aber sie hielt ihn davon ab.

„Jetzt. Bitte."

Mit einem heiseren Fluch riss er sie an sich und hob sie hoch. Naomi schlang ihre Beine um seine Taille und hielt sich an seinen Schultern fest, als er hart mit einem Stoß in sie eindrang. Laut schrie sie auf, als er sie endlich füllte. Es fühlte sich so gut an, dass sie es kaum ertrug.

Caleb keuchte, als er innehielt. „Alles okay?"

„Gott, ja! Schneller, härter."

Sofort bewegte Caleb sich wieder. Tief stieß er in sie, während sich seine Hände in ihre Hüfte gruben. Er tat genau das, was sie verlangte: schnelle, harte Stöße, die sie innerhalb von Sekunden an den Rand des Orgasmus brachten. Sie stöhnte, als ihr Rücken die kalte Metalltür berührte. Der Gegensatz zu Calebs heißem Körper steigerte ihre Erregung noch um ein Vielfaches. Seine Finger schoben sich in ihre Pospalte, während er sie noch höher hob. So konnte er noch tiefer in sie dringen. Der Stoff seiner Jeans rieb über ihre Klitoris und brachte sie fast um den Verstand. Immer größer und steifer wurde seine Erektion, bis er jede erogene Zone stimulierte.

Noch einmal stieß er hart in sie, gleichzeitig beugte er sich vor und knabberte an ihrem Hals. Naomi lehnte den Hinterkopf an die Tür und stöhnte auf, als die Wellen der Lust über ihr zusammenschlugen. Sie klammerte sich an Caleb und gab sich dem Orgasmus hin. Caleb hämmerte in sie, immer wieder, bis er schließlich auch kam. Sie spürte, wie sich seine Muskeln anspannten und er sein Sperma in sie pumpte. Lächelnd genoss sie das Gefühl. Tief in ihr lehnte sich Caleb gegen sie, seine Stirn presste er an die Tür.

Eine Weile standen sie so da, und Naomi hätte sich am liebsten nie von Caleb getrennt. Es fühlte sich so richtig an, mit ihm verbunden zu sein. Schließlich rührte er sich und löste sich ein wenig von ihr. Sofort schlang Naomi die Arme um seinen Nacken. „Nein."

Sie spürte sein leises Lachen an ihrem Körper. „Wir können hier nicht so bleiben, Naomi, so gern ich das auch täte."

„Warum nicht?"

„Der Club öffnet gleich, und es könnte sein, dass jemand etwas aus dem Lager braucht."

Gut, das war ein Argument, aber es gefiel ihr trotzdem nicht. „Ich mag es, wenn du in mir bist."

Ein Schauer lief durch seinen Körper. „Gott, ich auch." Tief atmete er durch, dann sah er ihr ins Gesicht. „Wir haben kein Kondom genommen."

„Ich weiß." Und es hatte sich so gut angefühlt. „Wir sind beide getestet, und ich nehme die Pille. Ich dachte, es wäre dir recht, wenn wir in Zukunft darauf verzichten."

Sein Schaft wurde wieder hart, und er drang noch einmal tiefer in sie. „Absolut. Es ist unglaublich." Er seufzte. „Trotzdem muss ich dich jetzt verlassen." Langsam zog er sich aus ihr zurück und setzte sie auf dem Boden ab.

Sofort fühlte sie sich unglaublich leer. Naomi schlang die Arme um sich. „Können wir das so bald wie möglich wiederholen?"

Caleb lächelte sie an. „Jederzeit – wenn wir allein sind."

„Gut.“ Naomi hob ihren Slip auf und zog ihn an. Dabei blickte sie Caleb an, der gerade seine Hose schloss und vollständig angekleidet war. „Nächstes Mal bist du nackt.“

Caleb fuhr mit den Fingern über ihre Brust. „Ich mag es, deine Haut zu spüren. Aber wenn ich mich recht erinnere, wolltest du, dass ich so schnell wie möglich zu dir komme, da blieb keine Zeit.“

Damit hatte er recht. Und sie würde es jederzeit wieder so machen. Unsicherheit kam in ihr auf. „Bin ich dir zu fordernd?“

Mit offenem Mund starrte Caleb sie an. „Machst du Witze? Ich liebe es, dass du mir genau sagst, was du willst. Es ist verdammt heiß. Genauso erregend finde ich es, wenn du ohne zu Zögern meiner Bitte folgst, dich auszuziehen.“ Er zog sie an sich und strich mit den Händen über ihren Rücken, während er ihr tief in die Augen sah. „Ich liebe *dich*. Alles an dir.“

„Selbst meine Neigung, Menschen permanent zu analysieren?“

Caleb hauchte einen Kuss auf ihre Nasenspitze. „Selbst die. Du bringst meine Welt zum Strahlen, Naomi Barnes. Bevor ich dich kennengelernt habe, war alles grau und eintönig. Ich habe mich nicht getraut, wieder richtig zu leben, und dachte, ich hätte kein Recht dazu, weil mein Team tot war.“

Sie legte ihre Hände an seine Wangen. „Du hast Zeit gebraucht, das ist völlig normal.“

„Ich habe *dich* gebraucht. Dein Lachen. Dcine Lebensfreude. Die Art, wie du mich ansiehst, als wäre ich etwas Besonderes.“

„Das bist du. Für mich.“ Sie küsste ihn. „So lange du willst.“

„Dann stell dich schon mal auf eine sehr lange Zeit ein.“ Caleb erwiderte den Kuss.

Naomi lächelte an seinen Lippen. „Wie wäre es mit für immer?“

Band 1 der Riverside Club-Reihe verpasst?

Eigentlich hat Ex-Cop Dave Reyes schon fast mit der Frauenwelt abgeschlossen, doch als Grace Sanders sein Lokal The Riverside Club betritt, ist er sofort von ihr fasziniert. Grace braucht unbedingt einen Job im Club: Dafür ist sie sogar bereit, als Erotiktänzerin zu arbeiten. Schon bald entbrennt eine ungekannte Leidenschaft zwischen den beiden, der sie sich nicht entziehen können. Doch Dave ahnt nicht, dass Grace in großer Gefahr schwebt, die nicht nur ihr eigenes Leben bedrohen wird ...

Weitere Bände: 2. Hilflos, 3. Haltlos, 4. Schuldlos

Neugierig auf das RIOS-Team?

Als Cassandra Tilden von einer Hilfsmission im Ausland zurückkehrt, ist ihr Bruder Joshua spurlos verschwunden. Der Journalist war einem Skandal auf der Spur, dessen Enthüllung um jeden Preis verhindert werden soll. Da Cass allein nicht weiterkommt, bittet sie die Sicherheitsfirma R.I.O.S. um Hilfe.
NGA-Agent Joe Spade übernimmt den Fall zuerst nur zögernd; seine frühere Begegnung mit der toughen Cass in Afghanistan hat er noch allzu gut in Erinnerung. Obwohl er versucht, Abstand zu halten, kann er die Anziehung zwischen ihnen bald nicht mehr leugnen. Doch nicht nur Verlangen lodert zwischen ihnen. Auch die Gefahr, in der sie schweben, wird immer spürbarer, je mehr Informationen sie zu dem Fall ausgraben. Nach einem tragischen Zwischenfall wird Joe klar, dass es längst nicht mehr nur um Joshuas Leben geht, sondern auch um das von Cass – und er ist der Einzige, der sie beschützen kann …

Weitere Bände: 2. Brisante Wahrheit, 3. Gefährliche Beute

Lust auf mehr Lyons-Brüder?

Jenna Thompson hat bei ihrer Rückkehr nach Lyons Creek nur ein Ziel: Sie will herausfinden, warum ihre Mutter vor vielen Jahren spurlos von der Ranch verschwand. Niemand in dem kleinen Ort kennt Jennas wahre Identität, und so soll es auch bleiben. Doch dann trifft sie Wayne Lyons wieder - den heißesten Cowboy unter der Sonne Virginias. Wayne, den sie schon immer zum Anbeißen fand und der sie stets ignorierte. Trotz aller Versuche, sich seiner Anziehungskraft zu widersetzen, verbringt sie eine leidenschaftliche Nacht mit ihm und muss sich entscheiden: Sind ihr die Antworten wirklich noch so wichtig oder soll sie sich auf eine Zukunft mit Wayne konzentrieren? Doch dann wird ihr klar, dass die Vergangenheit sie längst eingeholt hat. Obwohl Wayne Jenna zu beschützen versucht, gerät sie in tödliche Gefahr …

Weitere Bände: 2. Wild Heat, 3. Cold Fate, 4. Torn Heart

Über die Autorin

Schon als Kind war Michelle Raven ein Bücherwurm, deshalb schien der Beruf als Bibliotheksleiterin genau das Richtige für sie zu sein. Als sie alle Bücher gelesen hatte, begann sie, selbst für Nachschub zu sorgen. Und wurde zu einer der erfolgreichsten Autorinnen im Bereich Romantic Fantasy und Romantic Thrill. Bislang hat sie 45 Romane veröffentlicht, von denen einer auf der SPIEGEL-Bestsellerliste landete. 2008 erhielt sie die "DeLiA" für den besten deutschsprachigen Liebesroman. Wenn sie nicht vor dem Laptop sitzt, erkundet sie gern den Westen der USA und holt sich dort Inspiration für ihre Romane.

Weitere Informationen:

https://www.michelleraven.de

Printed in Great Britain
by Amazon